트렌드를
읽으면
세상이 보인다

트렌드를 읽으면 세상이 보인다

초판 1쇄 인쇄 · 2021년 9월 29일
초판 1쇄 발행 · 2021년 9월 30일

지은이 · 송명희
펴낸이 · 한봉숙
펴낸곳 · 푸른사상사

주간 · 맹문재 | 편집 · 지순이 | 교정 · 김수란, 노현정 | 마케팅 · 한정규
등록 · 1999년 7월 8일 제2-2876호
주소 · 경기도 파주시 회동길(서패동) 337-16
대표전화 · 031) 955-9111(2) | 팩시밀리 · 031) 955-9114
이메일 · prun21c@hanmail.net
홈페이지 · http://www.prun21c.com

ⓒ 송명희, 2021

ISBN 979-11-308-1827-6   03810

값 16,500원

푸른사상
산문선

40

트렌드를
읽으면
세상이 보인다

송명희 에세이

푸른사상
PRUNSASANG

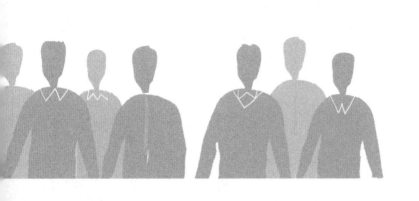

문학평론가와 국문학자로서 오랫동안 글을 써왔다. 문학평론과 논문을 쓰면서 늘 글쓰기의 한계를 느꼈던 이유는 대상 작품에 의존한 글을 써야 한다는 것 때문이었다. 이 한계를 극복하기 위해서 몇 년 전부터 현실 문제를 바로 다루는 문화비평적 또는 사회비평적 글을 집중적으로 쓰기 시작했다.

내가 '지금(now)' 살아가고 있는 '여기(here)'의 현실적 이슈를 다루는 글쓰기가 과거의 문학 텍스트를 대상으로 한 글쓰기보다 더욱 나의 취향에 맞는다는 생각을 하게 된다. 어쩌면 누군가에게 잡담처럼 말하고 흘려보냈거나 또는 혼자서 잠시 스치고 말았을 생각들을 한 편의 글로 완성하여 더 많은 사람들과 공유할 수 있다는 것은 문학평론이나 논문 쓰기와는 다른 차원의 기쁨이며, 글을 쓰는 보람을 느끼게 해준다.

살아간다는 것은 흔적을 남기는 일이다. 글을 쓰는 사람으로서 흔적을 남긴다는 것은 생각과 느낌을 글로 적는 일일 것이다. 현실적 이슈들을 다룬 이 글들은 내가 어떤 사고와 감정을 갖고 순간순간을 치열하게 사유하며 살았는지 나의 존재와 사유에 대한 흔적이 될 것이다.

매달 한 편씩의 글을 한 수필 월간지에 〈송명희 교수의 트렌드 읽기〉라는 타이틀로 연재해온 지 4년째다. 글을 연재하는 동안 나는 그

달 그 달의 정치사회적 쟁점과 문화적 트렌드에 대해서 더 민감하게 살피고 생각했다. 세상이 어떻게 돌아가는지를 알아야 글을 쓸 수 있기 때문에 자연히 예민한 촉각을 갖고 그렇게 했는데, 이 또한 나이 들어가면서 자칫 세상사에 둔감해질 수도 있는 나의 사회의식을 일깨우는 데 도움이 되었다고 생각한다.

이번 에세이집에 실린 글들은 대체로 지금 여기의 현재를 살아가는 실존적 존재로서 정치사회적 이슈들이나 TV나 영화에 반영된 트렌드를 분석하여 그 의미를 읽어내고, 미래지향적 전망을 예측해보려는 태도를 갖고 썼다.

제1부 '코로나 사회를 성찰하다'는 우리 사회를 강타한 코로나19에 대한 생각들을 담아냈다. 코로나19가 바꾸어버린 세상을 분석, 성찰하며 코로나 이후의 사회가 어떻게 변화할 것인가도 예측해보았다.

제2부 '미디어는 메시지다'는 일종의 매체비평의 성격을 띤 글들이다. 하지만 단순한 매체비평이 아니라 영화나 텔레비전의 프로그램 등 미디어에 반영된 메시지를 통해서 우리 사회의 사회문화적 트렌드의 변화와 미래를 예측해본 것들이다.

제3부 '일과 놀이의 균형을 찾다'는 우리 사회의 첨예한 이슈들-번 아웃, 위험사회, 가짜뉴스, 남성들의 성문화, 강남의 집값, 부동산 블루, 과식 사회, 자살, 계획적 진부화, 기후와 환경문제-을 분석하며 우리 사회의 건전성에 대해 성찰하고 대안 사회적 미래를 모색해보았다.

제4부 '공정은 위기에 처해 있다'는 정치적 첨단 이슈들을 분석하며 우리가 공정하고 행복한 나라에서 살고 있는지에 대한 고민을 담아보

았다. 엄마 찬스와 공정사회, 대통령의 자질, 일본과의 무역전쟁, 남북 정상회담, 청년실업과 아세안 진출, 고려인 문제 등은 우리가 선진국 가로 도약하기 위해 해결해야 할 과제들이라서 그에 대한 생각을 담아 보았다.

제5부 '외로움도 관리해주나요'에서는 젠더 핫이슈와 초고령 사회 를 대비한 지혜에 대해서 적어보았다. 성차별이 없는 사회, 노인차별 이 없는 평등사회를 지향하며 쓴 글들이다.

동시대를 살아가는 독자들과 나의 생각을 공유하고 싶어 그동안 쓴 글들을 한 권의 책으로 펴낸다. 그동안 글을 연재했던 『수필과 비평』, 책을 기획해주신 푸른사상의 한봉숙 사장님과 편집부에 고마운 마음 을 전한다.

2021년 9월, 가을의 문턱에서
송 명 희 씀

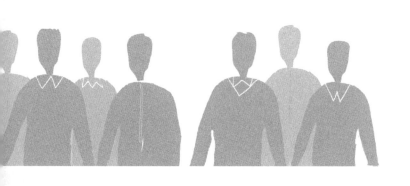

제 1 부

코로나 사회를 성찰하다

사람이 보고 싶고,
놀이가 간절하고,
축제가 그립다

이태원 클럽을 통해 코로나19가 재확산된 것을 계기로, 나는 인간은 아리스토텔레스(Aristoteles)가 정의한 사회적 동물(social animal)을 넘어서서 놀이적 인간(Homo Ludens)이며, 축제하는 인간(Homo festivus)이라는 확신을 갖게 되었다. 치명적인 감염병의 위험에도 불구하고 클럽을 찾은 그들을 지배하는 것은 바로 놀이 본능이다.

요한 하위징아(Johan Huizinga)는 인간을 사유적 존재로 규정한 호모 사피엔스나 노동의 존재로 규정한 호모 파베르가 아니라, 놀이적 존재라는 의미에서 호모 루덴스(Homo Ludens)라 칭했다. 그리고 인류 문명은 놀이의 충동에서 나온 것이며, 놀이는 단순히 즐거움을 추구하는 행위가 아니라 문화 발전과 역사 발전의 원동력 중의 하나라고 보았다. 로제 카유아(Roger Caillois)는 인간의 놀이는 단순한 여흥거리를 넘어서 인간 이해의 가장 핵심적 요소라고 했다. 그리고 모든 문화는 놀이 형식을 가지고 있다고 했다.

코로나19로 인해 모든 놀이가 중단된 2020년은 놀이적 본능을 가진 인간 존재를 부정하며, 우리의 일상을 숨막히게 한다. 코로나 블루에 빠져들게 만드는 요인 중의 하나도 바로 놀이를 즐길 수 없는 일상생활로부터 기인하는 것이라고 할 수 있다. 코로나19는 개인적으로 즐길 수 있는 놀이부터 공동체의 축제와 공연예술, 그리고 전시예술, 즉 다양한 문화 활동마저도 올 스톱시켜버리고 말았다. '사회적 거리두기'든 '생활 속 거리 두기'든 끊임없이 타인과의 관계하에 존재하는 사회적 존재로서의 인간은 물론이며, 놀이적 인간, 축제하는 인간으로서의 본능을 억압하고, 다만 질병으로부터의 안전만을 추구하도록 일상생활을 규제하고 있다. 물론 병에 걸려 죽지 않고 살아남는 것이야말로 살아 있는 인간의 가장 기본적 목표가 되지 않을 수 없을 터이지만……. 모든 즐거움을 차단당한 채 감염병의 위험으로부터 살아남는 것, 즉 최소한의 생존만으로 정녕 살아 있다고 말할 수 있을 것인가.

  사람들은 언제 즐거움을 느끼는가? 친구와의 만남, 맛있는 식사, 멋진 여행 등을 비롯해서 그림을 보거나 음악을 듣는 등 예술 감상에서도 큰 즐거움을 느끼는 존재가 인간이다. 더욱이 그 즐거움은 마음이 맞는 사람과 공유할 때에 한층 더 커진다고 할 수 있다. 그런데 요즘의 상황은 즐거움의 향유를 근본적으로 차단할 뿐만 아니라 누군가와 그 즐거움을 공유할 수 없도록 만들고 있다. 나는 지금껏 놀이보다는 일에 빠져서 일중독자로 살아왔지만 친구와의 만남, 즐거운 여행, 멋진 예술 감상마저도 제대로 할 수 없는 생활을 오랫동안 지속하다 보니, 친구, 즐거움, 놀이, 축제, 여행 같은 단어들이 머릿속을 맴돌며 놀이와 즐거움에 대한 욕망이 그 어느 때보다 간절해진다.

나의 간절한 욕망이 대체 무엇으로부터 기인하는 것인가를 생각해 보니, 실제로 놀이를 즐길 수 없다는 박탈감뿐만 아니라 그것들을 금지당하고 있다는 데 대한 심리적 반발이나 저항 때문이 아닌가 여겨진다. 인간은 자유를 갈망하고 부자유와 금지에 대해서 저항하는 본질적 속성을 지닌 존재 같다. 하고 싶은 욕망을 자유롭게 발현하지 못하고 사회적으로 금지당하고 있다는 데 따른 청개구리 심리 같은 것이 발동한 것이라고 생각되는 것이다.

사회적 거리 두기나 생활 속 거리 두기는 근본적으로 개인 행동의 자유를 규제한다. 그 규제의 필요성에 동의하지 않는 것은 결코 아니다. 밀(J.S. Mill)이 말했듯이 타인에 대한 해악을 막기 위해서는 개인의 자유를 제한할 수 있다는 위해의 원리(harm principle)를 수용하지만, 자율적 주체로서 나의 적극적 자유의지, 즉 에리히 프롬(Erich From)이 구분했듯이 '~로부터의 자유'가 아니라 '~를 향한 자유'를 구속당하고 있다는 데 따른 무력감과 부자유에 사로잡히며, 규제에 대한 심리적 반발이 일어나지 않을 수가 없는 것이다.

코로나 상황의 사회적 제약은 그에 상응하는 심리적 반발을 초래하고, 그 결과 사람들은 금지당한 자유를 복원하기 위해 저항 행동을 시도하게 된다. 감염병의 위험에도 불구하고 클럽으로 몰려간 젊은이들의 심리에도 놀이에 대한 본능적 욕망과 함께 그것을 금지당한 데 대한 반발심리가 작용했을 것이다. 따라서 그들의 놀이 본능을 무조건 비난만 할 수는 없는 것이다. 왜냐하면 본능은 이성적 판단으로 쉽게 컨트롤할 수 없는 강력한 힘을 지니고 있기 때문이다.

터부(taboo)는 미개한 사회에서 신성하거나 속된 것, 또는 깨끗하거나 부정하다고 인정된 사물·장소·행위·인격·말 따위에 관하여 접촉하거나 이야기하는 것을 금하거나 꺼리고, 그것을 범하면 초자연적인 제재가 가해진다고 믿는 습속을 의미한다. 문화인류학에서 볼 때, 터부는 감염성의 위험을 띠고 있다고 규정한 것에 접촉하거나 그 행위를 하는 것을 금지하는 규칙을 갖고 있다. 그리고 그 규칙을 위반한 자는 자동적으로 재앙에 휘말린다고 생각될 때, 그와 같은 규칙을 터부라고 부른다. 터부를 침범한 자는 자기 자신뿐만 아니라, 주위 사람들과 공동체에도 재앙을 초래한다. 즉 터부를 침범한 자의 위험한 상태는 주위 사람들에게도 감염된다. 2020년 인류의 최대 터부는 코로나19라는 전염병이다. 이 전염병은 터부의 전형적 속성에 그대로 부합된다.

문제는 2020년에 우리를 짓누르는 터부는 과거의 금기처럼 특별히 신성하거나 속된 것이 아니라 너무도 평범하고 당연하게 누려오던 일상생활을 금지당한다는 데에 있다. 전혀 특별할 것이 없고 당연히 누려오던 소소한 일상생활을 금지당하고 있다는 것과 더불어서 금지의 규칙에 대한 심리적 반발, 무엇보다도 즐거운 일이라곤 하나도 누릴 수 없는 데서 오는 코로나 블루라는 우울증……. 게다가 이 상황이 언제 끝날지도 모르며, 자신도 감염병에 걸릴지도 모른다는 데 대한 두려움과 불안에 더하여 본인도 모르는 사이에 감염병의 전파자가 되어 공동체의 안전을 위협하는 오명을 뒤집어쓸지도 모른다는 사회적 불안까지 가세하여 우리는 일상생활만이 아니라 심리적으로도 심각한 억압에 짓눌려 있다.

코로나바이러스는 눈에 보이지도 않아 그에 대한 접촉을 피하기 위해서는 사회적 거리 두기는 물론이며, 여러 생활수칙을 잘 지켜야 한다는 사회적 룰을 결코 거부할 수 없다는 데 딜레마가 있는 것이다. 어디 그뿐인가? 룰을 지켜도 재수가 없으면 확진자가 될 수도 있기에 모든 사람을 감염병 전파의 위험한 존재로 의심하는 의혹을 거두지 말아야 한다는 것이다. 그러니 사람들을 만나도 2미터 또는 1미터의 안전거리를 확보하고 모임 자체를 자제해야 하니, 친밀했던 인간관계마저도 점점 소원해지고 우리의 삶은 재미를 하나도 느낄 수 없는 상태가 되고 말았다. 개인적으로나 사회적으로 놀이와 축제가 사라진 지리멸렬한 일상생활을 계속하다 보니 삶이 무기력하고 우울해질 수밖에 없는 것이다.

혹자는 코로나로 일자리가 사라져 먹고사는 문제가 위기에 처했는데 무슨 노는 타령이냐고 말할지도 모른다. 놀이는 근본적으로 먹고사는 문제나 경제적 이해관계로부터 자유로운 활동이다. 하지만 현대사회에서는 게임, 영화, 예술, 문화, 스포츠 등도 단순한 놀이가 아니라 산업의 일종이다. 대체로 비정규직 자유업에 속하는 문화예술 종사자들은 코로나19로 인해 그들의 일자리에 가장 큰 타격을 입고 있다. 따라서 놀이가 먹고사는 문제와 별도라는 생각은 너무 근시안적이다.

『노는 만큼 성공한다』의 저자 김정운은 소소한 일상에서 즐거움을 발견하는 사람에게는 매일의 삶이 '축제'다. 진부한 것을 새로운 맥락에서 '낯설게' 보는 능력, 그것이 바로 창의력으로 이어진다고 했다. 그가 말한 소소한 일상의 즐거움을 박탈당하고 있는 현 상황에서 우리의 삶은 재미도 창의력도 사라져버렸다. 진부해도 좋고 특별하지 않아도 되니 제발 코로나 이전처럼 일상을 즐기는 축제 같은 삶을 하루빨리 되찾을 수 있기만을 간절히 바랄 뿐이다. 사람이 보고 싶고, 놀이가 간절하고, 축제가 너무 그립다.

그리고 우리 사회는 이제 비대면의 놀이들을 보다 다양하게 개발해야 할 시점에 이르렀다. 게임은 처음부터 온라인이나 모바일을 통해서 즐겨왔지만, 넷플릭스를 통한 영화 감상이 증가하고, 무관중의 온라인 예술 공연이나 스포츠 등도 부분적으로 시도되고 있다. 하지만 사람과 사람이 직접 만나는 데서 공유하는 정서적 즐거움과는 다른 차원의 것이라고 할 수 있다. 즐거움을 공유할 사람을 만날 수 없는 시대를 살아가면서 새삼 느끼게 되는 것은 사람과 사람이 직접 만나 교류하고 정서를 공유하는 것이야말로 사람이 살아가는 가장 근본적인 기쁨이며, 최상의 커뮤니케이션이라는 생각을 하게 된다.

사람 간의 접촉이 아닌 온라인으로 접속하는 시대를 살아가는 우리는 코로나 이전의 즐거움을 향유하는 방식을 버리고, 뉴노멀 시대에 맞도록 하루빨리 콘택트(contact)가 아닌 언택트(untact)의 놀이와 즐거움에 적응할 수 있도록 놀이 본능의 변화와 적응을 시도해야 할 것인가?

미래의 어느 날, 사람들은 믿을 수 없는 옛이야기처럼 2020년 이전에는 사람들이 같이 모여 식사하며 떠들고 놀며, 극장에 모여 공연을 함께 보고, 운동장에 모여 스포츠를 응원하는 등 무모하고도 야만적인 생활을 했었다고 회고하게 될까?

코로나 블루,
코로나 뉴 월드

"페스트 병균은 결코 죽지 않는다. 수십 년간 가구나 내복 속에서 잠자다가 다시 쥐들이 쑤석대고, 어떤 행복한 도시를 겨냥하는 날을 끈질기게 기다리고 있다." 인용문은 알베르 카뮈의 소설 『페스트』(1947)의 한 구절이다. 이 구절은 코로나19로 인해 요즘 내가 겪고 있는 마음속의 불안과 너무도 닮아 있다.

어찌 나뿐일까. 코로나19라는 눈에 보이지도 않는 바이러스 때문에 나라 전체, 아니 전 세계가 불안과 공포의 도가니에 빠져 있다. 〈컨테이전〉이나 〈감기〉 같은 재난영화 속 허구적 현실이 실제현실이 되어버린 상황에서 우리는 무엇을 할 수 있을까.

텔레비전은 하루 종일 코로나19 뉴스를 무슨 실황중계방송 하듯이 내보내고, 휴대폰은 수시로 확진자의 동선을 알려준다. 잠시도 코로나19의 불안과 공포로부터 놓여날 수 없는 상황을 매스컴과 휴대폰이 만들고 있다. ICT강국의 우리나라는 전 세계로 퍼져나가고 있는 전염병 상황을 신속하게 알려주고 있지만 과연 그렇게까지 할 필요가 있는 것일까. 사스, 신종플루, 메르스 때에는 이처럼 나라 전체가 불안과 공포에 휩쓸렸던 것 같지 않았는데 망각 탓일까.

확진자 숫자가 증가하면서 정부는 마스크 유통 하나만을 두고도 갈 팡질팡했지만 초기부터 비교적 차분하게 잘 대처해왔다. 그러나 대구 신천지 교회의 대규모 감염 발생은 기존의 대응방식을 무력화시키며 혼란을 야기시켰다. 이 상황에서 정치권은 서로에 대한 비난과 공격을 자제하고 지혜를 모아야 하는데, 정치적 유·불리를 따져가며 억지주 장과 비난이 멈추지 않고 있다. 이래저래 국민들의 정치에 대한 불신 과 환멸이 커져갈 뿐이다.

코로나19는 막연한 것이 아니라 매우 구체적 현실로 다가와 우리의 일상을 뒤흔든다. 겨울방학이 끝났지만 학교는 제때 개학을 하지 못하 고, 도서관, 박물관, 미술관, 공연장, 체육관, 유치원, 복지관, 문화센 터 등과 같은 다중이용시설들도 문을 걸어 잠그고 있다. 사람들이 외 출을 극도로 꺼리면서 밤낮없이 붐비던 차로가 텅텅 비어 있다. 텅텅 비기는 인도도 마찬가지다. 어쩌다가 보이는 검은 마스크를 쓴 사람들 은 서로를 피하면서 무언가에 쫓기듯이 바쁘게 걸어간다. 상점들은 개 점휴업 상태거나 아예 문을 닫았다. 봄꽃이 피어나고, 그것을 시샘하 는 꽃샘바람이 불고 있지만 마음은 동토지대처럼 차디차게 얼어붙어 있다. 코로나19가 산업과 경제에 미치는 파장은 상상을 훨씬 뛰어넘 고 있다. 주가는 폭락하고 소비는 꽁꽁 얼어붙었다. 침체의 늪에서 벗 어나 기지개를 켜려던 우리 경제는 심각하게 악화되고 있으며, 우리의 라이프스타일도 변화하고 있다.

얼마 전에는 감염 확진자가 방문했다는 한 카페에 나도 다음 날 들렀다는 사실을 뒤늦게 알게 되어 아연실색을 했다. 그날 당장 나는 매일 다니던 피트니스센터에 당분간 쉬겠다고 통보했다. 집에서 원고를 쓰는 일 이외에는 강의도 운동도 할 수 없는 상황이 계속되자 무기력증과 우울증에 빠지게 된다. 새삼스럽게 인간은 사회적 동물이라는 생각을 하면서 밤이 되면 언제 끝날지 모르는 이 상황이 답답해 맥주 한 캔을 따서 마신다. 전염병의 불안과 사회적 거리 두기의 고립감을 술로써 잊어보겠다는 일종의 도피심리다. 이러다가 알코올 중독이 될지도 모른다고 걱정하면서도 이 상황에서 위로를 얻을 수 있는 유일한 방법이 이것밖에 없다고 생각한다. 매스컴에서는 재빠르게 요즘 내가 겪는 것과 같은 우울증에다 '코로나 블루'라는 그럴듯한 네이밍(naming)까지 했다.

코로나19가 우리들의 일상을 온통 바꾸어버리고 있다. 학교의 강의는 온라인강의로 대체되고, 사람들 사이에 면대면의 커뮤니케이션은 완전히 사라지고 있다. 벌써부터 SNS가 활성화되면서 면대면의 커뮤니케이션이 줄어들고는 있지만, 이제는 사람들과의 만남을 아예 회피하는 분위기다. 심지어 법정에서조차 원격영상재판으로 재판이 열린다고 하니…….

이미 쇼핑의 형태는 인터넷쇼핑과 홈쇼핑으로 바뀐 지 오래지만 확진자가 다녀간 마트나 백화점은 소독을 한 후 다시 열어도 사람들의 발길이 뜸하고, 백화점은 영업시간을 단축했다. 사람들은 배달 앱으로 음식을 주문하거나 앱을 통해 구입한 재료들로 집에서 직접 요리를 해서 먹는다. 회식도 사라졌다. 그러니 식당은 문을 닫아야 할 형편이다.

이미 휴업 안내문을 붙여놓은 식당도 속출하고 있다. 외출을 삼가고 집에만 있으니 패션산업도 아웃웨어 대신 집에서 편안하게 입는 이지웨어 쪽으로 방향을 틀 것 같다.

가뜩이나 결혼율과 출산율이 낮아져서 걱정인 판에 결혼식장에는 취소 통보가 이어진다. 이미 신혼여행을 떠났던 사람들은 현지 공항에서 격리된 채 오도 가도 못 해 신혼의 단꿈이 산산이 깨져버리고⋯⋯. 결혼 날짜를 잡아놓았던 사람들이 예식과 여행 계획을 취소하면서 업체와의 분쟁이 이어지고 있다. 이번 기회에 혼인신고만으로 결혼 절차를 간소화하는 것도 결코 나쁘지 않을 것 같다고 생각한다. 1인 가구가 30%에 육박하고, 젊은이들이 결혼을 기피하는 상황에서 오프라인에서 사람을 만날 기회마저 사라지니 결혼율은 더 떨어질 것이다. 어쩌면 이 틈에 사이버섹스 산업이 번창하게 될지도 모른다.

집단감염의 예방 차원에서 출근하지 않고 재택근무를 하는 회사도 늘었다. 재택근무가 업무의 효율성을 떨어뜨릴지도 모른다는 우려와는 달리 오히려 효율성이 높아졌다고 한다. 더욱이 출퇴근으로 인한 시간과 돈의 낭비도 없어진다. 그뿐인가? 학교, 유치원, 어린이집이 모두 문을 닫은 상황이니 일을 하며 아이를 돌볼 수도 있다. 업무의 효율성, 교통의 혼잡, 자녀의 돌봄과 교육 등 정말 일석이조요, 일거양득이 아닐 수 없다. 코로나19 사태가 재택근무를 근무의 한 형태로 제도화하는 계기가 되었으면 좋겠다.

학교가 개학을 미루는 사이 학원도 휴원에 들어갔다. 학생들은 집에서 온라인으로 강의를 듣거나 혼자서 공부를 해야만 한다. 내가 학생이었을 때는 학교에 가는 것 말고는 공부는 늘 혼자서 스스로 했다. 어쩌면 이번 사태가 자율적인 공부방식으로 되돌아가는 기회를 줄지도 모른다. 어제 아파트 단지에서 산책하는데 학생으로 보이는 십 대 소년들이 나와 배드민턴을 치고 있었다. 예전 같았으면 평일의 낮 시간에 집에서 운동을 한다는 것은 상상도 할 수 없는 일이었다. 야간자율학습에다 학원에 과외까지 공부에서 공부로 이어지던 청소년들의 일상이 바뀌어 공부와 운동과 휴식의 균형이 찾아진다면 그 또한 전인교육을 위해서 바람직한 일이 아닐 수 없다. 어쩌면 이번 기회에 홈스쿨링이 늘어날지도 모른다.

　사람들이 모임을 취소하고 집 안에만 들어앉아 사회적 거리 두기를 실천하는 동안 대충대충 음식을 해먹던 습관이 바뀌어 이것저것 음식을 만들어 먹으며 가족들끼리 얼굴을 맞댈 시간이 길어졌다. 그야말로 '저녁이 있는 삶'이 저절로 이루어진 것이다. 교육이든 라이프스타일이든 개인의 의지보다는 시스템이 바뀌면 변화할 수도 있다는 가능성을 실감하는 요즈음이다.

　한동안 소식이 뜸하던 지인들이 이메일을 보내오고, 전화를 걸어오거나 문자로 안부를 물어온다. 혹자는 보고 싶어도 보자는 말도 할 수 없는 상황을 안타까워하기도 한다. 외출을 안 하니 그만큼 마음의 여유가 생긴 것이리라. 나는 늘 쫓기듯이 원고를 쓰던 습관을 바꾸어 천천히 생각하며 쓰고, 모든 일들을 느리게 처리한다. 나는 코로나19가 바꾸어버린 일상이 반드시 부정적인 것만은 아니라는 데 생각이 미친다. 위기는 항상 새로운 기회를 가져온다고 생각하면서 올더스 헉슬리가 소설『용감한 신세계』에서 그렸던 '용감한 신세계'와는 다른 차원의 '코로나 신세계'가 의도치 않게 시작되고 있다고 느낀다.

2020년의 대한민국, 아니 세계를 뒤흔들고 있는 코로나19를 경험하면서 가장 먼저 떠올린 소설은 글머리에서 인용한『페스트』이다. 알제리의 해변도시 오랑에 갑자기 '페스트'가 창궐하면서 마침내 도시는 폐쇄됐고, 사람들은 공포에 휩싸인다. 시 당국도 우왕좌왕한다. 코로나19의 발원지였던 중국의 우한시가 봉쇄됐고, 우리나라도 집단 감염의 온상이었던 대구 신천지 교회가 봉쇄됐다. 일부 개신교는 예배를 강행하고 있지만 성당은 사이버미사를 도입하고, 불교는 산문을 폐쇄했다.

나는 14세기 중엽 유럽에서 대유행했던 전염병 페스트와 2020년에 전 세계를 강타하고 있는 코로나 팬데믹(pandemic)이 매우 닮았다고 생각하며, 서가의 구석에 처박혀 있던 카뮈의 소설『페스트』를 찾아 책장을 펼친다.

이 기록의 주제를 이루고 있는 기이한 사건은, 194x년에 오랑에서 일어났다. 일반적인 의견으로는, 보통 경우에서 좀 벗어나는 사건치고는 일어난 장소가 어울리지 않는다는 것이었다. 오랑은 언뜻 보기에는 사실 평범한 도시이며 알제리아 해안에 있는 프랑스의 한 도청 소재지 이상의 아무것도 아니다.

솔직히 말해서 거리 자체는 초라하다고밖에 할 수 없다. 그저 평온한 도시이고, 지구 위 어디에나 있는 다른 많은 상업 도시와 다른 것을 깨닫기 위해서는 다소 시간이 걸린다. 가령 비둘기도 없고 나무도 공원도 없는 도시, 거기서는 날개를 퍼덕이는 새도, 한들거리는 나뭇잎도 볼 수 없는 걸, 한마디로 말해서 중성지대인 그 도시를 어떻게 설명하면 상상이 될까.

인용한 대목은 액자구성으로 되어 있는 소설의 외부액자(바깥 이야기)의 서두이다. 이 서두는 안 이야기(내부액자)에서 페스트가 발생하여 죽음의 도시로 변할 오랑시의 운명을 예고하고 있다. 도시의 배경 묘사는 앞으로 페스트 발생으로 일어날 재앙을 암시한다. "비둘기도 없고 나무도 공원도 없는 도시, 거기서는 날개를 퍼덕이는 새도, 한들거리는 나뭇잎도 볼 수 없는", 즉 그 어떤 생명체도 부재하는 불모의 도시 오랑은 페스트의 창궐이라는 극한상황에 휩싸여 혼란과 이기주의와 자포자기와 허탈감이 난무한다.

다행히 우리나라는 소설 속의 오랑시와는 달리 중앙정부와 지자체가 신속하게 앞장서고, 지자체 간 협조도 긴밀하고, 의료인들이 대구로 달려가고, 기부가 이어지고, 건물주는 임대료를 인하하고, 생필품의 사재기도 일어나지 않고, 사회적 거리 두기를 자발적으로 실천하는 등 성숙한 시민의식을 보여주고 있다. 외신은 한국의 투명하고 상세한 정보공개와 신속한 진단능력을 높이 평가하며 패닉(panic)은 없다고 찬사를 보낸다. 그만큼 우리나라의 행정시스템과 의료시스템의 대처가 매우 탁월하다고 다른 나라에서도 인정하고 있다. 반면 우리의 우파 언론과 정당은 격려는커녕 대안도 없는 트집을 사사건건 잡고 비난 일변도다.

전쟁, 죽음, 질병과 같은 극한상황이 발생하면 인간은 자기 존재에 대한 한계의식을 느끼며 본래의 자기에 대한 실존적 자각을 하지 않을 수 없다. 어쩌면 제2차 세계대전을 전후한 20세기 중엽 유럽에서 유행했던 실존주의 문학이 지금 이 시점에서 새롭게 각광을 받을 것도 같다. 사르트르, 카뮈, 보부아르, 카프카 등 실존주의 작가들은 전쟁, 죽음, 질병 같은 한계 상황과 부조리한 현실 앞에 놓인 인간의 나약함, 파멸의식, 한계의식 같은 것을 문학적 주제로 삼아 극한상황을 극복하여 나가는 진실한 인간상을 제시하고자 했다. 광의에서 실존주의 문학은 합리주의적 인간관에 대한 의심, 삶에 대한 근원적 반성, 새로운 생존의 길 모색 등의 경향을 보이는 모든 문학을 지칭한다.

사회적으로 고립되어 '코로나 블루'라는 정체 모를 분노와 우울증에 빠져 있는 동안 나는 실존주의 문학이 추구했던 주제들에 대해 저절로 사유하지 않을 수 없다. 첨단 과학기술문명의 21세기를 살고 있는데 하찮은 바이러스 앞에서 이토록 인간이 무력해질 수 있다는 부조리 앞에서 인간의 실존적 한계를 실감하지 않을 수 없는 요즈음이다.

우리에게 마음의 상처를 입히는 사람들도 가까이에 있는 가족, 친구, 이웃이지만 코로나19의 감염원이 되는 것도 나와 멀리 떨어져 있는 낯선 사람들이 아니다. 거의 대부분의 전파가 가족, 같은 종교집단, 콜센터 같은 직장, 병원과 요양원 같은 집단시설 내에서 이루어졌다. 그러니 사람들 사이에는 전염병이라는 외부적인 적뿐만 아니라 상호 불신이라는 내부의 적이 음험하게 퍼져 나간다. 나와 마주 앉은 상대방이 언제 나에게 바이러스를 전파할지도 모른다고 생각하니 서로를 불신하고 사람을 회피할 수밖에 없는 것이다. 코로나19가 끝나도 한동안 사람들은 마음의 마스크를 쓴 채 불안과 공포에 시달리며 서로를 불신하는 '외상 후 스트레스 장애'라는 집단적 트라우마로부터 빠져나오지 못하게 될지도 모른다.

　21세기의 글로벌 네트워크를 통한 전 지구적 상호 교류는 질병마저 국지적인 것이 아니라 세계적인 것으로 만들고 있다. 그만큼 코로나로 인한 글로벌 리스크가 커진 상황에서, 각국은 특정 국가에 대해 공항을 폐쇄하며 자국으로의 감염을 차단하고자 하지만, 이제 개별 국가들의 국지적인 대처는 아무런 소용이 없어졌다. 코로나 팬데믹을 최소화하기 위해서는 국가 간에 투명하게 정보를 공유하고 상호 협력하여 백신과 치료제도 공동개발하고, 질병 대처의 노하우도 공유하면서 상생을 모색하는 글로벌 거버넌스가 그 어느 때보다도 요청된다.

　아무튼 지금 바라는 것은 하루빨리 백신과 치료제가 개발되어 이 불안과 공포와 불신의 늪으로부터 벗어나 건강한 삶과 사회를 회복해야 한다는 것이다. 이것이 현재 우리가 추구해야 할 최대의 명제이다.

사회적
거리 두기

"꽃이 다 져요."

시인인 제자가 얼마 전 절규하듯이
보내온 문자다. 사회적 거리 두기를 실천하는 동안 봄꽃들이 다 지고
있는 데 대한 안타까움이 이 짧은 한 마디 속에 절절히 묻어난다. 해마
다 벚꽃 축제를 해오던 진해에선 교통을 통제하며 사람이 찾아오지 못
하도록 막았고, 이곳저곳에선 봄을 즐기려는 행락객이 오지 못하도록
유채꽃밭을 아예 갈아엎었다는 뉴스가 이어진다. 정말 지금껏 경험해
보지 못한 2020년의 잔인한 봄날 풍경이다.

중국에 이어 우리나라에 상륙한 코로나바이러스는 역설적이게도
한국의 위상을 전 세계에 드높여주고 있다. 코로나바이러스가 전 세
계로 퍼져나가며 마치 제3차 세계대전과도 같은 위기를 만들어내고
있는 상황에서 유독 우리나라만이 신속하고도 성공적으로 위기에 잘
대처함으로써 다른 나라들의 귀감이 되고 부러움을 사고 있다. 한국
의 훌륭한 의료 인프라는 말할 것도 없고, 세계 최고의 정보통신기술
(ICT)에다 감독인 문재인 행정부가 내린 신속한 판단의 합작품이다.

방탄소년단의 K팝과 봉준호 감독의 영화 〈기생충〉으로 한층 높아진 한국문화의 위상에 이어 한국은 행정시스템과 의료시스템, 그리고 시민의식이 전 세계에서 가장 뛰어난 선진국가라는 확고한 이미지를 코로나바이러스가 심어준 것이다. 한국전쟁과 북한 핵으로 한국은 세계에서 가장 위험한 국가라는 부정적 인식을 일거에 불식시키며 '일등 선진국가 한국'의 이미지 제고에 기여한 코로나바이러스에 우리는 감사해야 할까?

교육계도 사회적 거리 두기로 인해 온라인 강의를 초등학교부터 대학교까지 전국적으로 실시하고 있다. 실험도 안 거친 채 바로 실전 투입이다. 코로나19의 전쟁 같은 상황은 실험조차 허용하지 않는다. 4차 산업혁명이 폭력적으로 다가와 교육계의 패러다임(paradigm)을 흔들고 있다.

미국의 과학철학자 토머스 쿤(Thomas Kuhn)이 그의 저서『과학혁명의 구조』(1962)에서 패러다임은 점진적으로 바뀌는 것이 아니라 혁명적으로 바뀐다고 했다. 그는 과학혁명이 일어나면서 한 시대를 지배하던 패러다임은 완전히 사라지고, 경쟁관계에 있던 패러다임이 새로운 패러다임으로 자리를 대신하게 되므로 하나의 패러다임은 영원히 지속될 수 없고, 항상 생성 · 발전 · 쇠퇴 · 대체되는 과정을 되풀이한다고 책에서 썼다.

우연하게도 코로나19로 인해 교육계는 4차 산업혁명 시대를 열었다. 4차 산업혁명은 ICT의 융합으로 이뤄지는 차세대 산업혁명으로, '초연결', '초지능', '초융합'으로 대표된다. 인공지능(AI), 사물인터넷,

자율주행차, 가상현실, 드론 등이 주도하는 4차 산업혁명은 경제와 사회의 제 분야에서 이미 혁신적인 변화를 일으키고 있지만 교육계에도 이번에 그 변화가 태풍처럼 다가왔다. 정말 토머스 쿤의 말대로 패러다임의 혁명적 변화를 실감하는 요즈음이다.

줌(zoom)에 의한 원격화상강의를 비롯해서, 알고 보니 밴드에서도 라이브 강의를 할 수 있고, 카카오톡의 기능을 활용해서도 강의가 가능하다는 것을 알게 되었다. 아무튼 온라인 영상강의를 해야 하는 상황이 도래하니 원하든 원하지 않든 이를 받아들일 수밖에 없는 폭력적인 현실에 적응해가고 있다. 때에 맞추어 부산시청자미디어센터에서 실시하는 '팟캐스'와 '온라이브OBS유튜브 방송' 하는 법을 역시 온라인으로 교육받을 기회가 생겨 받게 되었다. 이 교육을 통해서 인지하게 된 사실은 1인 방송 시대가 활짝 열렸다는 것이다. 지금까지 1인 방송과 유튜브는 남이 하는 것으로만 알고 있었는데……. 그동안 사용하지 않았을 뿐 이미 1인 방송 시대의 기술 인프라는 다양하게 갖추어져 있었다.

지금은 코로나19 때문에 비대면 화상강의를 어쩔 수 없이 하고는 있지만 왠지 이번 기회가 교수법을 확 바꾸어버릴 것만 같은 예감이 든다. 이제 사교육 시장만이 아니라 공교육에서도 스타강사 시스템으로 바뀔 것 같은 불길한 예감……. 그렇게 되면 이제 교사나 교수들은 지적인 실력 연마에 더하여 비디오와 오디오에 강한 능력까지 갖추어 마치 엔터테이너처럼 방송에 학생들을 잘 집중시킬 수 있는 교수법 개발에 시간과 노력을 쏟지 않을 수 없다.

토머스 쿤의 지적이 아니더라도 과학기술혁명이 삶의 패러다임을 혁명적으로 바꾸어버린다는 것을 늘 실감하며 살아왔다. 그것은 개인에게 선택의 여지도 없이 폭력적으로 다가오곤 했다. 그 끝은 과연 어디일까? 1차 산업혁명 시대에 태어나서 2차 산업혁명 시대에 청년기를 보내고, 중년기에 3차 산업혁명 시대를 맞으며 이제는 끝이라고 생각했는데……. 지난 2016년 바둑 천재 이세돌과 구글 딥마인드가 개발한 알파고와의 대국에서 알파고가 4승 1패로 승리를 거두는 사건을 통해서 4차 산업혁명 시대가 도래했다는 것을 인정하지 않을 수 없었다. 그런데 벌써 5차 산업혁명이라는 말도 나오고 있으니 도대체 그 끝이 어디일지 짐작도 되지 않는다.

죽기 전에 얼마나 더 새로운 기술들을 배우고 익혀야 한다는 말인가? "학이시습지 불역열호(學而時習之 不易說乎)"라는 논어의 말씀도 정도 문제가 아니겠는가? 나처럼 새로운 것을 배우는 데 주저하지 않고 즐기는 사람조차 숨이 가쁘고 혼란스럽다. 한 개인이 과연 이렇게 많은 것들을 배우고 익히며 살아야 하는 기술문명의 시대, 누구를 위하여 새로운 과학기술은 계속 개발되는 것인지, 그것이 과연 인간에게 편안하고 행복한 삶을 가져다주는 것인지 질문하지 않을 수 없는 요즈음이다.

당초 통신을 위해 개발된 휴대폰 하나로 열거할 수도 없이 수많은 기능들이 늘어나다가 드디어 1인 방송의 제작까지 가능해졌다. 개인들이 익혀야 할 과학기술이 무한대로 확장되고, 이러한 변화에 적응하지 못하면 살아남지 못한다. 그런데 생각해보라. 그러한 기술들을 익히는 동안 우리는 정작 가장 기본적인 의식주조차 스스로 해결하지 못하는 아이러니한 상황 속에서 살아가고 있지 않은가. 가령 집밥이라는 말이 나올 만큼 집에서 밥을 해먹는 일이 줄어들고 있다. 이제 음식 만들기는 여자라면 누구나 익혀야 할 기능이 아니다. 남녀가 가사노동을 분담하는 젠더 평등시대에 접어든 것이 아니라 남녀 모두 밖에서 식사를 해결하거나 배달로 시켜 먹는 시대가 된 것이다. 이건 싱글족들만의 이야기가 아니고 결혼한 부부도 마찬가지다.

　교통통신의 발달이 전 세계의 공간을 축소시켜 지구촌화하였다면 다른 한편에서 ICT의 발달은 사람이 이동할 필요조차 없게 만들고 있다. 컴퓨터나 휴대폰으로 접속하여 개인 간의 소통과 정보 검색은 기본이며, 쇼핑과 은행 업무, 병원 진료와 처방, 회의나 강의, 그리고 운동경기나 공연과 전시 관람까지도 가능해졌으니 앉아서 클릭 클릭만 하면 만사가 해결이다. 사이버상의 접속이 사람 간의 직접적 접촉을 대신하고 있다. 접촉이 아니라 접속의 시대를 살아가고 있는 것이다. 그러니 사람 간의 거리는 축소된 것이 아니라 갈수록 멀어지고 있다. 즉 비대면이 일상화되고, 과학기술이 그것을 지원하고 있다. 게다가 코로나19는 그것을 가속화시키고 있다.

　인간과 인간이 지켜야 할 최소한의 거리가 35센티미터라고 한다. 그 안으로 들어간다는 것은 매우 친밀하고 특별한 관계가 아니면 허용되지 않으며, 오히려 공격으로 받아들인다. 그런데 요즘은 2미터의 거리를 요구한다. 사회적 거리 두기(social distancing)는 사람과 사람 간에 절대 친밀한 관계는 맺지 말라는 의미이다. 과거에도 이런 개념이 있었는지 말도 참 잘 만들어낸다는 생각이다.

　사회적 거리 두기는 가족 간의 물리적 거리를 가깝게 만든다. 이로 인해 미국에서는 코로나베이비붐을 우려하며 피임대책을 세우는가 하면, 중국에서는 이혼율이 높아질 것을 예상하고 있다. 일본에서도 코로나 이혼이라는 말이 나올 정도이다. 마치 우리나라에서 명절 뒤에 이혼율이 높아지는 것과 중국, 일본의 상황이 유사하다. 아무튼 미국과 동양의 두 나라의 상반된 반응이 동서양의 차이인지 뭔지……. 우리나라에서는 가정폭력과 층간 소음으로 인한 이웃 간의 분쟁이 증가하고 있다고 뉴스는 전하는데 중국, 일본, 한국의 양상이 유사하다.

　사회적 동물인 인간은 타인과의 적당한 만남과 거리 유지를 통해 적절히 감정적 소통을 해야 건강한 삶을 유지할 수 있다. 사회적 거리 두기로 가정에 격리되고 가족 간의 거리가 갑자기 축소됨으로써 스트레스와 갈등, 그리고 우울감이 이혼이나 가정폭력으로 나타나고 이웃 간의 층간 소음 분쟁으로 나타나고 있는 것이다. 새삼 사람 간의 거리는 너무 멀거나 가까우면 문제가 발생한다고 생각된다. 멀었던 가족 간의 물리적 거리가 갑자기 가까워진 데서 오는 부적응이 이혼이나 가정폭력으로 이어지고 있는 것이다.

　사회적 거리 두기를 실천하는 동안 미국에서는 베이비붐을 걱정할 정도로 부부간에 친밀감이 증대된 반면 동양권에서 이혼율의 증가와 가정폭력으로 사회적 거리 두기의 부정적 역기능이 나타나는 것은 평소 자기의 감정을 잘 파악하고 표현하는 데 동양인들이 서투르기 때문이 아닐까. 타인과 감정 소통을 잘 하려면 먼저 자기 자신의 마음을 잘

인지하고 표현하는 훈련이 필요하다. 이번 기회에 감정의 중요성을 제대로 인식하고 감정을 그때그때 적절히 표현함으로써 사소한 일로 폭력이나 분쟁으로 과민반응하고 이혼까지 가지 않도록 감정을 잘 컨트롤할 수 있는 훈련을 쌓아야 할 것 같다. 전문가들은 감정 조절에 명상, 참선, 복식호흡, 근육이완 훈련 같은 것이 도움이 된다고 권한다.

'저녁이 있는 삶'은 한때 정치적 이슈로 대두되기도 했는데, 정작 사회적 거리 두기로 인해 저녁이 있는 삶을 맞고 보니 주부들의 돌봄노동과 가사노동 증대라는 역기능이 나타나고 있다. 특히 맞벌이 주부가 곤경에 처하고 있다. 어느새 주부들의 돌봄노동과 가사노동은 사회화로 인해 많이 축소되어 있었던 것이다.

가족의 적절한 역할 분담을 통해 갈등과 스트레스를 최소화하고, 가족이 함께 즐길 수 있는 여가도 개발하고, 무엇보다 가족 간에도 적정한 '거리 두기'를 통해 가족이라는 공동체 내에서도 독립성과 프라이버시가 유지될 수 있어야만 가족이 해체되지 않고 계속 유지될 수 있을 것이다.

포스트코로나 사회를
생각하며

　　　　　　　　　　　　　　독일에서 가장 주목받고 있는 철학
자의 한 사람인 한병철은 "우리는 오늘날 더 이상 바이러스의 시대를
살고 있는 것은 아니다. 우리는 면역학적으로 볼 때 박테리아적이지도
바이러스적이지도 않으며, 오히려 신경증적이라고 규정할 수 있다. 신
경성 질환들, 이를테면 우울증, 주의력결핍과잉행동장애, 경계성성격
장애, 소진증후군 등이 21세기 초의 병리학적 상황을 지배하고 있는
것이다"라고 『피로사회』(2010)에서 말했다.

　　21세기는 더 이상 박테리아적이지도 바이러스적이지도 않으며, 오
히려 신경증적이라고 규정했던 그의 진단을 코로나바이러스는 여지
없이 깨뜨려 부수고 말았다. 인류가 보유했던 면역학적 기술은 새로
운 바이러스의 출현에 무력화되었고, 전 세계는 마치 제3차 세계대전
과도 같은 위기상황 속으로 내던져졌다. 바이러스의 위험성을 일찍이
파악한 빌 게이츠는 지난 2015년 테드(TED) 강연에서 "내가 어렸을 때
가장 걱정했던 재난은 '핵전쟁'이었지만, 오늘날 세계 최대의 위험은
'미사일'이 아닌 '미생물'(전염성이 강한 바이러스)이다"라고 전염병의 위

험성을 경고한 후 전염병 연구에 막대한 지원을 하고 있다.

코로나19라는 외부의 적이 전 세계를 강타하는 동안 사람들의 내부에는 코로나 블루라는 신경증적 질환이 침투하여 정신건강을 잠식해버렸다. 마치 독일 뉴저먼시네마의 기수인 라이너 베르너 파스빈더 감독의 영화 〈불안은 영혼을 잠식한다〉(1974)의 제목과도 같은 상황이 되어버린 것이다. 우리는 바이러스성 전염병에도 여전히 취약하고, 신경증적 질환들도 동시적으로 앓고 있는 셈이다.

한병철은 과거의 사회가 푸코적인 의미의 규율사회의 복종적 주체로 대표되는 사회라면, 오늘날의 사회는 성과적 주체가 대신 들어선 성과사회라고 규정했다. 그가 말하는 피로사회는 부정성이 소멸되고 과잉된 긍정성으로 터져버릴 것만 같은 사회다. '나는 할 수 있다'는 정신이 최고의 가치가 된 성과사회에서 개인들은 스스로가 최대의 성과를 올리려고 자신을 끝없이 채찍질한다. 즉 타자에 의한 착취가 아니라 자기 스스로 자신을 착취하는 자기학대가 만연된 피로사회가 바로 성과사회다.

우리나라는 지금까지 전 세계에서 가장 많이 일하고 가장 빠르게 움직이는, 말하자면 성과사회적 가치를 최고로 여기는 사회였다. 이는 개인적 선택이라기보다는 사회적으로 강요된 가치였다고 할 수 있다. 오죽하면 문재인 정부가 나서서 52시간 근무제를 도입하며 피로사회적 병폐를 완화시키고자 하였을까. 그런데 근래 젊은이들을 중심으로 일과 삶의 균형을 뜻하는 워라밸(work-life balance)의 라이프스타일을 추구하는 것은 피로사회를 벗어나는 긍정적 변화라고 읽을 수 있을 것이다.

　코로나19는 우리로 하여금 지금까지의 성과사회, 피로사회에 대한 근본적 반성을 하지 않을 수 없게 만든다. 피로사회는 인간 자신만을 착취하는 사회가 아니었던 것이다. 즉 자연에 대한 끝없는 착취와 정복의 토대 위에 세워진 사회가 바로 성과사회이다. '나는 할 수 있다'는 정신으로 인간은 자기 자신은 물론이며, 자연을 끝없이 훼손하고 착취하며 반생태적 환경을 만들어온 것이다. 코로나바이러스의 중간숙주가 멸종 위기의 천산갑이라는 설이 제기된 것만 보아도 그렇다. 최근의 유행성 감염병의 숙주가 동물인 것은 우리에게 많은 것을 시사해준다. 인간이 자연을 들쑤셔 동물에게 있던 바이러스가 인간에게 전파되었다고 보기 때문이다. 바이러스가 인간에 대한 가해자라면 인간은 자연에 대한 가해자인 셈이다.

　사회생물학자 최재천 교수는 코로나를 극복하기 위해 의약적 백신보다도 사회적 거리 두기를 유지하는 행동백신 너머 생태백신이 필요하다고 주장했다. 인간이 자연생태계를 파괴하지 않고, 자연과 인간이 공존하고 상생함으로써 바이러스를 근본적으로 퇴치할 수 있다는 생태윤리적 처방을 내놓은 셈이다. 코로나19 전염병이 인구가 희소한 농촌지역보다 인구 밀집지역인 도시에서 대규모로 발병한 상황은 그간 대도시를 중심으로 한 신자유주의적 능률성, 경쟁력, 효율성을 강조하는 가치들에 대해 반성하지 않을 수 없게 만든다. 포스트코로나 시대에는 성과사회적 가치들에 대한 근본적 성찰을 통해 새로운 세계관을 정립하지 않으면 안 된다고 여겨지는 것이다.

한병철은 그의 또 다른 저서『투명사회』(2012)에서 포스트모더니즘 이후의 현대사회를 '투명사회'로 진단했다. 그가 말하는 투명사회는 만인이 만인을 감시하는 새로운 통제사회다. 투명사회는 디지털기술을 기반으로 하여 모든 것을 손쉽게 정보화시키고, 커뮤니케이션의 대상으로 전환시켜 시각적 · 인식적 부정성을 축소하고 제거한다. 하지만 그는 투명사회야말로 보고 싶은 욕망, 보여주고 싶은 욕망을 가로막고 있던 사회적 차원의 부정성, 즉 도덕적 장벽마저 허물어뜨렸다고 비판한다. 가려진 것이라고는 전혀 없는 포르노적 사회, 보이는 것에만 가치를 부여하는 전시사회가 바로 투명사회이다.

지난 시대, 정보가 독재 권력에 의해 통제되고 조작된 독재사회를 경험한 우리로서는 정보의 투명성은 민주화 사회로 가는 발전과정에서 무엇보다 긍정적 가치로서 환영하지 않을 수 없다. 하지만 투명사회는 시각적 · 인식적 부정성의 상실, 꿰뚫어 볼 수 없는 타자의 상실, 삶의 의미와 진리를 지탱해주는 비밀의 상실로 나타난다고 한병철은 비판했다.

조지 오웰(George Orwell)이 그의 소설『1984』에서 미디어를 통제하는 빅브라더를 묘사했지만 오늘날 빅브라더는 다름 아닌 4차 산업혁명의 ICT에 기반한 빅데이터라고 할 수 있을 것이다. 물론 개인정보보호법, 정보통신망법, 위치정보보호법, 신용정보보호법, 전자금융보호법 등 여러 법률들이 개인정보 보호를 위해 제정되어 있지만 4차 산업혁명의 기술들은 언제든지 그것들을 일시에 무력화시킬 수 있다.

신속하고 투명한 우리나라의 코로나방역이 국제사회의 방역 성공모범사례로 평가받으며, K방역시스템의 세계 표준화를 가속화할 수 있었던 것은 무엇보다도 세계 최첨단의 정보통신기술(ICT)이 구축되어 있었기에 가능했다. 그러나 이태원 클럽 중심으로 재확산된 코로나19 집단감염은 투명사회의 인권문제에 대해서 재고하지 않을 수 없게 한다. 일부 언론에서 확진자가 방문한 클럽이 게이클럽이라는 것을 밝혀버림으로써 이태원 클럽을 다녀간 이들의 동선은 물론 성적 취향마저 드러나버린 것이다. 그 결과 성소수자에 대한 우리 사회의 혐오와 편견 그리고 질시에 대한 두려움 때문에 방문자들이 진단검사 받기를 꺼려하는 상황이 야기됐다. 하지만 ICT에 기반한 투명사회는 결코 그들의 개인적 회피를 허용하지 않았다. 그들이 더 이상 익명성 뒤에 숨어 있을 수 없게 된 것이다.

　현재는 확진자의 동선 등 개인정보를 전염병의 확산을 막는다는 공익적 명분하에 허용하고 정당화하고 있지만, 만약 그것이 개인에 대한 권력의 감시와 통제, 그리고 정보 유출에 이용될 때에 초래할 결과는 정말 섬뜩한 두려움을 불러일으킨다. 투명사회의 감시체계는 21세기 파놉티콘의 결정판이라고 하지 않을 수 없다.

　정보통신기술이 이태원 클럽의 방문자 중 숨어버린 사람들을 곧바로 찾아내 감염병의 확산을 막아준 것은 감사할 일이지만 만약 그 기술이 악용될 때, 즉 투명사회의 파놉티콘 속에서 개인들은 익명성의 권리를 어떻게 회복할 수 있으며, 프라이버시를 어떻게 지켜나갈 수 있을 것인지 심각하게 고민하지 않을 수 없는 것이다.

　파놉티콘은 프랑스의 사회학자 푸코가 컴퓨터 통신망과 데이터베이스를 개인의 사생활을 감시 또는 침해하는 대상으로 비유하여 사용한 말이다. 파놉티콘의 감시사회를 한병철은 투명사회라고 명명했다. 원래 파놉티콘은 1791년 영국 철학자 제레미 벤담이 학교, 공장, 병원, 감옥 등에서 한 사람에 의한 감시체계를 뜻하는 개념으로 제안했지만 어찌 학교, 공장, 병원, 감옥뿐일까? 현대사회는 푸코가 지적했듯이 개인의 일거수일투족에 관한 모든 정보가 저장되는 데이터베이스가 마치 파놉티콘이 죄수들을 감시하듯이 출산에서 죽음에 이르기까지 대중을 통제하고 관리하는 전체주의적 권력의 도구로 잘못 사용될 수도 있는 위험사회인 것이다.

우리의 일상을
폭력적으로 바꾼 자는
누구인가

한나 아렌트(Hannah Arendt)는 20세기를 폭력의 세기로 명명했다. 그 이유는 전쟁기술의 비약적인 발전으로 세계전쟁, 지역분쟁, 내전 등이 그치지 않아 이전 세기와는 비교할 수 없을 정도로 대량의 죽음이 발생했기 때문이다.

하지만 21세기도 여전히 폭력의 세기이다. 지역분쟁이나, 내전 등의 문제가 해결되지 않고 있을 뿐만 아니라 2020년에 발생한 코로나19가 전 세계를 휩쓸고 있는 상황이 마치 세계전쟁과도 같기 때문이다.

코로나19는 마치 제3차 세계대전처럼 전 세계를 공포와 죽음 속으로 몰아넣고 있다. 이 글을 쓰고 있는 2021년 1월 15일 현재, 코로나19는 전 세계적으로 200만 명이 넘는 사망자를 발생시켰고, 누적 확진자 수는 1억 명이 넘었다. 그러니 수많은 사상자를 내고 있는 제3차 세계대전이 아니고 무엇이겠는가. 그것은 소리 없는 전쟁, 일종의 세균전쟁처럼 총과 미사일과 같은 살상의 무기가 아니라 바이러스로 온 세계를 지배하고 파괴하는 폭력을 행사하고 있다.

나는 전 세계를 마치 전쟁과도 같은 폭력적 상황으로 몰아넣은 코로나19 바이러스를 생각하다가 미국의 진화생물학자이자 지리학자인 재레드 다이아몬드(Jared Mason Diamond)가 쓴 문화이론서『총, 균, 쇠(Guns, Germs, and Steel)』(1997)라는 책을 떠올렸다.

이 책은 1998년 퓰리처상 일반 논픽션 부문과 영국의 과학출판상을 수상했고, 세계 여러 나라의 언어로 번역되어 전 세계인들에게 읽힌 베스트셀러이다. 그는 인류 문명이 대륙과 민족별로 불평등해진 원인을 이전까지 분석된 바 없는 독특한 시각으로 분석한다. 그는 유라시아 문명이 다른 문명을 정복할 수 있었던 것은 유라시아 인종의 지적·도덕적·유전적 우월성과 같은 생물학적 차이 때문이 아니라 환경적·지리적 차이에 있다는 결론을 폭넓은 자료를 분석하며 이끌어 내고 있다.

이 저서에서 나의 흥미를 가장 유발한 부분은 총기와 병원균과 금속이 인류 역사에 끼친 엄청난 영향력을 분석한 부분이다. 제목인 '총, 균, 쇠'도 바로 총기, 병원균, 금속을 가리킨 것이다. 나는 총, 균, 쇠 가운데 코로나19의 상황과 관련하여 균, 즉 병원균(세균)에 대하여 쓴 대목에 특별한 관심을 갖지 않을 수 없다.

그는 병원균도 다른 생명체와 마찬가지로 진화한다고 말한다. 즉 자손을 낳아 기르며, 그들이 살기에 적합한 장소에 적합한 개체를 선택한다는 것이다. 또한 사람에서 사람으로, 동물에서 사람으로 전파 방법도 진화시켜 왔다고 본다.

그는 병원균이 전파되는 방법으로 첫째, 수동적으로 기다리는 것(선모충증, 쿠루병 등), 둘째, 매개체(곤충, 쥐 등)에 편승하여 옮기는 것. 셋째, 산모에서 태아로 옮겨 감염되는 것. 넷째, 숙주의 신체나 습관을 바꾸어 적극적으로 전파되는 것을 들었다. 가령 넷째의 예로는 피부에 상처를 유발하여 전파되는 천연두, 기침이나 콧물로 전파되는 인플루엔자, 설사로 전파되는 콜레라균, 개의 행동을 조절하여 전파되는 공수병 등이 있다.

코로나바이러스는 숙주의 신체나 습관을 바꾸는 넷째의 전파 경로, 즉 인플루엔자와 유사하게 비말(침방울)을 전파 방법으로 택하고 있다. 그러니 방역 수칙의 첫 번째로 마스크를 쓰고 손을 자주 씻어야 하는 것이다.

그런데 유행병은 대중성 질병으로 인구가 밀집되어야 지속될 수 있고, 소규모 집단에서는 존속할 수 없다. 동물의 경우도 마찬가지로 대규모의 조밀한 집단을 이루는 동물의 경우에 발생한다. 우리나라의 경우에 인구가 가장 밀집된 수도권에서 가장 많은 확진자가 발생한 반면 인구 밀도가 낮은 농촌지역에서 발생률이 낮은 것은 전염병의 특성상 당연한 현상이다. 따라서 감염병이 유행할 때, 인구가 밀집된 곳에서 살아가는 현대인들에게 사회적 거리 두기는 필수적이다.

그는 인류 문명에서 병원균들의 치명적인 영향력으로 몇 가지의 사례를 들고 있다. 그 중 하나가 1492년에 콜럼버스가 아메리카 대륙에 도착한 이후 유럽 대륙의 병원균(천연두, 홍역, 인플루엔자, 발진티푸스, 디프테리아, 말라리아, 볼거리, 백일해, 페스트, 결핵, 황열병)이 인디언들을 몰살시켜 불과 한두 세기 만에 원주민 인구의 95%가 감소했다는 것이다. 말하자면 유럽인의 아메리카로의 지리적 이동에 따른 병원균의 이동이 원주민들에게 전혀 면역력이 없었던 질병들을 일으켜 그들의 인구를 감소시킨 치명적인 결과를 초래했다는 것이다.

흔히 전쟁 무기의 하나로 세균전을 고려하는 것도 바로 세균이 가진 치명적인 살상력 때문이다. 1932년 일본은 악명 높은 731부대를 창설하여 1945년까지 운용하는 반인간적 사악함을 보였다. 중국 우한에서 코로나19가 발생하자 인위적으로 코로나바이러스를 만들어냈다는 음모론이 제기된 것도 인명에 대한 치명적 영향뿐만 아니라 경제에 대한 치명적 타격 때문이다. 사실 코로나 바이러스는 2020년의 세계 경제를 마이너스 성장으로 순식간에 추락시켰고, 국가별 경제력의 순위도 갈아치웠다. 무엇이 이처럼 단기간에 세계의 경제 상황을 폭력적으로 바꿀 수 있단 말인가.

코로나19라는 바이러스의 소리 없는 전쟁의 와중에서 떠오른 또 다른 책은 미국의 과학사학자인 토마스 쿤(Thomas Kuhn)의 저서 『과학혁명의 구조(The Structure of Scientific Revolutions)』(1962)이다. 이 책에서 쿤은 패러다임(paradigm)은 점진적으로 변화하는 것이 아니라 혁명적으로 변화한다고 했다. 하지만 나는 패러다임은 혁명적이기를 넘어서서 폭력적으로 변화한다고 생각하게 되었다.

내가 혁명적이 아니라 폭력적이라는 단어로 코로나19의 사회를 설명하고자 하는 이유는 2020년 이후에 일어난 우리 사회의 변화를 보면 금방 수긍하지 않을 수 없을 것이다. 우리는 소위 비대면이라는 뉴노멀(new normal)을 받아들이지 않을 수 없었고, 우리의 첨단적인 ICT

의 기술적 기반은 비대면이 가능하도록 이미 완성되어 있었다. 사람과의 접촉을 피해야 하는 상황에서 재택근무는 기업들이 선택하지 않을 수 없는, 거의 필수적인 근무 방식이 되었다. 교육도 마찬가지이다. 방송과 줌을 활용한 비대면의 온라인 교육을 강제적으로 수용하지 않을 수 없었고, 그것이 가능한 기술적 기반도 완성되어 있었다. 회의든 학회든 이제 비대면을 당연시하게 되었고, 스포츠나 전시와 공연도 비대면의 방식을 도입하고 있다. 그렇지 않아도 인터넷과 모바일 쇼핑이 증가하고 있는 상황에서 소비자들이 집콕을 하며 시장이나 마트가 아니라 비대면의 온라인 쇼핑으로 구매 방식을 전면적으로 바꾼 사이 택배와 배달 업체가 활황을 기록하며, 택배 직원이 과로사하는 현상도 나타났다.

재택근무나 온라인 수업, 온라인 쇼핑 등 2020년에 우리 사회에서 일어난 변화를 우리가 원해서 자발적으로 선택한 것은 아니다. 감염병으로부터 생명을 지켜내기 위해서 정부든 기업이든 학교든 개인이든 비대면의 방식을 폭력적으로 수용할 수밖에 없었던 것이다. 그런데 이런 비대면의 방식은 코로나가 완전히 종식된다 해도 이전의 대면방식으로는 100% 돌아갈 것 같지 않다.

그래서인지 언제부터인가 포스트(post)코로나가 아니라 위드(with)코로나라는 말이 생겼다. 위드코로나라는 말은 코로나가 단기간에 끝나지 않고 계속될 것이라는 의미에서 생겨났겠지만 코로나를 완전히 극복한다고 해도 과거처럼 대면 방식의 커뮤니케이션으로 완전히 복귀하기는 어렵다는 의미도 함축되어 있는 것으로 생각한다. 즉 우리 사회가 코로나바이러스와 함께 갈 뿐만 아니라 비대면이 일상화된 사회로 정착할 것이라는 의미가 내포된 것으로 읽힌다.

비대면 시스템이 처음에는 익숙하지 않고 불편했지만 그것이 반드시 비효율적인 것은 아니라는 것을 우리는 이미 체험했다. 가령 재택근무가 오히려 업무의 효율성을 높인다는 조사 결과도 나와 있고, 비대면이 역기능도 있지만 여러 면에서 순기능도 많다는 것을 경험하게 되었다. 비대면의 폭력적 시행이 뜻밖에도 우리 사회의 패러다임을 비대면으로 바꾸는 계기를 제공한 것이다. 과연 누가 우리 사회를 이처럼 단기간에 폭력적으로 바꾸어버리는 영향력을 행사할 수 있단 말인가.

이처럼 코로나19는 『총, 균, 쇠』에서 분석했던 병원균의 치명적 영향력처럼 우리 사회를 혁명보다도 빠르게 폭력적으로 변화시키는 영향력을 행사하고 있다. 어느새 사람 간의 대면 접촉은 사라지고 의자에 앉아서 손가락으로 클릭 클릭만 하면 되는 비대면 접속의 시대가 활짝 열린 것이다. 그러니 인류는 발과 다리가 퇴화하고 손가락만 기형적으로 발달하는 기이한 신인류로 진화하게 될지도 모른다. 재택근무와 온라인 수업으로 사람들이 밖으로 나다니지 않으니 자동차산업이 쇠퇴하여 공기질이 좋아지고, 대도시는 인구가 줄어들어 주택문제가 자연히 해소되고, 사람들은 도심의 아파트가 아니라 시골의 주택을 선호하게 될지도 모른다.

비대면이 일상화되고, 과학기술이 그것을 지원하고 있다. 게다가 코로나19는 비대면의 사회를 폭력적으로 가속화시키고 있다. 1932년에『멋진 신세계』를 썼던 헉슬리도 전혀 예상하지 못했던 비대면의 멋진(?) 신세계가 우리들 앞에 전개되고 있는 것이다.

제 2 부

미디어는 메시지다

집은 우리에게
무엇일까

: 봉준호의 〈기생충〉

봉준호 감독의 칸영화제 황금종려상 수상작이자 아카데미상 감독상 등 4개 부문 수상작인 〈기생충〉은 공간에 대한 탁월한 상징성이 넘쳐나는 영화이다. 실제로 감독은 그 장소들을 헌팅하여 찾은 것이 아니라 정교하고 리얼한 세팅으로 완벽하게 재현함으로써 자신의 의도를 백분 드러내고자 했다.

박 사장(이선균 분) 가족은 햇빛이 잘 드는 넓고 아름다운 정원과 유명 건축가가 설계한 2층으로 된, 높은 곳에 위치한 호화주택에서 살고 있다. 기택(송강호 분) 가족은 간간이 햇빛이 드는 반지하의 열악한 셋집에서 살아간다. 그리고 박 사장의 저택 지하, 주인도 있는지 모르고 햇빛이 아예 들지 않는 어두운 지하공간에는 전 가정부 문광(이정은 분)의 도망자 남편이 은신해 있다. 이 영화는 세 주요공간을 통해서 살고 있는 집 주인과 그 가족의 사회적 계급과 정체성을 상징적으로 드러낸다.

저택이 위치한 높은 지대는 글로벌 IT기업 CEO인 상류층 박 사장의 사회경제적 위치를 완벽하게 나타내준다. 창밖으로 취객이 내갈기는 오줌 세례를 수시로 받아야 하는 기택의 반지하 셋방도 기택의 빈곤한 사회경제적 신분을 여지없이 드러내준다. 전 가정부 문광의 남편이 은신한 지하실은 자신의 존재를 드러낼 수도 없는 도망자의 신분을 그대로 나타내준다. 〈기생충〉의 공간들이야말로 지나치게 도식적인 이데올로기적 상징성을 띠고 있다.

과연 우리에게 집은 무엇일까? 집은 단순한 물리적 구조물로서 잠을 자는 숙소일 뿐만 아니라 우리의 일상생활이 전개되는 장소이다. 사회지리학의 입장에서 보면 집은 사회관계의 매트릭스의 일부분으로서 매우 다양한 상징적·이데올로기적 의미망을 가지고 있다. 프랑스의 철학자이자 사회학자인 앙리 르페브르(H. Lefebvre)는 공간을 사회적 생산물이라고 했다. 공간이란 텅 빈 허공이나 좌표계가 아니라 사람들의 사고와 행동의 수단이며, 그런 만큼 그것을 지배하고 통제하는 수단으로서 사회적으로 생산된다는 것이다. 즉 공간은 사회적 관계, 혹은 생산양식의 재생산과 관련해서 생산되는 생산물이다. 따라서 모든 사회는 각각 고유한 공간을 갖는다.

대학에서 사회학을 전공한 봉준호 감독은 영화 〈기생충〉에서 집을 계급적인 매트릭스를 나타내는 장소로 파악한 듯하다. 즉 '계급'이라는 사회학적 소재를 상·하의 공간을 통해 풀어내고 있다. 고급 저택에 사는 박 사장네 가족과 반지하의 기택네 가족은 공간 자체로 이미 극명한 빈부의 계급적 대비를 보여준다. 지상과 반지하, 그리고 지하라는 공간의 분할은 권력관계에 의해 규정되고, 분할된 공간은 다시 사회의 권력 관계를 재생산한다는 것을 영화는 충실하게 재현한다.

박 사장 가족이 주말 캠핑을 떠난 사이 주인이라도 된 듯 송강호 가족이 저택을 점령하고 파티를 열고 있는데, 자못 고상하게 보이기까지 했던 전 가정부가 비굴한 모습으로 비를 뚫고 찾아온 순간 영화는 극적인 반전이 일어난다. 그동안 지하실에 남편을 숨겨온 그녀의 출현은 이 영화를 단순히 가진 자와 못 가진 자 사이의 대립뿐만 아니라 반지하에서 살고 있는 빈곤층 가족과 법을 어기고 지하로 은신한 범죄자 가족 사이의 목숨을 건 사투라는 새로운 갈등 국면으로 치닫게 한다.

가족은 봉준호 감독이 즐겨 사용하는 운명공동체로서의 최소단위이다. 그는 한 개인의 운명은 가족공동체의 운명에서 완전히 자유로울 수 없다고 생각하는 것일까? 영화의 첫 장면에서 식구들의 양말이 주렁주렁 매달린 기택의 반지하 셋집의 둥근 빨래건조대처럼……

영화 〈괴물〉에서도, 〈마더〉에서도, 〈설국열차〉에서도 봉 감독은 가족이라는 *끈끈한* 운명공동체를 즐겨 다뤘다. 1인 가구가 30%에 육박하는 현대에도 과연 가족이라는 운명공동체가 가장 보편적 형태라고 생각하고 있는 것일까? 그리고 〈괴물〉에서와 마찬가지로 〈기생충〉에서도 어린 처녀(소녀)를 희생양으로 삼아야만 하는 이유는 무엇일까? 연령적으로 어리고, 젠더의 측면에서 여성이야말로 국가권력이든 자본의 권력이든 그 어떤 폭력이든 간에 가장 먼저 희생자가 될 수밖에 없는 운명이라는 것인가? 그리고 가족주의야말로 그 희생에 대항하는 최후의 보루라는 것인가? 기택의 우발적 살인도 결국 딸이 죽어가는데 박 사장이 자동차 키를 달라고 했기 때문에 일어났다.

전통적으로 집은 노동과 생산이 이루어지는 공적 장소와는 달리 휴식과 재생산이 이루어지는 사적 장소로 여겨져왔다. 밖은 치열한 생존경쟁과 생산이 이루어지는 적대적 공간인 반면, 집은 휴식과 편안함의 장소로 가치화하고 의미화되어 왔던 것이다.

이 영화에서 박 사장 가족에게 자신의 집은 휴식과 교육과 섹스가 이루어지는, 그야말로 완벽한 재생산의 공간이지만, 기택 가족에게 박 사장의 집은 학습도우미로, 미술치료사로, 운전기사로, 가정부로 노동을 해야 하는 일터, 즉 노동과 생산의 공간이다. 하지만 이 영화의 완벽한 기생충인 가정부 문광의 남편에게 집은 절대 남에게 들켜서는 안 되는 은신처이다. 그는 노동 대신 가정부로 일하는 아내가 훔친 밥으로 살아간다. 이 영화의 완벽한 기생충은 기택 가족이 아닌 것이다. 기택 가족은 비록 출신학교나 자격증, 경력 등이 모두 가짜지만 일정한 노동을 함으로써 임금을 받는다. 하지만 전 가정부의 남편은 기생충처럼 자신의 존재를 숨기고 아무런 노동도 없이 박 사장네 밥을 축내고 있다. 더구나 일터인 박 사장의 집을 두고 기택 가족과 문광 가족은 목숨을 건 치열한 사투를 벌인다. 일터는 이처럼 치열한 생존경쟁이 일어나는 적대적 공간이다.

박 사장의 저택과 기택의 반지하를 잇는 수많은 계단들, 그리고 박 사장의 집 지하로 내려가는 계단들은 계급의 사다리이며, 동시에 욕망의 사다리를 의미한다. 특히 기택의 아들 기우는 처음 저택에 들어간 순간부터 결말에 이를 때까지도 계급 상승에의 욕망을 버리지 않는다. 아직 젊기 때문에 그런 꿈을 포기하지 않는 것이리라. 박 사장의 집은 그가 계단을 올라가 도달하고 싶은 최종 장소이다. 하지만 그것은 그가 꿈꾸는 판타지일 뿐 현실에서 그와 같은 기적은 결코 일어나지 않을 것이다. 더 이상 우리 사회는 개천에서 용이 나는 사회가 아니기 때문이다. 그리고 개천에서 나는 용도 피나는 노력이 없이 꿈꾼다고 우연히 얻어지는 결과는 아니다. 더욱이 쫓기는 범죄자가 되어 지하실로 숨어든 아버지가 있는 한 그 꿈은 그로부터 더욱 멀어질 수밖에 없는 것이 냉혹한 현실이다.

이 영화에서 '폭우'라는 소도구는 누군가에게는 미세먼지도 사라지게 하여 파티를 열게 한 선물이었지만 누군가에게는 반지하 셋방마저 침수되게 만든 재난이었다. 박 사장네는 폭우가 쏟아질 때 캠핑을 포기하고 돌아갈 집이 있지만 기택 가족은 폭우를 헤치고 맨발로 수없이 이어지는 계단을 지나 달려가 보아도 반지하는 이미 침수되어 집으로서의 기능을 상실해버렸다. 피난민을 위한 임시수용소에서 처참한 신세로 울고 있어도 자신을 고용한 박 사장이 부르면 무조건 달려가야만 하는 기택의 신세가 자본주의 사회의 고용관계이다.

기택 가족이 공유한 특유의 냄새(기택의 딸은 그것을 반지하 냄새라고 했다)는 결코 유쾌한 것도, 인위적으로 없애려 한다고 없어지는 것도 아닐 것이다. 그것은 후각적인 것만이 아니기 때문이다. 박 사장이 냄새를 언급했을 때 기택이 받았을 모멸감을 인정한다고 하더라도, 홍수로 피난민이 되어버린 상황에서 파티를 위해 그의 가족이 동원된 사실이 아무리 기가 막힌다고 해도, 지금 당장 딸이 죽어간다 해도, 졸도한 자신의 아들을 병원으로 데려가기 위해 자동차 키를 달라는 박 사장을 찔러버린 행위는 너무 생뚱맞았다. 폭력의 가해자는 따로 있는데 엉뚱하게도 그의 증오심은 박 사장을 향해 표출됐던 것이다. 물론 극적인 결말을 위한 장치이자 계급 갈등이란 주제를 표현하기 위한 설정이었다는 것을 몰라서 하는 말이 아니다.

노동계급의 특성을 피착취, 무산(無産), 빈곤 등의 관념으로 묘사하며 그들을 약하고 선한 피해자로 낭만화하는 것을 봉준호 감독은 경계한다. 박 사장의 아름다운 정원에서는 축제가 벌어졌지만 그 축제의 장소는 살인이란 폭력이 일어남으로써 순식간에 아수라장으로 변해버린다. 우발적 증오심의 표출은 결국 기택을 살인자로, 도망자로, 은신자로 만들어버린다. 살인과 같은 폭력으로 분노와 증오심을 표출하는 것이 결코 계급 이동의 사다리가 될 수 없다는 확실한 경고이다. 이 영화에서 봉준호 감독은 철저한 리얼리스트로서의 시각을 유지하고 있다.

피터 소머빌(Peter Sommerville)은 집의 강력한 의미를 일곱 가지로 정리한 바 있다. 즉 보금자리, 난로, 마음, 사생활, 뿌리, 체류지, 낙원 등이 그것이다. 이 가운데서 보금자리로서의 집은 자연으로부터 물리적 안전과 보호를 제공하는 물질적 구조를 의미한다. 난로로서의 집의 의미는 따뜻함, 편안함, 위로와 같은 느낌을 제공한다. 뿌리로서의 집이란 정체성과 의미로움의 원천이다. 이때 집은 소외감을 줄여주고, 소속감을 느끼며 돌아갈 곳이 있음을 느끼게 해준다. 실제로 집은 자아의 상징이 되기도 한다. 낙원으로서의 집은 모든 긍정적인 특징이 이상화된 것으로 일종의 정신적 행복을 의미한다.

누구나 따뜻하고 안전하고 평화롭고 행복한 집을 욕망한다. 그런데 기우가 그토록 열망하는 집의 소유주인 박 사장의 아이들은 과연 건강한가? 객관적인 공간이 아니라 그 속에서 살고 있는 사람들이 느끼는 주관적인 장소감도 중요하다는 것을 감독은 놓치고 있는 것이 아닐까. 장소감은 인간과 장소의 상호관계 속에서 형성되는 것이다. 어디에서 살든 인간이 장소에서 얼마나 만족스러운 충만감을 느끼느냐에 따라 그곳은 진정한 의미로 가득 찬 장소가 되기도 하고, 그렇지 못하기도 한다.

영화 〈기생충〉은 우리 사회의 뛰어넘을 수 없는 빈부격차와 계급 갈등이란 불편한 진실을 말하며 토할 것 같은 끔찍한 장면들도 있었지만 시종일관 블랙유머가 넘쳐나서 우울하지 않게 감상할 수 있었다. 이 영화의 훌륭한 장점이라고 할 수 있다.

양준일 신드롬, 그리고 타나토스에 사로잡힌 정치

나는 요즘 한 가수에게 중독되어 있다. 수시로 컴퓨터와 휴대폰에서 그를 검색하여 노래를 듣는다. 그것도 한 대중가수에의 중독이라니……. 이런 일은 젊은 시절의 나에게도 없었던 일이다. 얼마 전 대학가를 지나가다 한 노래에 홀린 듯 빨려들며 발걸음을 멈추었다. 나는 그때 저녁 약속 시간이 다 되었기 때문에 빨리 건널목을 건너야 했음에도 멈춰 서서 음악을 다 듣고 나서 다음 녹색등이 켜졌을 때에야 건너갔다.

나의 발걸음을 멈추게 한 그 노래는 근처 휴대폰 가게에서 흘러나오고 있었다. 그 음악의 정체가 무엇인가를 기억해내는 데에는 시간이 거의 걸리지 않았다. 그 음악은 바로 〈슈가맨 3〉에 나온 양준일의 〈리베카〉였던 것이다.

지난해(2019) 12월 초, 평소 다니는 피트니스 센터에서 운동을 하다 우연히 JTBC의 〈슈가맨 3〉에서 양준일의 음악을 듣고 난 후부터 나의 중독 현상은 시작되었다. 나는 〈슈가맨〉이라는 프로그램이 〈슈가맨 3〉까지 하는 동안에도 단 한 번 시청한 적도, 심지어 그런 프로그램이 존재하는지도 몰랐다. 그야말로 운동 중에 채널을 이리저리 돌리다가 양준일을 만났던 것이다.

나는 그의 음악을 어떻게 다시 들을 수 있을까 궁리하다가 컴퓨터를 켜고 검색을 해보았다. 이미 많은 사람들이 그에게 홀릭되어 '양준일 신드롬'이라 부를 만한 상황이었다. 30여 년의 세월을 건너뛰어 〈슈가맨 3〉에 소환된 그는 '시대를 앞서간 비운의 천재가수'로 자리매김되어 있었다. 〈슈가맨〉은 가요계에 한 시대를 풍미했다가 사라진 가수, 일명 '슈가맨'을 찾아 나서는 프로그램이다.

양준일은 1991년에 〈리베카〉로 데뷔한 뒤 대중들의 호응을 받지 못한 채 활동을 접은 뒤, 다시 2001년에 V2로 재등장하여 〈판타지〉를 부르지만 역시 호응이 없어 무대에서 사라졌다. 그런데 2019년의 한국은 그를 소환하여 다시 무대에 세우고 팬미팅까지 하는 상황이 벌어졌다.

〈리베카〉와 〈판타지〉를 부르는 양준일은 긴 세월을 음악과는 상관없는 삶을 살아왔음에도 일단 무대에 서자 유연하고도 세련된 댄스와 노래로 청중을 압도하는 카리스마가 넘쳐나는 타고난 뮤지션이었다. 더구나 20대 초반의 그와 나이 50이 된 그가 오버랩되는 무대 영상을 보니 가슴이 찡해왔다. 20대의 그도 싱그럽고 아름다웠지만 50이 된 그는 세월을 살아온 성숙미가 더해져 더 깊은 감동을 자아냈다. 더구나 그는 음색과 외모가 양성적이다. 그 점에서도 그는 20세기에는 맞지 않았고, 21세기의 트렌드에는 맞는 가수인 셈이다. 그의 노래는 경쾌한 듯하면서도 애소하는 듯한 호소력을 불러일으켰다. 요즘 노래처럼 노랫말에 영어 단어를 자연스럽게 섞어 넣은 〈판타지〉, 오래전의 음악이라는 느낌이 전혀 없는 지극히 트렌디한 음악 속으로 나는 단숨에 빠져 들어갔다.

'뉴 잭 스윙(New Jack Swing)'이란 새로운 장르를 시도했지만 너무 앞서간 그의 음악을 이해하지 못했던 한국 가요계와 교포에 대한 폐쇄적인 분위기로 인해 그는 한국을 떠날 수밖에 없었지만 그를 수용하지 못했던 지난날의 한국에 대해서 한 점 원망의 감정조차 내비치지 않았다. 그리고 레스토랑에서 서빙을 하며 가족의 생계를 책임지면서도 겸손한 남편과 아버지로 소박하게 살고 싶다고 말하는 그의 선량한 얼굴과 태도가 시청자들의 가슴을 뭉클하게 했다.

나는 평소에 음악은 자주 들어서 친숙한 느낌을 불러일으키는 것이 아니라 듣자마자 마음에 곧바로 감동을 주는 음악이 따로 있다는 생각을 해왔다. 어떤 날은 자동차를 타고 가다가 라디오에서 흘러나오는 처음 들은 음악에 매료되어 차에서 내려 CD를 구입한 적도 있다. 그런 음악은 아마도 나의 코드에 맞는 음악일 것이다. 양준일의 노래가 말하자면 듣자마자 마음의 현을 건드린 그런 음악에 속한다.

정년퇴직을 하고 나서 나는 음악을 듣는 시간이 많아졌다. 현직에 있을 때는 일에 너무 치여 운전을 하는 동안 음악을 듣는 것이 고작인 때가 많았다. 학교 연구실에도, 집에도 CD플레이어가 있었지만 어느 때부터인가 그것은 먼지를 뒤집어쓰고 멈춰 서 있었다. 그동안에도 간혹 콘서트에 가는 일이 없었던 것은 아니지만 퇴직 후 콘서트에 직접 가서 음악을 듣는 기회는 더 많아졌고, 집에서도 음악을 듣는 시간이 길어졌다. 왜 나는 음악 감상도 제대로 할 수 없었던 시간을 통과해왔었던 것일까를 생각하며 지난 시간들을 돌이켜보았다. 일 중독에 빠져 허둥지둥 살아오던 나의 모습이 보이는 듯하다.

아직도 나는 일 중독 상태에서 완전히 빠져나오지 못하고 툭하면 번아웃 상태를 경험하며, 일 중독은 고질병이라는 생각에 쓴웃음을 지을 때가 많다. 노동 지향적 삶에서 여가 추구형의 삶으로 방향을 전환해야 한다고 머리로는 생각하면서도 그 전환이 결코 쉽지 않은 것이다. 오랜 세월의 관성 탓이리라. 또한 일 중독자의 전형적 사고 가운데 하나는 일 없는 상태의 무료함에 대한 두려움이 있다는 것이다. 따라서 머리로는 나에게 주어진 시간을 부담 없이 즐길 권리가 있으니 여가시간을 늘려야 한다고 생각하지만 몸은 어느새 일을 쫓아간다. 주위 사람들로부터 내가 가장 많이 듣는 충고도 왜 좀 놀면서 인생을 즐기지 않느냐는 것이다. 원고를 쓰다 말고 양준일을 검색하여 그의 매력적인 동영상을 감상하고 있는 나는 이제 여가 향유형의 인간으로 변화할 조짐이 보이는 것인가?

지난해 하반기부터 조국 법무부장관 지명을 둘러싼 정치권의 갈등에다 검찰의 과도한 정치 개입, 그리고 그에 동조하여 좌우로 갈린 대학생과 대중들의 피곤하기 짝이 없는 퍼포먼스가 계속되어 정치에 대한 피로감이 누적되어 왔다. 연말에는 패스트트랙 법안 통과를 두고 타협 없는 대치국면을 이어왔다. 나는 오늘날 우리의 정치판은 타나토스, 즉 죽음 본능에 지배된 희망이 없는 상태라고 생각한다.

프로이트(S. Freud)는 자기보존 본능과 성적 본능을 합한 삶의 본능을 에로스(eros)로, 공격적인 본능들로 구성되는 죽음의 본능을 타나토스(thanatos)라고 칭했다. 에로스, 즉 삶의 본능은 생명을 유지 발전시키고, 자신과 타인을 사랑하며, 한 종족의 번창을 가져오게 한다. 반면 타나토스, 즉 죽음의 본능, 또는 파괴의 본능은 생물체가 무생물로 환원하려는 본능으로서 모험적이고 위험한 행동으로 표출된다.

인간은 때로 자기 자신이나 타인을 죽이거나 해치려는 무의식적 소망을 갖고 있는바 자신을 파괴하고 처벌하며, 타인이나 환경을 파괴하고자 서로 싸우고 공격하는 행동을 하도록 만드는 원천은 바로 죽음의 본능에서 비롯되는 것이다. 그래서 인간 자신을 사멸하고, 살아있는 동안 자신을 파괴하고, 처벌하며, 타인이나 환경을 파괴시키려고 서로 싸우며 공격하는 행동을 하게 된다.

엄청난 살육과 공포의 제1차 세계대전을 경험한 프로이트는 에로스에 대비되는 타나토스의 본능을 말하지 않을 수 없었겠지만, 한국전쟁을 경험하고 북한 핵과 미국의 비핵화 요구의 살얼음판 사이에 낀 우리 민족은 본능적으로 타나토스의 충동에 사로잡힐 수밖에 없다는 것인가?

프로이트가 『쾌락원칙을 넘어서』(1920)에서 말한 타나토스의 본능은 '죽는다'라는 자동사와 '죽인다'라는 타동사를 다 포함한다. 즉 그것은 주체 내부를 향하는 자기 파괴적 에너지로 작용할 수도 있고, 반대로 방향을 외부로 바꾸어 타자 파괴적인 에너지로 변형될 수도 있는 본능이다. 오늘날 우리나라의 정치판은 너 죽고 나 죽자 식의 타나토스의 본능에 지배되어 국민들의 생산적이고 창조적인 에너지를 소멸시키고 있다. 상생이 아니라 공멸을 향한 사도마조히즘적인 타나토스의 퍼포먼스만이 연일 계속되고 있는 것이다. 올해에는 국회의원을 새로 뽑는 총선까지 있으니 타나토스의 퍼포먼스는 당분간 더 극렬해질 것이다. 이런 정치 상황은 국민들의 정치에 대한 환멸과 무관심을 불러올 수밖에 없다.

그러니 정치 같은 것에서 관심을 돌려 양준일의 멋진 음악 퍼포먼스에 중독되는 것이 정신건강상 현명한 선택이지 싶다. 슈가맨으로 소환된 그가 2020년에 본격적인 활동을 전개하여 대중들로부터 사랑받는 가수가 되었으면 좋겠다. 이것이 올해 나의 작은 바램이다. 21대 총선에서 신선한 선량이 뽑혀 새로운 정치, 타나토스가 아닌 에로스, 즉 삶의 본능에 지배되어 너와 나를 사랑하고 민족의 번창을 가져오는 상생의 정치를 펼쳤으면 좋겠다는 헛된 희망 같은 것은 버린 지 오래다.

신화의 귀환과
이야기의 힘
: 양준일

　　질베르 뒤랑(Gilbert Durand)은 이미지의 폭발 시대인 오늘날 오히려 '신화의 귀환'을 경험하게 된다고 했다. 나는 최근 폭발적인 신드롬을 불러일으키고 있는 양준일을 보면서 '신화의 귀환'을 떠올리지 않을 수 없다. 그는 지난해 12월, 한 달도 채 안 되는 짧은 기간에 신드롬이 불붙은 신화적 인물이다. 더욱이 그가 영화나 드라마, 소설, 애니메이션 같은 허구적 장르의 주인공이 아니라 현실의 인물이라는 점에서 대중들은 더 몰입하여 환호하고 열광하며 그에게 빠져든다.

　　좋은 스토리텔링의 기본 조건은 대중들이 정서적으로 몰입할 수 있는 주인공을 찾는 것이다. 대중의 관심과 공감을 자극하는 인물의 유형은 완벽하고 도덕적인 인물이 아니라 오히려 인간적 결점을 지닌 자다. 스토리텔링의 관점에서 양준일은 주인공으로서 대중이 몰입할 수 있는 관심과 공감을 자극하고 뭔가 보호해주고 싶은 결점을 지닌 인물 유형, 즉 신화적 주인공으로서의 캐릭터를 완벽하게 갖추고 있다.

　　그는 JTBC의 〈슈가맨〉 프로그램에 영감을 주었던 〈슈가맨을 찾아서〉(2012)라는 오스카상을 수상(2013)한 장편 다큐영화의 주인공 로드리게즈를 너무도 닮아 있다. 로드리게즈는 1970년대 초 본고장 미국에서는 음반 판매가 단 6장에 불과했던, 아무도 알아주지 않던 히스패닉 출신의 가수였다. 하지만 몇십 년의 세월이 흘러 지구 반대편 남아프리카공화국에서는 자신도 모르는 사이 밀리언셀러 히트 가수이자 엘비스보다 유명한 슈퍼스타가 되어 있었다. 미국 디트로이트의 공사장에서 음악도 잊은 채 노동자로 살아가는 평범한 중년 남자가 남아공에서는 억압받는 젊은 층을 대변하는 슈퍼스타라니……

양준일도 슈가맨 로드리게즈처럼 시대와 사회로부터 인정받지 못한 비운의 가수였다. '뉴 잭 스윙'이라는 그의 첨단적 음악 실험은 1990년대 초반에는 우리 사회에서 받아들여지지 않았다. 그는 2001년에 V2로 복귀하여 가수로서 재기하고자 했지만 실패한 채 식당의 서버로 일하고 있었다. 하지만 30여 년의 세월이 흐른 뒤 우리 사회는 비로소 시대를 앞서간 그의 음악적 천재성, 퍼포먼스, 패션 스타일링을 재평가하며 열광하고 있다. 더욱이 오랜 세월이 흘렀음에도 그의 노래와 퍼포먼스는 전혀 녹슬지 않고 오히려 트렌디하게 느껴지며 무대를 화려하게 장악하는 데서 팬덤(fandom)은 순식간에 들불처럼 번져나갔다. 그러니 그야말로 진정한 슈가맨이라 하지 않을 수 없는 것이다.

지난해(2019) 12월 6일에 〈슈가맨 3〉에서 양준일을 소환하여 무대에 세웠던 JTBC는 12월 9일, 손석희의 '앵커브리핑'을 통해서 신화적 주인공이 갖는 고난에 대해 시대적 의미를 부여했다. 즉 다름을 인정하지 않고 손가락질을 하거나 아예 견고한 벽을 쌓아버린 편협한 우리 사회가 그를 외면했다는 것이다. 손석희 앵커는 낱개의 에피소드들로 존재했던 양준일의 스토리에다 주제를 입힘으로써 대중들이 열광할 수 있는 신화적 주인공으로 그의 캐릭터와 서사를 완전하게 완성시킨 것이다. 물론 그 이전에 온라인 탑골공원에서 양준일의 무대를 본 사람들이 팬클럽을 조직하여 열광하자 여러 방송사들이 양준일 찾기에 나섰던 것이 계기가 되었지만……

미국으로 떠나버린 그를 찾기도 힘들었지만 JTBC가 가까스로 찾아낸 그는 생계를 위해 자리를 뜰 수 없는 상황이었다. 그의 딱한 사정을 듣고 JTBC는 모든 비용을 부담하며 그를 〈슈가맨 3〉 무대에 세웠기 때문에 양준일 신화가 탄생하게 된 것이다.

유튜브를 통해 과거의 양준일에 홀릭된 팬들과 JTBC의 〈슈가맨 3〉를 통해 여전히 매혹적인 무대를 선보인 그를 새롭게 접한 대중들의 환호성에 급기야 12월 31일에 팬미팅 일정이 잡혔고, 그는 12월 20일에 식당의 서빙 일을 그만두고 귀환했다. 손석희 앵커는 12월 25일 '뉴스룸'에서 "지금 막 크리스마스 선물이 스튜디오에 도착하였습니다"라고 양준일을 소개했다. 정말 크리스마스 선물처럼 그는 우리 곁으로 돌아왔다. 〈뉴스룸〉의 '문화초대석'에 손석희 앵커의 마지막 게스트로 초대된, 검정색 슈트 차림으로 긴 머리를 뒤로 묶고 인터뷰에 응한 그는 자신의 지난날에 대해 머릿속의 쓰레기를 버리는 작업을 생활처럼 해왔다고 고백했다. 마치 선불교의 수행자처럼 머릿속의 빈 공간을 만들기 위해 애써온 그의 지난날, 그는 또 자신이 투명인간처럼 취급받으며 자신의 존재에 의문을 갖고 살아왔다고 털어놓았다. 그 어떤 구체적 에피소드보다도 그가 겪었을 지난날 곤경에 처했던 삶이 실감으로 다가온 순간이었다. 손석희의 '앵커브리핑'을 펑펑 울며 보았다는 그는 그를 바라봐준 손석희 앵커와 그를 따뜻하게 받아준 대한민국에 진심으로 감사하고, 그로 인해 그동안의 설움과 분노가 다 녹았다고 토로했다. 손석희 앵커의 양준일에 대한 특별한 애정은 '앵커브리핑'과 '문화초대석' 초대에서 이미 드러났지만 12월 25일 방송을 진행하는 사이사이 출연자 대기실을 세 차례나 찾아와 관심을 나타낸 데서 의심할 여지없이 확인되었다.

그사이 그는 아이돌처럼 옥외광고의 주인공도 되었고, 팬미팅도 성공적으로 마쳤고, 광고 모델이 되어 광고도 찍었다. 1991년 그의 데뷔 무대였던 MBC의 무대에서 2020년 벽두에 아이돌 가수보다 더 큰 박수와 응원을 받는 가수로 화려하게 복귀도 했다. JTBC는 두 차례에 걸쳐 양준일의 복귀스토리 〈특집 슈가맨 양준일 91·19〉를 특별 편성하여 방영하였다.

이제 그의 말 한 마디, 몸짓이나 손짓 하나에도 대중들은 열광하고 뉴스거리가 되고 있지만, 만약 양준일이 자발적으로 미국으로 돌아가 가수로서는 실패했지만 다른 분야에서 성공하여 안정적으로 생활을 영위하고 있었다고 하더라도 대중들이 지금처럼 그에게 환호할 수 있었을까. 나는 결코 아닐 것이라고 생각한다.

미국의 종교신화학자인 조지프 캠벨(Joseph Campbell)에 의하면 영웅신화는 "비정상적인 탄생 ➔어린 시절의 고난 ➔방황 ➔조력자와의 만남 ➔기적적인 권능의 획득 ➔귀환"이라는 전형적인 구조를 갖고 있다.

양준일은 보통의 한국인과 달리 1969년에 베트남에서 출생했고, 홍콩과 일본을 거쳐 한국에 들어왔지만 1978년에 다시 미국으로 이민을 가야 하는 힘든 어린 시절을 보냈다. 미국에서 성장하는 동안은 동양인이라는 이유로 따돌림과 폭력을 경험하며 방황했고, 1991년에 한국으로 와 가수로 데뷔했지만 그의 시대를 앞선 음악은 받아들여지지 않았고 결국 추방당했다. 재미교포로서 비자 연장이 거부되어 출국을 당해야 했던 그의 시련, 다시 돌아와 가수로서 재기를 꿈꾸었지만 또 실패하고 기획사와의 불공정한 계약으로 아무것도 할 수 없어 아이들에게 영어를 가르치며 생계를 이어갔다는 것, 그도 여의치 않아 4년 전 다시 미국으로 돌아가 플로리다의 한 식당에서 서빙을 하며 가족의 생계를 책임져야 하는 고단한 그의 삶이 〈슈가맨 3〉를 통해 알려졌다. 그는 미국과 한국 두 사회로부터 모두 배제당한 아웃사이더였다. 그럼에도 그는 자신을 받아들이지 않았던 한국에 대해 조금도 원망하지 않고 음악을 하지 않더라도 다시 한국에서 살고 싶다고 말한다. 선량하기 그지없는 그의 표정과 겸손한 태도에서 대중들은 가슴이 짠해지면서 연민의 감정에 사로잡히게 된다. 〈슈가맨 3〉 출연, 손석희의 '앵커브리핑'과 '문화초대석' 초대는 영웅신화의 구조에서 조력자와의 만남에 해당된다고 할 수 있을 것이다. 유튜브와 JTBC라는 예기치 않던 조력자를 만나지 않았다면 과연 그는 방황과 시련에 종지부를 찍을 수 있었을까. 가수로서 권능을 기적적으로 획득하고 귀환한 양준일의 이야기는 전형적인 영웅신화의 구조와 그대로 일치하는 것이다.

양준일의 이야기는 현실에서 일어난 실화임에도 마치 신화적인 판타지처럼 드라마틱하다. 긴 세월 동안 겪어온 고난에 찬 그의 삶은 사람들의 마음을 사로잡는 스토리성을 가지고 있다. 어쩌면 그가 겪은 고난이야말로 그를 신화적 인물로 완성시킨 결정적 요인이다. 캠벨은 신화란 내면의 길을 잃고 헤매는 우리 현대인이 궁극적으로 걸어야 할 길을 알려주는 자상한 안내판이라고 하며, 모든 신화는 꿈과 동일한 문법을 갖는다고 했다.

판타지의 장르적 본성은 이야기의 환상성과 더불어 존재 불가능한 세계에 대한 구체적인 가시화에 있다. 양준일은 디지털 미디어 시대에 신화적 세계를 신화보다 더 실감나는 하이퍼리얼리티(hyper-reality)의 신화로 만든 신화적 주인공이다. 20대에도 그랬지만 50이 된 나이에도 그는 냉동인간처럼 젊음과 아름다움을 잃지 않고 소년 같은 순진무구한 미소를 지으며, 고된 노동의 결과로 만들어진 슬림한 체형으로 매력적인 퍼포먼스를 보여주는 비주얼의 우월성을 지니고 있다. 이것이 디지털 미디어 시대에 그의 신화를 가능하게 만든 매력의 한 축임을 아무도 부정할 수 없다.

그는 어떤 의미에서 유튜브가 소환한 뮤지션이다. 유튜브(YouTube)는 구글이 운영하는 동영상 공유 서비스로, 사용자가 동영상을 업로드하고 시청하며 공유할 수 있도록 한다. 유튜브에 업로드 하는 사용자의 대부분은 개인이지만, 최근에는 방송국이나 비디오 호스팅 서비스들 또한 유튜브와 제휴하여 동영상을 업로드 하고 있다. 과거 양준일에 대해 호의적이었던 SBS에서 운영하는 유튜브 채널 SBS 〈KPOP 클래식〉에서 90년대 인기가요를 스트리밍한 것이 계기가 되어 양준일의

팬클럽이 만들어졌다. 따라서 2019년에 양준일을 소환한 팬은 과거의
그를 기억하는 40대와 온라인 동영상 플랫폼의 사용에 익숙한 젊은 층
까지 연령의 폭이 매우 넓다.

현재 지상파 TV가 유튜브를 통해 제공하고 있는 추억의 음악을 즐
길 수 있는 콘텐츠에는 SBS 〈KPOP 클래식〉 외에도 KBS의 〈어게인
가요톱 10〉, MBC 〈추억의 가요순위〉 등이 있다. 손쉽게 유튜브의 영
상콘텐츠를 불러내 감상할 수 있는 오늘날의 기술혁명은 과거와 현재
라는 시간적 거리를 없애버렸다. 50대가 된 현재의 양준일과 과거 20
대의 양준일을 유튜브에서 동시적으로 언제든 감상할 수 있는 시대가
된 것이다.

따라서 단순한 향수 코드로 그에게 열광하거나 과거의 것을 새롭게
소비하는 뉴트로(new-tro)의 열풍에 기대 그의 신드롬이 형성된 것이
아니다. 50대인 현재에도 그는 충분히 대중에게 어필할 수 있는 스토
리의 힘이 있는 가수이다. 일시적인 신드롬을 넘어서서 진정 사랑받는
가수로 평가받기 위해서는 과거가 아니라 현재의 그가 가수로서 능력
과 소구력을 제대로 보여주어야 한다.

'신화의 귀환'을 경험하고 있는 우리는 '왜 하필 지금 양준일 이야기
인가'에 대해 답할 수 있어야만 한다. 현재 꿈을 이루지 못하고 있는
좌절한 젊은이들에게 양준일의 신화는 양준일이 20대의 양준일에게
말했던 것처럼 언젠가는 자신의 꿈도 완벽하게 이루어질지 모른다는
희망을 안겨준다. 그리고 그를 기억하는, 생활에 찌든 채 나이 먹어 가
고 있는 중년층들은 자신의 꿈을 대신 이루어준 양준일에게 감정이입

을 하고 그의 스토리에 정서적으로 참여해 카타르시스를 체험한다. 동일시를 느끼면서 대리만족의 카타르시스와 정서적 해방감을 얻게 되는 것이다. 양준일에게서 위로를 얻어야 할 만큼 현재 우리들의 삶은 팍팍하고 현실은 지리멸렬하기만 하다.

그는 아리스토텔레스(Aristoteles)가『시학』에서 말한 비극의 효과인 '공포와 연민'의 두 감정 가운데서 연민의 감정을 대중에게 촉발시켜 카타르시스라는 감정의 해소를 느끼게 해준 인물이다. 대중들은 자신의 트라우마와 억압된 욕망을 양준일의 이야기를 통해 대리 체험하는 데서 카타르시스와 힐링을 경험한다. 대부분의 사람들은 자신의 삶에서 결핍된 무엇이 있다고 느끼는데, 이것이 이야기 속 주인공이 삶의 불균형을 극복하고 성취를 이루기 위해 몸부림치는 모습에 감정이입을 하도록 끌어들이는 요인이 된다.

1991년의 양준일과 달리 2019년의 양준일은 가수로 복귀하기 위해서 스스로는 그 어떤 노력도 하지 않았다. 유튜브를 보고 열광한 팬심과 JTBC라는 매체의 힘이 기적을 만들어냈다고 할 수 있다. 정말 인생은 혼자서 노력한다고 해서 꿈이 완성되는 것이 아닌 것 같다.

"여러분의 사랑이 파도처럼 나를 치는데 숨을 못 쉬겠어요"라고 감격하는 양준일, '기적, 축복, 행복, 감사, 감동, 사랑'이라는 최상의 긍정적 단어들로 현재의 자신의 감정을 표현하는 그 자체로 그는 대중들에게 최상의 힐링을 선물하고 있다.

더구나 성폭력, 성매매, 마약, 음주운전, 도박과 같은 남성 연예인들의 일탈 뉴스만을 접하고 있는 요즈음이다. 노래와 퍼포먼스뿐만 아니라 그의 신화적 스토리와 함께 선량하고 순진무구한 미소, 숱한 고난의 세월 속에서도 찌들지 않은 미모, 남을 원망하지 않고 감사하는 태도, 고통에 찬 삶에서 얻어졌을 주옥같은 언어들을 쏟아내는 그의 순수한 영혼에 대중들은 더 매혹을 느낀다.

미래학자 롤프 옌센(Rolf Jenssen)은 정보사회에 뒤이어 도래할 미래를 드림 소사이어티(dream society)로 예측했다. 드림 소사이어티는 꿈과 이야기 등의 감성적 요소가 중요하게 부각되는, 즉 데이터나 정보가 아니라 이야기를 바탕으로 성공하게 되는 새로운 사회다. 양준일의 기적 같은 이야기는 호모 나랜스(homo narans), 즉 이야기하는 인간의 전성시대를 맞아 이야기가 가지는 강력한 힘과 드림 소사이어티에 대해서 새삼 생각해볼 계기를 제공한다.

바야흐로 선거의 계절이다. 양준일 같은 진실한 감동을 줄 수 있는 이야기를 지닌 정치인이 등장하여 정치에 환멸을 느끼는 국민들을 위로해준다면 이번 총선에서 분명 성공을 거둘 수 있을 것이다.

숲속의
미니멀 라이프
: 〈숲속의 작은 집〉

자발적 고립 다큐멘터리 〈숲속의 작은 집〉이 tvN에서 나영석과 양정우 PD에 의해 연출되어 방영되고 있다. 나영석 PD는 〈삼시세끼〉 〈윤식당〉 등 생활체험 프로그램을 통해 시청자들에게 아주 익숙한 연출자이다. 그가 "현대인들의 바쁜 삶을 벗어나 꿈꾸고는 있지만 선뜻 도전하지 못하는 현실을 대신해 매일 정해진 미니멀 라이프 미션을 수행, 단순하고 느리지만 '나'다운 삶에 다가가 보는 프로그램"이라고 콘셉트를 설정하여 숲속에서 최소한으로 단순소박하게 살아가는 삶을 탤런트 소지섭과 박신혜를 통해 보여주고 있다. 그러면서 연출자는 도시의 물질문명의 이기 속에서 바쁘고 복잡하게 살아가는 현대인들에게 질문을 던지고 있다.

그의 질문은 '지금 너의 삶이 행복한가'이다. 도시의 소음과 수많은 문명의 이기 속에서 지나치게 많이 먹고 많은 것들을 소유하고, 그것들을 소유하기 위해 더욱 바쁘게 살아갈 수밖에 없는 너의 삶은 행복한가, 그러한 삶이 과연 너의 내면에 진정한 풍요를 가져다주는가?

연출자가 이번 프로그램을 통해서 추구하고자 하는 삶은 소유 지향적 삶이 아니라 존재 지향적 삶이다. 에리히 프롬(Erich Fromm)은『소유냐 존재냐』에서 현대사회의 위기를 현대인들의 삶과 사회구조가 철저히 소유 지향적인 성격을 갖는 데서 비롯된 것으로 파악하며 존재 지향적인 삶과 사회구조를 대안으로 제시했다. 즉 자본주의야말로 인간을 소외시키는 근본적인 제도임을 밝히면서 자본주의의 프레임을 넘어서고자 할 때 인간 개인의 내면적 해방과 사회구조의 변혁이 동시에 일어나게 된다고 주장했다.

그러면 존재 지향적 삶은 어떤 삶인가? 그것은 비판적이고 독립적이면서도 개방적인 사고에 입각한 삶이며, 소유에 대한 욕망에서 벗어나 다른 사람들과 자연에 대해서 연대감을 경험하고 사랑을 실천하는 삶이다.

최근 나영석 PD가 일련의 프로그램을 통해서 일관되게 추구해온 것도 〈삼시세끼〉의 '자급자족' 콘셉트를 비롯하여 바로 자본주의의 프레임을 넘어서는 존재 지향적 삶으로 보여진다. 〈숲속의 작은 집〉에서 그는 인간이 존재 지향적으로 살기 위해서는 소유를 완전히 포기할 수는 없지만 최소화하는, 즉 자발적 빈곤 의지가 필요하다고 말하고 있다. 즉 현대인들은 문명이 만들어낸 수많은 소유물들의 노예가 되어 살아가고 있으므로 소유의 노예화된 삶을 벗어나기 위해서는 소유를 최소화는 것이 진정한 자유인의 모습이고 행복이라고……

〈숲속의 작은 집〉에서 소지섭과 박신혜가 살아가는 숲속의 집은 미국의 문학가인 소로(Henry David Thoreau)의 통나무집을 연상시킨다. 소로는『월든(Walden)』에서 "내가 숲속으로 들어간 것은 인생을 의도적

으로 살아보기 위해서였다. 다시 말해서 인생의 본질적인 사실들만을
직면해보려는 것이었고, 인생이 가르치는 바를 내가 배울 수 있는지
알아보고자 했던 것이며, 그리하여 마침내 죽음을 맞이했을 때 내가
헛된 삶을 살았구나 하고 깨닫는 일이 없도록 하기 위해서였다"라고
했다.

　19세기의 진정한 자유주의자 소로의 2년 2개월 2일 동안의 모험으
로 가득 찬 통나무집에서의 삶은 그야말로 문학사적 사건이었다. 그는
최소한의 비용과 자신의 힘으로 직접 메사추세추의 월든 호숫가에 오
두막을 지었다. 그리고 그 집에서 농사를 짓고 물고기를 잡으면서, 자
급자족의 여유 있는 삶을 살 수 있다는 것을 증명하고자 했다. 인간이
스스로의 노력에 의해 소유의 노예화된 삶으로부터 벗어날 수 있다는
것을 온몸으로 증명해가며, 그곳에서의 삶을 낱낱이 기록했던 것이다.
그래서 탄생한 작품이 바로『월든』이다. 소로는 왜 이런 모험을 시도하
고 그것을 기록하여 문학작품으로 남겼을까?

　〈숲속의 작은 집〉에서 소지섭이나 박신혜는 자신들이 사는 작은 집
을 직접 짓지도 않았고, 소로처럼 자급자족의 삶을 살지도 않는다. 하
지만 그들은 최소한으로 먹고 입고 소비한다. 즉 매끼 최소한의 재료
로 간단한 식사를 손수 만들어먹고, 필요한 것을 직접 만들어 사용하
고, 주위의 자연과 교감하면서 단순하게 살아간다.

　자연과의 교감에서 가장 인상적인 장면은 소 떼가 박신혜가 살고
있는 오두막으로 찾아온 것이다. 마치 친구를 하자고 찾아온 것처럼
소 떼들은 한동안 오두막 주위를 어슬렁거리며 탐색하다 떠나갔다.

소로는 자발적으로 숲속으로 들어가 스스로 원하는 삶을 살았지만 소지섭과 박신혜는 연출자가 지시하는 미션에 따라 자연과 교감하고 단순소박하게 산다는 점에서 차이가 있다. 연출자는 이 프로그램에서 소로의 '자발적 고립'이라는 콘셉트를 차용하고 있는 것은 분명해 보인다. 그리고 〈숲속의 작은 집〉의 주인공들은 소로처럼 혼자 살아간다. 혼족이 요즘 젊은 층의 대세이기는 하지만 혼자 살아가는 단조로운 삶은 시청자들의 흥미를 크게 유발시키지는 못한 것 같다. 1회 시청률이 4%가 넘었던 것에 비하여 갈수록 시청률이 낮아진 이유 중의 하나도 숲속에서 혼자 사는 삶은 단조로울 수밖에 없기 때문인 것 같다.

아무리 도시의 삶이 복잡하고 힘들다고 한들 자발적으로 숲속으로 들어가 고립된 삶을 며칠이나 살아낼 수 있겠는가? 눈을 뜨고 나면 세상이 바뀌는 마당에 더욱이 소로가 살았던 19세기와는 비교할 수도 없이 물질문명이 주는 안락과 쾌락이 압도하는 21세기에 연출자는 엉뚱하게도 〈숲속의 작은 집〉에서 소로가 꿈꾸었던 행복을 추구하고 있으니……. 게다가 자동차의 소음으로 가득 찬 도시의 소리와 계곡물 소리, 빗방울, 새소리 등을 대조하여 보여주고 들려주며, 이러고도 자연 속에서의 미니멀 라이프가 행복하지 않느냐고 마치 강요하는 것처럼도 보이기도 한다.

〈숲속의 작은 집〉은 매회 콘셉트를 달리하지만 자연과 교감하며 단순하고 느리게 살면서 진정한 자아를 찾아가는 행복을 기본으로 설정한 일종의 미니멀리즘(minimalism)이라는 공통점을 갖는다. 미니멀리즘은 단순하고 간결함을 추구하여 단순성, 반복성, 물성 등을 특성으로 절제된 형태 미학과 본질을 추구하는 콘셉트다. 미니멀리즘은 현대사회의 복잡다단함과 정보의 홍수 속에 현대인이 편리함을 느끼지만, 다른 한편에서 극도로 피로감을 느껴 복잡함에서 탈출할 간단한 형태나 구조를 선호하는 데서 나온 것이다. 미니멀리즘은 '최소한의, 최소의, 극미(極微)의'라는 minimal에 'ism'을 덧붙임으로써 '최소한주의'라는 의미를 담는다. 장식적인 기교나 각색을 최소화하고 사물의 근본만을 표현했을 때 진정한 리얼리티가 달성된다는 심미적 원칙에 기초한 미니멀리즘은 화가의 그림이나 조각가의 조형작품, 상품 디자인, 패션, 인테리어, 건축, 그리고 라이프스타일에 이르기까지 복잡다단한 삶을 살 수밖에 없는 현대인의 단순화에 대한 욕망을 표현한다.

　도시와 멀리 떨어져 단순하고 느리게 살아가며, 자기에게 필요한 것을 직접 만들고, 최소한으로 먹고 입고, 현대인의 필수품인 휴대폰과 같은 문명의 이기도 최소한으로 사용하면서 자연과 교감하고 사랑을 나누는 가운데 진정한 행복을 느끼고 힐링을 추구하는 것이 연출자가 의도한 삶일 것이다. 소유물의 노예로 전락해 가는 현대인의 삶에 제동을 걸고자 하는 연출자의 의도는 충분히 공감할 만하다.

　언제부턴가 우리들은 꼭 필요한 것만을 최소한으로 소유하고 소비하며 살아가는 대신, 필요 이상으로 먹은 결과 비만은 현대인의 고질병이 되어 있고, 필요 이상의 식재료를 사들여서 냉장고가 그득그득 차 있는가 하면, 집 안에는 꼭 필요하지도 않은 가재도구들과 옷들로 넘쳐나지만 그러한 과소비의 행태를 바꾸지 못하고 새로운 물건들을 계속 사들이며 살아간다. 그 결과 지구는 생태 위기에 직면해 있다.

생태 위기를 일으킨 근본 원인에 대해서는 다양한 해석이 나와 있고, 위기를 벗어날 대안들도 다양하다. 문제는 생태 위기를 일으키는 근본 원인과 대안을 알고 있어도 삶의 방식을 바꾸지 못하고 있는데 있다. 우리는 풍요로운 삶을 향한 소비 지향적 욕망들에 휩싸여 더 많은 소유를 행복으로 착각하며 살아간다. 그러한 태도들이 자연환경을 무분별하게 파괴하고 생태 위기는 가속화될 수밖에 없다는 것을 알고 있어도 그러한 삶을 바꾸지 못하는 것이다. 풍요를 향한 개인들의 소비 지향적 욕망이든 대량생산과 대량소비를 촉진하는 자본주의 시스템이든 우리는 자본주의적 프레임을 벗어날 수 없다는 것이 가장 큰 문제인 것이다.

에코토피아(ecotopia)의 세계는 과학기술문명에서 벗어나 자연과 동화되는 삶이자 빈부, 성, 인종, 연령에 따른 차별이 없는 평등한 세계다. 연출자는 빈부, 성, 인종, 연령의 평등 같은 거대담론을 건들이지는 않는다. 다만 도시의 기술문명에서 잠시라도 벗어나서 자연과 교감을 나누며 자발적 빈곤을 감수하는 미니멀 라이프에서 행복을 찾아가는 삶을 〈숲속의 작은 집〉은 교훈적으로 보여주고 있다. 〈숲속의 작은 집〉은 우리로 하여금 어떠한 삶이 진정으로 행복한 삶인가? 소유냐, 존재냐 하는 질문을 끊임없이 하게 만든다.

이효리
신드롬

두어 달 전에 한 종합편성채널의 저녁 뉴스에 이효리가 게스트로 출연한 것을 우연히 보게 되었다. 이를 계기로 나는 '이효리'라는 인물에 대해서 관심이 부쩍 생겼다. 이러한 관심은 나만의 것이 아닌 듯 리얼 버라이어티 쇼 〈효리네 민박〉이라는 방송 프로그램이 인기리에 방영되고 있다.

한때 그녀는 걸그룹 핑클 출신의 화려한 댄스가수로서 최고의 스타였다. 단지 대중문화의 꽃으로만 여겼던 그녀는 동물의 생명에도 관심을 기울이는 동물보호 활동가이고, 환경에 안 좋은 제품 광고는 찍지 않으며 채식주의를 선언한 생태주의자라는 것을 알게 되었다. 그뿐만 아니라 그녀는 독거노인 봉사에도 앞장서는 등 사회적 약자에 대해서도 관심을 기울이는 인물이란다. 그녀는 단순히 노래만 부르는 가수가 아니라 동시대의 사회적인 이슈에도 적극적으로 동참하는 의식 있는 실천가인 것이다.

그녀의 생태주의적 사고가 결코 피상적 수준이 아니라는 것은 앵커와의 인터뷰에서 가감 없이 드러났다. 그녀는 "이 세상에 안 변하는 건

없잖아요. 다 모든 게 변하는데, 마치 안 변할 것처럼 광고하고 과장하고. 이런 것들에 저도 속아서 살았었고 이런 것들을 깨보고 싶었어요"라고 자신의 신곡 앨범에 실린 곡 〈변하지 않는 건〉을 만든 의도를 설명한다.

그녀는 자연스러운 모든 존재는 변하는 것이 정상이며 변하지 않는 게 오히려 더 이상하고 위험하다는 것이다. 자신의 신곡 뮤직 비디오에서 그녀는 이전의 현란한 댄스 대신 제주에서 배운 요가를 응용한 듯한 춤을 자연 속에서 자유롭게 추며 노래를 부른다. 그녀는 나이 듦의 과정을 자연스럽게 받아들이며 오히려 방부제의 젊음과 미모의 위험성을 지적한다.

"식빵처럼 잡지에 나온 제 얼굴이 너무 뽀얀 거예요. 사실 저는 거울을 보면 늙기도 하고 주름도 생기고 그런데……." 결코 유창하다고는 볼 수 없는 이효리의 발언은 매우 진정성 있게 다가왔다. 삼십 대 후반의 주름살도 조금 생긴 그녀의 실제 얼굴과 달리 포토샵으로 처리하여 여전히 젊고 예쁘게 보이는 화보 속 얼굴이 며칠이 지나도 변하지 않는 식빵과 다를 바 없이 이상하다는 것이다. 실제로 방송에 출연한 이효리는 수수한 화장에다 화려한 의상도 입지 않았다.

"얼마 전 잡지에서 본 나의 얼굴/여전히 예쁘고 주름 하나 없는 얼굴/거울 속의 나는 많이 변했는데 왜/조금도 변하지 않는 이상한 저 얼굴"은 이상한 것을 넘어서서 위험하다고 그녀는 지적한다. 따라서 "변하지 않는 걸 위해 우린 변해야 해/변하지 않는 걸 위해 우린 싸워야 해"라는 노랫말 속에는 이상하고 위험한 것들에 저항하며 적극적으로 투쟁하겠다는 실천가로서의 의지마저 담겨 있다.

이효리가 부른 〈변하지 않는 건〉은 단순히 생태주의로 해석할 노래만은 아니라는 생각이 든다. 화려한 멀티미디어의 세계, 자본주의의 신화에 대한 그녀 나름대로의 비판과 저항, 그리고 더 이상 그것들에 지배받고 휘둘리는 주체 상실의 삶을 살지 않겠다는 선언문처럼 느껴진다. 화려한 유혹적 이미지에 지배된 상품으로서의 삶, 자본의 소모품에 불과했던 삶으로부터 벗어나 그녀는 자유로운 인간으로서 주체성을 회복하겠다는 의지를 노랫말에서 표현하고 있다.

자신이 가사를 짓고 곡을 쓰고 노래를 부르는 싱어송라이터(singer-songwriter)가 된 이효리는 더 이상 자본의 노예가 되어 남이 만들어 준 노래를 부르지 않겠다고 선언한다. 이제부터 자신이 부르고 싶은 노래만을 부르겠다는 선언은 다름 아닌 자신이 살고 싶은 방식으로 살아가겠다는 주체적 인생관의 표명이다. 앞으로 이효리의 음악세계는 크게 변화할 것이다. 그 음악을 대중들이 얼마나 선호할는지는 몰라도 그녀가 독창적인 음악세계를 구축할 것은 분명해 보인다.

한때 가요계의 정상에서 최고의 화려함을 누렸던 그녀는 이제 편안히 정상에서 내려오는 법, 나이 듦의 과정을 자연스럽게 받아들이는 법을 터득한 것 같다. 그녀는 자신이 누렸던 화려함에 가려진 삶의 이면을 통찰할 수 있는 지혜로운 여성인 것이다. 그러니 자신의 결혼 파트너로 그녀에 비해 이름이 별로 알려지지 않았지만 자신과 음악적 감성이 맞고 소박한 삶의 동반자가 될 수 있는 뮤지션 남성을 선택했던 것이다. 자신이 추구하는 삶에 대한 확신 없이는 결코 할 수 없었던 선택이었다고 할 수 있다.

이효리·이상순 부부의 삶은 미국의 경제학자이자 평화주의자인 스콧 니어링(Scott Nearing)이 그의 아내 헬렌 니어링(Helen Nearing)과 함께 추구했던 '조화로운 삶(Living the Good Life)'과 아주 닮아 있다. 니어링 부부는 산업자본주의를 인간의 삶을 허망하게 만드는 원인으로 파악했기에 자연으로 돌아가 단순한 삶을 살면서 타락한 인간성을 회복하고자 했다. 그들은 자연과 조화를 이루는 삶을 실천하며 소박하면서도 행복한 삶이 무엇인지를 몸소 보여주었다. 스콧 니어링은 헬렌과 함께 자급자족의 삶을 살다 100세가 되던 해에 스스로 곡기를 끊고 먼저 세상을 떴다. 그는 죽음마저도 주체적 의식하에서 이룰 삶의 마지막 성장의 단계로 여기며 자연스러운 생명의 완성으로 의미 있게 죽음을 계획하고 실천했던 것이다. 그들 부부의 일상을 소개한『조화로운 삶』이라는 책은 2000년쯤엔가 우리나라에도 소개되어 베스트셀러가 되었고, 많은 사람들이 그들 부부의 조화로운 삶을 선망하는 붐이 인 적이 있다.

〈효리네 민박〉은 도시의 일상으로부터 탈주하여 전원에서 소박한 삶을 살고 싶어 하는 사람들에게 신드롬을 불러일으키고 있다. 삼십 대 초반의 나의 아들은 말한다. 그러한 삶을 원한다고 하더라도 돈이 없다면 결코 효리네 부부처럼 살 수 없다고. 그렇다. 그 누구도 자본으로부터 완전히 자유로울 수 있는 사람은 없다. 그렇지만 돈이 있다고 해서 누구나 이효리처럼 살 수 있는 것도 아니다. 어떠한 삶이 행복한 것인가에 대한 근원적 성찰을 이룬 사람만이 자본의 노예와도 같은 삶에서 벗어날 수 있는 것이다. 이효리는 진정한 행복이 어떤 것인가를 통찰할 수 있는 지혜가 있었고, 더 이상 하고 싶지 않은 일을 아등바등 하지 않아도 될 만큼 일찍이 자본을 일구었고, 무엇보다도 그러한 삶을 선택할 수 있는 용기를 갖추었다.

그런데 〈효리네 민박〉은 제주도 시골의 전원에서 반려동물들과 오순도순 살아가는 효리네의 소박한 삶을 상품화하여 대중들의 관음증을 충족시켜주는 데 그치고 있어 아쉬움이 크다. 제주의 아름다운 자연 속에서 그들 부부의 그 어디에도 얽매이지 않는 자유로운 생활과 노랫말을 쓰고 작곡을 하며 자신이 만든 노래를 불러보는 뮤지션으로서의 창조적 삶에 초점을 맞춰 프로그램을 만든다면 그들의 삶이 더 진정성 있게 다가올 것이다. 음식을 장만하고 청소나 하는 민박집 주인 이효리는 벌써부터 식상하다. 〈효리네 민박〉은 프로그램의 콘셉트를 바꾸어야 한다.

그들만의
라이프스타일

　　한 공중파 방송국의 예능에 〈미운 우리 새끼〉란 프로그램이 있다. 결혼 시기를 한참 넘기고도 그들만의 즐거운 삶에 몰두하며 결혼은 뒷전인 4명의 아들과 이 아들을 걱정하는 어머니 4명, 그리고 사회자 3명이 공동으로 진행하는 리얼 프로그램이 그것이다.

　　〈미운 우리 새끼〉라는 제목은 전 세계적으로 널리 알려진 안데르센의 동화 「미운 오리 새끼」(1843)를 패러디한 것이다. 이 동화의 원래 제목은 '어린 백조'였으나, 미운 오리 새끼가 사실 백조였다는 이야기 속 반전 요소를 숨기기 위해 제목을 수정했다고 한다. 이 동화의 결말은 물론 해피엔딩이다. 못생긴 오리인 줄만 알았던 새끼 오리가 다름 아닌 아름다운 백조였던 것이다. 이후, 미운 오리 새끼는 백조의 무리 속으로 들어가 자유롭게 하늘을 날아다니며 행복하게 살아간다.

　　〈미운 우리 새끼〉에 등장하는 아들들은 한마디로 요즘 유행하는 '욜로'족이란 콘셉트를 대표하는 인물들이다. "You Only Live Once"의 이니셜을 딴 욜로(YOLO)는 '인생은 한 번뿐이다'라는 인생관을 지닌 사람들을 지칭하는 개념이다. 욜로족은 한 번뿐인 인생이니 현재 자신의 행복을 가장 중시하여 소비하는 태도를 가진 사람들이다. 이들은 미래를 위한 내 집 마련, 노후 준비는 뒷전이고, 지금 당장 삶의 질을 높여줄 수 있는 취미생활, 자기계발을 위해 아낌없이 돈을 쓴다. 예를 들면 취미생활에 한 달 월급을 몽땅 쏟아 붓거나 모아둔 목돈으로 세계여행을 떠난다. 이들의 소비는 단순히 물욕을 채우는 차원을 넘어서 자신의 이상을 실현하는 과정에 있다는 점에서 충동구매와는 구별된다.

그런데 진정한 욜로가 되기 위해서는 〈미운 우리 새끼〉의 김건모나 박수홍처럼 자신의 직업에서 성공을 거두어야 한다. 그들은 자신의 직업세계에서는 정상의 위치에서 최선을 다하는 사람들이다. 다만 그들은 일정한 나이가 되면 결혼을 하고 아이를 낳아 키워야 한다는 사회 통념에 아예 신경 쓰지 않을 뿐이다. 사실 그들이 결혼을 안 하는 것인지 못 하는 것인지도 정확히 알 수 없다. 어쩌면 그들의 비일상적인 욜로의 라이프스타일을 수용하고 동반할 수 있는 인생 파트너는 현실에서 쉽게 찾기 어려울 수도 있다. 그들에겐 인생의 파트너가 아니라 그들의 즐거운 놀이와도 같은 삶을 함께 놀아줄 김종민이나 박정수와 같은 동생들이 필요해 보이기도 한다.

그들은 정말 천진한 아이와도 같은 발랄함과 의외성으로 시청자들을 사로잡는다. 김건모는 소주병 트리를 만들거나 드론으로 낚시질을 하고, 박수홍은 집 안에 해수어를 키울 대형어항을 설치하고 거품파티를 하는가 하면, 토니안은 집 안에 홈바와 편의점을 들여놓고……. 그들은 현재의 즐거움과 욕망을 위해 주저하지 않고 돈을 쓴다. 요즘의 욜로족이 미래가 불확실하므로 현재의 행복을 위해 돈을 소비하는 차원과도 다르다. 그들은 놀이의 즐거움에 흠뻑 빠져 점차 늙어가는 자식들을 걱정하며 솔직한 돌직구를 날려 이 프로그램을 시청하는 즐거움에 한몫 거드는 어머니들의 걱정도 아랑곳없다.

〈미운 우리 새끼〉의 미운 아들 중 한 명인 궁상민이란 별명의 이상민은 채권자가 제공한 1/4 아파트에서 살고 있다. 그가 방문한 이웃집의 자수성가형 힙합뮤지션 도끼는 120평이나 되는 엄청나게 큰 집에서 아홉 대나 되는 차를 굴리며 혼자 살아간다. 그는 한 달 생활비에 8천만 원을 사용할 정도로 자신이 원하는 라이프스타일을 위해 자신이 버는 돈을 몽땅 쏟아붓는다고 한다. 그가 현재 버는 돈을 거의 저축하지 않고 소비하며 사는 이유는 서른 살이 되기 전까지 하고 싶은 것 사고 싶은 것을 다 해보자고 마음먹었기 때문이다. 정말 그야말로 진정한 욜로족이라고 할 수 있다.

이와 대조적으로 이상민은 소위 코스파(cost-performance)족에 해당한다. 코스파족은 가성비를 중시하는 합리적인 삶을 추구한다. 그들은 가장 하고 싶은 것을 위해 불필요한 소비를 최대한 줄이는 삶을 살아간다. 초저가 쇼핑의 달인에다 초저가 해외여행까지 즐기는 이상민에겐 그렇게 살아야 할 이유가 있다. 69억이나 되는 빚을 갚아야 하기 때문이다. 개인파산이나 회생 절차를 밟지 않고 채무의 책임을 13년째 다하고 있는 그는 방송 프로그램을 9개나 소화하며 이른 새벽부터 한밤중까지 잠도 제대로 자지 못하지만 고단한 일상을 웃으면서 살아간다. 그의 책임감 있는 태도는 그를 꽤 괜찮은 남자로 돋보이게 만드는 것이 사실이다.

〈미운 우리 새끼〉가 보여주는 기존 관념을 벗어난 그들만의 기발하고도 의외적인 놀이들은 시청자들에게 무한의 즐거움을 선사한다. 그들의 놀이에 대한 욕망은 순수하기 그지없다. 그들은 네덜란드의 역사학자이자 문화학자인 요한 하위징아(Johan Huizinga, 1872~1945)가 말한 호모 루덴스(Homo Ludens)를 떠올리게 한다. 그들이 보여주는 자발적인 자유와 이해관계를 초월한 무관심성과 무목적성을 지닌 놀이들⋯⋯. 어쩌면 새로운 창조성이 끝없이 요구되는 그들의 직업은 그와 같은 탈일상적인 유희와 자유로움으로부터 새로운 상상력과 창조성을 제공받아야 하는 것인지도 모른다는 생각이 든다.

일상성에 사로잡혀 권태로운 노동을 반복해야 하는 호모 파베르(Homo Faber)인 보통사람들에겐 그들의 놀이와도 같은 삶을 실천할 용기도 없고 능력도 되지 않는다. 숱한 오리 새끼들 가운데 섞인 백조와도 같은 그들만의 자유롭고 행복한 라이프스타일은 보통 사람들이 따라 하기는 어렵겠지만 선망을 불러일으키기에는 충분하다. 그래서 더욱 그들만의 라이프스타일을 훔쳐보는 즐거움은 배가 된다. 우리 사회가 이제 고정관념과 천편일률적인 획일성을 벗어나 개성과 다양성을 존중하는 사회로 나아가는 변화의 가능성을 미운 우리 새끼들이 보여주는 것 같아 매주 그들이 어떤 기상천외한 새로운 퍼포먼스를 보여줄지 은근히 기다려진다.

수다 떠는
사회

 그동안 '수다'는 쓸데없는 말 정도
로 치부되어 왔다. 더구나 수다는 여성들의 전유물로 여겨져왔다. 그
래서 여자가 셋만 모이면 접시가 깨진다는 말도 생겨났다. 멀쩡한 접
시도 깨질 만큼 여자들의 수다는 시끄러운 것, 부정적인 것으로 인식
되어왔던 것이다. 과연 그럴까? 과거에 우물가나 빨래터에 여자들은
모여앉아 수다를 떨며 시집살이의 고통을 이겨냈고 살림살이의 정보
도 교환했다. 요즘은 미용실이나 사우나로 수다 터가 옮겨간 것 같지
만……

 어찌 수다가 여자들만의 전유물이었을까? 남자들이 모여드는 사랑
방과 주막도 과거에 남자들이 수다를 떠는 공간이었을 것이다. 현대
에도 남자들은 직장이 파한 후에 술집에 모여앉아 수다를 떨며 정보를
교환하거나 직장 상사의 뒷담화를 즐기며 스트레스를 푼다.

 이 수다가 어느 때부터인가 책의 명칭이나 방송의 중요한 콘셉트로
등장하고 있다. '수다'라는 단어가 들어간 책의 숫자는 헤아릴 수 없이
많다. 수다라는 제목을 붙인 책들은 전문적 식견이 없어도 떨 수 있는

수다처럼 어떤 전문분야라도 쉽게 접근해보라는 의도를 담고 있는 것 같다. 어느 사이 수다는 부정에서 긍정으로, 여자에서 남자로 그 개념도, 주체도 바뀌었다. 그리고 수다가 다루고 있는 영역도 어느새 사적이고 일상적인 것이 아니라 공적이고 전문적 영역으로 확장되어 있다.

지난해 두 번째 시리즈를 마친 〈알쓸신잡〉이란 예능에 교양을 입힌 TV프로그램이 있었다. '알쓸신잡'이란 '알아두면 쓸데없는 신비한 잡학사전'의 준말이다. 이 프로그램은 "분야를 넘나드는 잡학박사들의 지식 대방출 향연! 국내를 여행하면서 다양한 관점의 이야기를 펼쳐 딱히 쓸데는 없지만 알아두면 흥이 나는 신비한 '수다 여행'"으로 그 콘셉트를 설정했다. 등장하는 출연자들의 직업이나 전공도 각양각색이다. 전공이 다양한 만큼 한 대상에 대한 그들의 해석도 너무 다양하여 출연자들마저도 상대방에게 서로 배운다. 시청자들이야말로 '아, 저런 뜻이 숨어 있었구나!' 하고 무릎을 칠 때가 많다. 그들과 같이 여행을 떠난다면 그야말로 신비한 잡학을 알아가는 즐겁고도 유익한 여행이 될 것 같다. 이제 여행도 단순히 먹고 풍광을 즐기는 여행이 아니라 지금까지 몰랐던 다양한 지식을 알아가는 차원으로 업그레이드시켜야 한다고 이 프로그램은 말하는 것 같다. 아마 앞으로 여행 전문업체에 전문가들과 함께 떠나는 여행상품이 다양하게 선보이지 않을까 생각되기도 한다. 그렇게 된다면 재미있게 수다를 잘 떠는 인문학자를 비롯한 전문가들에게 새로운 직업의 기회가 주어지지 않을까.

〈라디오스타〉와 〈비디오스타〉는 연예인을 초청하여 수다를 떠는 텔레비전 프로그램이다. 수다를 떨기 위해 MC도 한 명이 아니라 여러 명이고 출연자도 여러 명이다. 이 프로그램들의 특징은 MC고 출연자고 간에 마음껏 수다를 떤다는 것이다. 그들의 솔직하고도 위험 수위를 넘나드는 수다가 시청자들에게 즐거움을 선사한다. 그런데 언제부터 우리는 남들의 수다를 지켜보며 그것에 대리만족을 느끼며 살아가고 있는 것일까.

　최근 종편 채널의 공통적인 현상으로 주목되는 것은 시사평론 토크 프로그램이다. JTBC가 2013년에 처음 신설한 〈썰전〉을 시작으로 TV조선의 〈강적들〉에 이어 탄핵사태 이후 채널A의 〈외부자들〉과 MBN의 〈판도라〉까지 가세하여 종편 채널은 모두 시사토크 프로그램을 갖게 되었다. 이 프로그램은 정색하고 하는 엄숙한 시사평론이 아니다. 정치적 경험과 식견뿐만 아니라 입담이 뛰어난 출연자들이 나와 그때그때 대두하는 시사적 문제에 대한 입담 경쟁이 벌어지는 일종의 수다 프로그램이다. 하루하루 급변하는 정치사회적 상황 속에서 시청자들은 정치사회적 사건들을 어떻게 해석하고 판단해야 할지 전문가들로부터 전문적 식견과 비평적 관점을 얻을 수 있기를 희망한다. 시사평론 프로그램들은 여러 명의 패널들이 등장하여 그들의 좌우 정치적 입장에 따라 입담을 펼친다. 그리고 시청자들은 그들을 통해 세상을 바라보는 안목을 키워나간다. 하지만 패널들은 자신의 입장만을 내세울 뿐 상호 간에 내적으로 진정한 대화에는 이르지 못하는 것 같다. 시청자들도 정치적 성향에 따라 그들 패널 중 한 편의 의견만을 수용할 뿐이다.

　이때 패널 선정의 조건으로 비주얼보다는 전문가적 식견과 같은 말이라도 예리하고 속 시원하고 재미있게 풀어내는 입담이 보다 중시되는 것을 보면 말을 잘하는 능력은 비주얼이 중시되는 영상시대라는 한계마저 뛰어넘어 언제나 중요하다는 생각이 든다. 과거에는 사람을 평가하는 기준으로 신언서판(身言書判)을 내세웠지만 오늘날의 시사토크 프로그램의 패널 선정에서는 언(言)과 판(判)이 신(身)인 비주얼보다 중요하다.

한 종편 채널의 〈속풀이쇼 동치미〉라는 프로그램은 정말 사석에서나 나눌 수다거리들을 소재로 하여 한껏 수다를 풀며 인생살이의 다양한 국면을 다루고 있다. 이 프로그램에서는 솔직한 자기노출이 관건처럼 보인다. 자신과 가족의 약점까지도 과감하고 솔직하게 드러내는 데서 시청자들은 크게 공감하며 때로 치유받기도 한다.

아무튼 남들이 떠는 수다를 웃으며 지켜보지만 보통사람들은 어디에 가서 수다를 떨며 마음속에 담아두었던 생각이나 스트레스를 풀 것인가라는 데 생각에 미친다. 그런데 생각해보니, 인터넷이나 SNS로 수다의 광장이 옮겨갔다는 데 생각이 미친다. 인터넷의 기사에 다는 수많은 댓글, 블로그, 카페, SNS, 밴드, 그리고 모바일 메신저 앱인 카카오톡의 그룹채팅방 등이 어떤 의미에서는 수다의 커뮤니티가 된 것 같다.

사람들은 직접 만나 면대면의 수다를 떠는 것이 아니라 온라인상에서 또는 SNS라는 광장을 통해 자신들의 생각을 펼쳐나간다. 인터넷이나 SNS에서 주고받는 수다는 말이 아니라 글이다. 물론 이모티콘이나 동영상과 사진 등을 첨부할 수는 있지만……. 어쩌면 요즘은 목소리를 듣는 전화가 아니라 휴대폰 문자로, 그리고 다시 카톡으로 점점 커뮤니케이션의 방식마저 변화하고 있다는 데 생각이 미친다. 어떤 날은 전화 한 통 오지 않고 시도 때도 없이 종일 카톡만이 시끄럽게 울려댄다. 이제 말(음성)이 없어지고 신종 문자시대로 옮겨간 것일까? 나는 고개를 갸우뚱거려본다.

　요즘은 아예 바이럴 마케팅(viral marketing)이라는 입소문을 이용한 신종 홍보 방법까지 생겨났다. 바이럴 마케팅은 누리꾼이 블로그 등 인터넷 매체를 통해 자발적으로 어떤 기업이나 기업의 제품을 홍보하기 위해 널리 퍼뜨리는 마케팅 기법이다. 컴퓨터 바이러스처럼 널리 확산된다고 해서 이러한 이름이 붙여졌다. 바이럴 마케팅은 최근 급속도로 확산되며 새로운 인터넷 광고기법으로 주목받고 있다. 이는 기업이 직접 홍보를 하지 않고 소비자의 블로그를 이용한 입소문을 통해 정보 수용자들을 중심으로 퍼져 나가는 홍보 방식이다. 인터넷 시대가 되면서 우리는 모르는 것이 있으면 인터넷부터 검색해보기 시작한다. 그러니 인터넷을 통한 홍보는 자연스럽게 기업이나 제품의 홍보에 유용한 방법이 될 수밖에 없고, 홍보대행 회사가 사람을 고용하여 일반인 블로거를 가장하여 홍보를 대행한다. 이제 수다로 돈을 버는 세상이 된 것이다.

　텔레비전에서 남들이 떠는 수다를 지켜보며 때로 웃고 때로 고개를 끄덕이지만 나는 수다조차 사람을 직접 만나 떨지 못하고 남들의 수다를 지켜보아야 하는 수동적이고 고독한 인간이 되어가는 것만 같아 씁쓸해지는 것이 사실이다.

진정한 대화는 기본적으로 서로 얼굴을 마주 보는 데서, 상대방과 나의 차이를 인정하고 그 차이를 받아들이는 데서만 이루어진다. 러시아의 문예이론가인 미하일 바흐친(Mikhail Bakhtin)에 의하면 대화는 '차이 있는 것들의 동시적 현존'이다. 대화적 관계는 이것이냐 저것이냐의 상호배타적 관계가 아니라 상호포용적 관계이다. 그리고 나의 단일하고 편협한 논리를 탈피하여 내적 대화에 다다르는 것이 대화의 진정한 목표이다.

나는 텔레비전이라는 매체가 일방적으로 송신하는 메시지를 고독하게 수신하면서 그 일방적 커뮤니케이션의 권위적, 지배적 언어를 탈중심화하고 전복하고자 하는 '원심적 힘(centrifugal force)'이 정말 필요한 시대라는 생각을 하지 않을 수 없다.

요리
잘하는 남자

　　요즘 대한민국이 요리 잘하는 남자의 매력에 흠뻑 빠져 있다. 다름 아닌 tvN의 〈삼시세끼-어촌편〉이라는 리얼 버라이어티 프로그램에 등장하는 차승원이 그 주인공이다. 훤칠한 외모에 콧수염까지 길러 마초처럼 보이는 그가 매번 만들어내는 생선구이, 어묵탕, 해물찜, 식빵, 제육볶음, 막걸리, 김치……. 그의 손은 마법이라도 부리듯 동서양의 온갖 요리들을 뚝딱 만들어낸다.

　　그의 능숙한 칼질은 그가 요리학원이나 다니며 배운 요리를 얼치기로 흉내 내는 수준이 결코 아니라는 것을 입증한다. 주방에서 오랫동안 쌓아온 노하우가 아니라면 조리기구나 식재료도 제대로 갖춰지지 않은 열악한 환경에서 그처럼 환상적인 음식들을 만들어낼 수 없었을 것이라는 사실에 시청자들은 더욱 환호하는 것이다. 여성 시청자들은 그런 남자와 한번 같이 살아봤으면 원이 없겠다는 판타지에 사로잡히는가 하면, 그의 아내는 대체 어떤 복을 타고났기에 연하의 훈남, 거기에다 요리까지 잘하는 남편과 같이 사는 것일까 하는 선망에 빠져든다.

　　동서양을 막론하고 하루 삼시세끼 밥 짓는 일은 여성들의 몫이었다. "남성은 들판에서, 여성은 가정에서/ 남성은 검(劍)을, 여성은 바늘을/ 남성은 머리로, 여성은 가슴으로/ 남성은 명령하기 위해, 여성은 복종하기 위해/ 나머지 모든 것은 혼동이라네"라고 노래했던 것은 동양인이 아니라 영국의 계관시인 알프레드 테니슨(1809~1892)이다.

이 시에서도 남성과 여성의 성역할은 뚜렷하게 구분돼 있다. 남성과 여성은 일하는 공간과 하는 일이 각각 달랐으며, 이성적 존재와 감성적 존재로 구별됐다. 그리고 남녀관계에서 명령과 복종의 권력관계는 당연시됐다.

사회학자 탈코트 파슨즈는 '도구적 남성, 표현적 여성'이라는 말로 남녀의 성역할을 구분했다. 도구적 남성은 직업을 갖고 적당한 수입을 벌어들임으로써 남편과 아버지로서 공동체 내에서 지위를 보장받았다. 반면 표현적 여성은 아내나 어머니로서, 또는 안주인으로서 가족집단을 통합시켜 나가는 정서적 역할을 담당해왔다.

하지만 21세기에는 더 이상 성역할 고정관념은 존재하지 않는다는 것을 〈삼시세끼〉의 차승원은 온몸으로 증명해냈다. 더욱이 그는 만재도를 떠나면서 만재도의 가족을 위해 겉절이를 미리 만들어놓는가 하면 멀리서도 전화로 삼시세끼 가족의 안부를 물었다. 그것은 다름 아닌 자나 깨나 가족을 배려해온 어머니의 모성에 다름 아니다.

그를 보면 남성과 여성이란 젠더(gender)는 생물학적으로 결정되는 것도, 고정불변의 것도 아니라는 것을 알 수 있다. 성역할은 시대에 따라 변화하는 사회문화적 구성물이다. 현대에 와서 가부장제에 기반을 둔 성역할의 스테레오 타입은 급속히 깨지고 있다. 호주제가 폐지된 오늘날에는 남녀관계에 더 이상 수직적 윤리규범은 존재하지 않는다. 대신 남녀 모두에게 수평적 인간애에 기반을 둔 공생과 배려가 요구되고 있다.

남자가 삼시세끼 밥 짓는 것이 더 이상 부끄럽지 않은, 아니 당당하기만 한 시대라는 것을 차승원은 몸소 보여줬다. 한 매력적인 남자배우가 출연한 허구가 아닌 리얼 프로그램이 구시대적 고정관념에 빠져 있던 남성들을 온통 흔들어버린 것이다. TV매체가 보여준 막강한 영향력이다. 차승원, 그야말로 남성성과 여성성을 모두 갖춘, 즉 양성적 인간의 모델이다.

그가 얼마나 남성적인 남성인가는 그의 마초적 외모가 아니라 지난해 그의 아들 노아의 친부라는 남자가 나타났을 때, "마음으로 낳은 아들 차노아, 선택 후회 없다"라며 "어떤 어려움이 닥치더라도 끝까지 가족을 지켜나갈 것이다"라고 의연하게 대처했던 데서 잘 확인된다. 동시에 그는 남을 잘 배려하고 요리까지 잘하는 여성성을 갖추고 있다.

양성성이란 주체성, 적극성, 능동성, 책임감, 용기, 지도력, 분석력, 활동성, 자신감, 합리성, 이성, 결단력, 성취욕과 같은 남성성의 긍정적 자질과 타인과의 공생과 배려, 풍부한 감성, 따뜻한 마음, 직관적, 정열적, 개인적인 것과 같은 여성성의 긍정적 자질을 조화시키고 통합한 인간적 자질을 의미한다. 이제 남녀 모두 성역할 고정관념에 얽매이지 않는 독립적이면서도 부드러운 양성적 인간으로 거듭남으로써 가정과 사회에서 서로 유연하게 협력하고 공존해 나가야 할 시대가 됐다.

어머니의 집밥이
그리운 사람들

요즘 우리나라의 싱글족들을 열광시키는 〈집밥 백선생〉(tvN)이란 프로그램이 있다. 어디 싱글족뿐이랴. 수십 년간 밥을 지어온 주부들까지도 백 선생의 레시피(recipe)를 따라 하며 그의 요리 솜씨가 화제가 되곤 한다. 〈집밥 백선생〉은 요리라곤 생전 해본 적이 없는 청장년 남성 4명을 대상으로 백 선생이 요리를 직접 가르치는 예능 프로그램이다. 벌써 몇 달째 계속되고 있는 이 프로그램의 인기는 날이 갈수록 치솟는다.

그 매력적인 주인공은 바로 외식경영전문가 백종원이란 인물이다. 그는 원래 영화배우 소유진의 남편으로 간혹 예능 프로그램에 출연한 적이 있다. 하지만 그는 요즘 아내를 제치고 여기저기 TV 프로그램의 고정출연에 이어 광고에까지도 등장하는 스타가 되었다. 인터넷 포털 사이트에는 그의 이름이 계속 검색어의 높은 순위에 올라 있고, 매주 〈집밥 백선생〉이 방영이 되자마자 그가 만든 요리의 레시피가 오르고 수많은 댓글이 달린다.

요즘 TV를 켜면 요리 프로그램에 여성은 눈을 씻고 찾아봐도 보이지 않고, 남자 셰프들로 넘쳐난다. TV만 보고 있으면 음식점에서건 가정에서건 요리는 모두 남성들이 도맡고 있는 것 같다. 21세기에는 사회에서든 가정에서든 남녀의 성역할 구분이 없어졌다는 것을 실감하는 요즘이다.

TV의 요리 예능 프로그램에 〈냉장고를 부탁해〉가 있다. 이는 유명 남성 셰프들이 등장하여 연예인의 냉장고에서 식재료를 꺼내 즉석에서 요리 대결을 펼치는 프로그램이다. 이 프로그램은 유명 셰프들이 등장하여 요리를 만들어내는 만큼 그 레시피가 결코 간단하지 않다.

하지만 〈집밥 백선생〉은 제목 그대로 우리가 집에서 일상적으로 해먹는 음식과 식재료를 사용한다는 것이 중요한 콘셉트이다. 그러니 요리 초보자라도 쉽게 따라 할 수 있고, 식재료도 냉장고를 열면 언제든 꺼낼 수 있는 평범한 것들이다. 더욱이 그는 이 보통의 재료들을 가지고도 간단한 방법으로 맛있는 요리를 만들어 내는 비법을 전수한다. 된장찌개, 김치찌개, 카레, 돈가스, 콩나물, 닭갈비, 김치전, 잡채 등 어느 한 가지 특별한 것이 없고 우리가 늘 집에서 해먹는 평범한 메뉴들이다.

애당초 '집밥'이란 콘셉트도 1인 가구가 증가한 우리나라의 가구 변화를 반영한 것으로 보인다. 2017년 인구주택총조사 결과에 나타난 일반 가구 대비 1인 가구 비율은 28.6%이다. 즉 우리나라 가구의 1/4를 훨씬 상회한다. 역사상 이처럼 1인 가구가 많아졌다는 것은 무엇을 의미하는 것일까. 우리는 전통적으로 집에서 어머니가 해주시는 밥을 먹고 살아왔다. 그런데 사회구조의 변화로 부모와 자녀로 구성된 핵가족마저도 해체되고 1인 가구가 증가하게 된 것이다. 더 이상 어머니나 아내가 차려주는 밥을 먹을 수 없는, 홀로 사는 시대, 즉 혼밥, 혼술, 혼집의 시대가 도래한 것이다.

더욱이 연애와 결혼, 출산을 포기한 3포 세대, 거기에다 내 집 마련과 인간관계마저 포기한 5포 세대의 청년층이 증가하고 있는 상황이다. 오죽하면 '아프니까 청춘이다'라고 했겠는가. 대학을 졸업하고도 최저시급 몇천 원을 받고 일하고 있는 청년들의 취업난, 불안정한 일자리, 하늘 높은 줄 모르고 치솟는 집값, 물가 상승에 따른 생활비 지출이 증가하는 상황은 외식에다 더 이상 돈을 지불할 수 없게 만든다. 그렇다고 매일같이 라면만 끓여먹을 수도 없다. 그들에겐 유명 셰프의 호화로운 레시피는 그림의 떡일 뿐이다.

〈집밥 백선생〉의 가장 큰 효과는 밖에서 사먹는 자극적인 음식들에 식상해 하고 지친 사람들이 집에서 간편하고도 맛있는 음식을 직접 해 먹고 싶은 욕구를 가지도록 만들었다는 것이다. 그동안 요리라곤 배워본 적도 없는 남성들은 요리를 하고 싶어도 감히 용기를 내지 못했다. 그렇다고 요리학원 같은 곳에 갈 시간도 여유도 주변머리도 없다. 거기에다 가부장주의가 잔존하는 남성들의 심리 속엔 여전히 요리는 남성의 성역할이 아니라는 고정관념마저 존재한다.

그런데 요리 경험이 전혀 없는 남성들이 등장하여 요리를 하나하나 배워나가는 것을 보게 되자 남성들의 고정관념은 여지없이 깨져 나갔다. 집에서 어머니가 해주시던 친근한 요리를 백 선생이 가르쳐주니 어찌 환호하지 않겠는가. 거기에다 그는 그만의 비법을 쉽게 가르치니

요리를 두려워하는 사람들도 쉽게 도전해볼 용기를 가지는 것이다. 그
는 전문 셰프가 아니라 외식산업 경영자이다. 그러면서도 집밥에 관한
한 최고의 권위자가 되었다. 그가 경영하는 외식산업의 번창은 단순한
경영 노하우로만 이루어진 것이 아니라 그가 꾸준히 요리를 좋아하고
연구해온 결과물이라는 생각이 든다.

　〈집밥 백선생〉의 백승룡 PD는 우리의 가슴속에 내재한, 어머니의
손길로 정성스레 만들어주시던 집밥에 대한 그리움을 엉뚱하게도 충
청도 사투리를 능청스럽게 구사하고 예능감까지 뛰어난 중년 남성 백
종원을 통해 환기한다.

요리 잘하는
섹시한 남자

요즘 새로 만들어진 신조어 가운데 '요섹남'이라는 단어가 있다. '요리 잘하는 섹시한 남자'라는 뜻을 가진 이 단어가 대세가 되었다는 것을 입증이라도 하듯이, 텔레비전을 켜면 지상파, 종편, 케이블을 가리지 않고 요리하는 남자가 등장하는 프로그램이 끝없이 이어진다. 얼마 전에 『교수신문』에 차승원이 등장한 〈삼시세끼─어촌편〉이 가진 사회적 의미를 해석한 「요리 잘하는 남자」라는 칼럼을 발표한 적이 있다. 그 글을 발표한 이후 여러 신문사의 기자들로부터 '요리 잘하는 남자'의 시대적 의미를 어떻게 해석하여야 하는가에 대한 질문을 몇 차례 받았다. 매스컴에서도 갑자기 변화된 남성상을 어떻게 해석하고 받아들여야 할지 당황하고 있는 듯하다.

하지만 요리하는 남자의 등장은 이미 예고된 것이라고 할 수 있다. 제2의 물결시대에는 남성과 여성의 성역할이 뚜렷이 구분되었다. 그런데 제3의 물결시대인 정보화시대에는 남녀 성역할의 구분이 더 이상 존재하지 않는다. 남녀의 성역할 경계가 사라진 것이다. 그것은 정보화시대의 산업이 더 이상 남녀의 구분을 필요로 하지 않기 때문이

다. 아니 더 정확히 말하자면 남성의 근육질적 힘보다는 여성적 부드
러움과 섬세함이 요구되는 산업으로 변화했기 때문이다.

미래학자 존 나이스비트(Jhon Naisbitt)은 1982년에 쓴 그의 저서 『메
가트렌드(Megatrends)』에서 정보화 시대는 3F의 시대가 될 것이라고 전
망했다. 즉 여성(female), 감성(feeling), 상상력(fiction)이라는 키워드가 지
배하는 사회가 될 것이라는 것이다. 여기에서 '여성'이란 생물학적 여
성을 의미하는 단어가 아니라 여성적인 부드러움, 감성, 상상력, 유
연성, 배려를 가진 여성적 인간을 의미한다. 영국의 문화비평가 마크
심슨(Mark Simpson)이 1994년에 쓴 「거울 맨이 온다(Here come the mirror
men)」에서 말한 메트로섹슈얼(metrosexual)은 패션과 외모에 관심을 보
이는 신남성을 일컫는 용어이다. 20~30대의 도시 남성인 메트로섹슈
얼은 의상, 피부, 헤어스타일을 가꾸는 데 시간과 돈을 투자하며, 쇼핑
을 즐기고, 또한 음식과 문화에도 관심을 나타낸다.

이러한 시대 변화 속에서 우리나라 여성들도 어느 사이 터프한 마
초(macho)에게 결별을 고하고 여성스러운 외모의 꽃미남에게 꽂혀버
렸다. 이 연장선상에서 요섹남이 등장한 것이다. 즉 꽃미남의 외모에
다 요리까지 잘하는 섹시한 남성을 선호하게 된 것이다. 이런 시대적
흐름을 민감하게 파악한 TV가 요즘 요섹남 프로그램을 개성 없이 양
산하고, 신문은 그 사회적 의미를 해석하기에 분주하다.

오호 통재라! 이래저래 21세기의 남성들은 여성성이라는 인간적 자
질에다 여성의 전유물로 여겼던 요리까지도 잘해야만 살아갈 수 있는
시대가 되고 말았다.

슈퍼맨은
돌아오지 않았다

2008년, 우리나라는 오랜 가부장제 역사 속에서 여성을 차별하던 법률적 장치였던 호주제가 완전 폐지되고 '1인 1가족부' 시대를 열었다. 그야말로 양성평등의 시대가 활짝 열린 것이다. 양성평등의 시대에는 남성과 여성의 성역할 구분이 없어진다. 이미 여성들이 남성들의 영역으로 여겨지던 직장에 출근하여 사회 경제적 활동을 활발히 하고 있고, 이에 따라 남성들은 가정에서 가사노동과 육아를 평등하게 분담할 것을 요구받고 있다.

요즘 텔레비전을 켜면 양성평등의 시대가 완전히 도래했다는 것을 실감케 하는 프로그램들로 넘쳐난다. 남자가 요리하고 육아를 하는 프로그램들이 바로 그것이다. 〈집밥 백선생〉은 아예 요리를 할 줄 모르는 초보 남성들에게 음식 만드는 법을 가르치는 프로그램이고, 〈슈퍼맨이 돌아왔다〉는 아내들이 외출한 상황에서 아빠들이 홀로 아이들을 돌보는 육아 프로그램이다. 인기 연예인이나 운동선수(송일국, 이휘재, 엄태웅, 추성훈, 이동국 등)들이 아이들과 함께 출연하여 좌충우돌 육아를 하는 장면들이 전국에 전파되며 그야말로 슈퍼맨 신드롬(superman syndrome)을 전국에 확산시킨다.

사실 얼마 전까지 우리 사회에서 슈퍼우먼 신드롬이나 슈퍼우먼 콤플렉스라는 말은 유행했어도 슈퍼맨 신드롬(슈퍼맨 콤플렉스)라는 말은 별로 들어보지 못했다. 슈퍼우먼 신드롬은 흔히 엘리트를 지향하는 직업여성들에게서 볼 수 있는 스트레스 증후군을 일컫는다. 즉 여성들이 주부 역할과 직장인 역할을 모두 완벽하게 수행하려고 하다 보니 나타난 병적 증후를 말하는 것이다. 이 이름을 붙인 미국의 정신신경학자 M.슈비츠에 의하면 여성이 아내 · 어머니 · 직업인 · 이웃의 역할을 완벽하게 잘해내려고 한 결과 두통, 불안감 등의 병적 증상을 호소하게 되었다는 것이다.

전통적으로 여성은 가정에서 주부로서 아내, 어머니, 며느리의 역할을 수행하는 존재였다. 하지만 이 여성이 직장에 나가게 되면서 직업인으로서 성공을 추구하는 한편 가정주부로서의 역할도 완벽하게 해내려고 하다 보니 지쳐서 여러 병적 증후를 앓게 된 것이다.

그런데 최근 슈퍼우먼 신드롬이라는 말이 주춤해진 사이 슈퍼맨 신드롬이 급격하게 확산되는 사회적 현상을 볼 수 있다. 그 맨 앞에서 이 신드롬을 전파하는 것이 텔레비전이다. 이제 남성들은 사회에서 직장인으로서는 물론이며, 가정에서도 남편과 아버지로서 완벽한 역할을 해줄 것을 요구받는 슈퍼맨 시대를 살아야 한다. 텔레비전은 슈퍼맨 역할을 완벽하게 수행하는 연예인을 출연시켜 슈퍼맨 현상을 전염병처럼 퍼트리고, 특히 유명인을 우상시하고 무조건 모방하는 현대인의 심리를 이용하여 슈퍼맨 현상을 보편화시키는 전위대 역할을 담당하고 있다. 유행이라고 하면 무조건 따라하는 것이 현대인의 심리이고 보면 텔레비전의 위력은 실로 엄청나다고 하지 않을 수 없다.

원래 신드롬은 병적이고 비정상적인 데 사용하는 의학용어다. 하나의 공통된 질환, 장애 등으로 이루어지는 증상, 또는 어떤 것을 좋아하는 현상이 전염병처럼 사람들 사이에 급속하게 퍼져 나가는 것을 지칭하는 말이다. 대중매체의 영향력이 커지면서 특정 인물에 대한 우상과 모방문화 현상을 신드롬이라 부르기도 한다.

문제는 최근 사석에서 만나본 남성들은 텔레비전에 출연한 연예인의 치솟는 인기나 여성 시청자들의 열광과는 아주 상반된 반응을 보인다는 것이다. 집에서 아내와 아이들이 텔레비전에서처럼 완벽한 남편과 아빠를 기대하기 때문에 그들은 너무 힘겹고 피로하다고 텔레비전을 원망한다. 정말 슈퍼맨 신드롬을 심각하게 겪고 있다. 언제 잘려 나갈지 알 수 없는 살얼음판 같은 직장생활을 하다가 지쳐 돌아온 남성들은 집에 돌아와서도 쉬지 못한 채 안팎으로 시달려야 하는 상황이 고통스러운 스트레스로 다가온다는 말에 공감이 간다. 하지만 맞벌이가 대세인 요즘, 지쳐서 돌아오기는 남성이나 여성이나 매한가지니 그 말이 좀처럼 설득력을 얻기는 어려울 수 있다.

그러면 왜 텔레비전은 그런 프로그램들을 경쟁적으로 만드는 것일까? 무엇보다도 그것은 매스컴이 성역할의 경계가 해체된 시대의 변화를 앞장서서 반영하고 선도해야 하기 때문일 것이다.

하지만 정말 그것이 다일까? 텔레비전의 상품 광고, 홈쇼핑의 주고객은 남성이 아니라 여성이다. 소비가 여성의 손에 맡겨진 시대이고 보니 텔레비전은 여성 고객의 취향과 입맛에 따라 프로그램을 제작하지 않을 수 없는 것이 자본의 논리이다. 이를 감안한다면 대다수의 남성들에게 스트레스를 안겨주는 프로그램들이 왜 그처럼 유행처럼 제작되는지 짐작할 수 있다. 그리고 공영방송인 KBS2가 쌍둥이, 세쌍둥이 아빠들을 출연시켜 프로그램을 제작하는 의도는 앞으로 아빠들이 육아는 전담할 테니 걱정 말고 아이를 제발 낳아달라는 메시지를 젊은 여성들에게 전달하려는 것은 아닐까 생각되기도 한다. 이래저래 국가적 이슈인 저출산 시대에도 나름 대처해 나가야 하는 공영방송사의 고민이 이해되지 않는 것은 아니다.

육아예능 프로그램 하나를 놓고 이런저런 생각을 하다 보니 동시대의 사회 문화적 코드를 내가 너무 색안경을 끼고 삐딱하게 보고 있는 것은 아닐까 생각되기도 한다.

'슈퍼맨', 그들은 돌아온 것이 아니라 지금 새롭게 만들어지고 있다. 문제는 적응기간도 없이 갑자기 기존의 성역할 고정관념에 얽매여 있던 남성을 슈퍼맨으로 만들려 하지 말고 서서히 새로운 역할에 적응할 수 있도록 기다려주는 배려심을 가져야 한다는 것이다. 그래야 우리 사회 구성원의 절반인 남성들이 행복할 수 있고, 그들이 행복해야 나머지 절반인 여성들도 행복할 수 있다고 말한다면 그간 페미니스트로 글을 써온 나의 이력을 배반하는 것일까. 하지만 페미니즘은 여성만의 행복과 해방을 지향하는 이념이 아니라 남녀 모두의 평등한 행복과 자유를 지향하는 이데올로기라는 것을 상기한다면 나의 말이 새삼스러울 것은 전혀 없다.

제 3 부

일과 놀이의 균형을 찾다

번아웃 신드롬과
과로사회

최근에 아들은 직장을 옮겼다. 이직을 하게 된 동기 중의 하나가 다니던 회사의 빈번한 야근 때문이었다. 52시간 근무제 시행을 하기 전까지 잦은 야근으로 정상적인 생활을 할 수 없다는 것이 이유였다. 삼십 대 초반인 아들은 자신이 원하는 일을 즐겁게 하며 자유롭게 살자는 것이 삶의 모토였기에 처음부터 과잉으로 일을 시킨다는 대기업을 피하고 자신이 좋아하는 게임회사 쪽으로 직장을 잡았다.

52시간 근무제에 대한 기사가 떴을 때, 나는 대체 얼마나 근로자들에게 일을 많이 시키기에 52시간 근무제를 강제로 시행하라고 했을까 의아하게 생각했다. 주 5일을 8시간씩 근무할 때의 총 근무시간은 40시간이다. 그런데 52시간이 되려면 적어도 일주일에 삼 일은 10시간씩 일하고 이틀은 11시간씩 일해야 하는 수치이고 보니, 52시간 근무제를 시행한다고 하더라도 우리나라가 이미 과로사회라는 것은 두말할 필요가 없다. 그러니 52시간 근무제를 실시한다고 하더라도 사생활이고 운동이고 문화생활이고 가정이고 없다는 말이다. 한 정치가가 말한 '저녁이 있는 삶'은 아예 물 건너간다는 뜻인 것이다.

엊그제는 아들로부터 충격적인 소식을 듣게 되었다. 아들의 대학 선배가 갑자기 과로사로 죽었다는 소식이었다. 그 선배는 대학에서 경영학과 법학을 이중 전공하고 로스쿨에 들어가서 졸업 후 검사가 되어 지방 근무를 하던 중이었다. 직장에서 밤늦게까지 근무하고 귀가하던 오전 1시에 엘리베이터 안에서 쓰러진 채 1시간 만에 발견되었지만 병원에 이송된 후 1시간 만에 사망했다는 것이다. 과로로 인한 심근경색이 원인이라니 삼십 대 중반의 젊은 나이가 정말 아깝지 않을 수 없다. 그는 군대도 해병대 ROTC로 갔다 오고 운동도 정말 열심히 하여 몸도 좋았던, 모범적으로 인생을 살아오던 전도유망한 선배였는데, 정말 안타깝기 짝이 없다는 말을 아들은 연속 이틀이나 전화로 말했다. 그러니까 과로사회는 비단 기업에서만 일어나는 일은 아니고 공직사회도 마찬가지였던 것이다.

우리나라 노동자의 약 18%가 60시간 이상의 과도한 노동을 하고 있고, 치열한 경쟁과 장시간 근로 환경 속에서 직무에 만족하지 못해 일 중독자가 되는 경우가 많으며, 직장인의 약 85%가 직무 스트레스를 겪으며 번아웃 증후군을 경험하는 것으로 조사됐다고 한다. OECD 국가 중 두 번째로 일을 많이 하며, OECD 평균보다 연간 300시간 더 일을 하는 우리 사회는 기업, 공직사회, 개인에 이르기까지 전체적으로 번아웃 증후군에 빠져 있다.

직장에서 정년퇴직한 지 1년이 지난 나의 생활은 어떠한가? 나는 현직에 있는 동안 항상 두 권의 책을 동시에 교정을 보고 있거나 두세 편의 논문을 동시에 쓰고 있기 일쑤였다. 퇴직하면서 나는 이제 원고 쓰는 일도 줄이고 좀 여유 있게 살자고 결심했었다. 그래서 사진 출사 클래스와 사진작품연구 클래스에 등록하며 여유 있는 삶을 즐길 수 있을 것으로 기대했다.

그런데 학교의 강의시간은 현저히 줄었지만 나는 다른 곳에서 인문학 강의를 하고 있었고, 글을 쓰는 일은 전혀 줄어들지 않았다. 여전히 두어 편의 글을 동시에 쓰고 있거나, 원고 마감 날짜에 쫓기고 있다. 여유를 찾자고 시작한 사진이 즐거움을 주지 않는 것은 아니었지만 그것은 또 다른 일이 되었고, 나의 일상생활은 이전에 비해 시간적으로 전혀 개선되지 않았다.

게다가 올여름처럼 초유의 폭염 속에서 기한 내에 마쳐야 하는 프로젝트를 강행하다 보니 마침내 탈진상태가 왔다. 일 중독자의 은퇴 후가 에너지가 완전히 고갈되는 탈진으로 나타난 것이다. 그런데 나는 그 탈진상태를 몸을 쉬어주는 대신 평소에 하는 헬스보다 좀 더 과격한 스쿼시 같은 운동으로 해소하려고 했다. 누군가가 피로를 피로로 풀려는 처방이라고 지적해주었지만, 나는 그 충고를 무시하다 몸이 전혀 말을 듣지 않는 번아웃 상태에 이르렀다.

번아웃 신드롬은 다 불타서 없어진다(burn out)고 해서 소진(消盡) 증후군, 연소(燃燒) 증후군, 탈진(脫盡) 증후군이라고도 한다. 이는 어떠한 일에 몰두하다가 신체적·정신적 스트레스가 계속 쌓여 무기력증이나 심한 불안감과 자기혐오, 분노, 의욕 상실 등에 빠지는 병적 증상을 말한다. 뉴욕의 정신분석가 허버트 프로이덴버거(Herbert Freuden-

berger)가 명명한 번아웃 신드롬은 포부 수준이 지나치게 높고 전력을
다하는 성격의 사람에게서 주로 나타난다고 한다. 강박적으로 일을 하
지 않으면 자신의 가치가 떨어진다고 생각하고 손에 일이 없으면 불안
해 하거나 죄의식을 느끼는 일 중독에 빠져 마침내 번아웃 상태에 이
르게 되는 것이다.

번아웃 상태에 빠졌다고 느낄 즈음, 나는 한 일간지에서 스트레스
와 피로의 원인이 타인의 강제에 의한 것만이 아니다. 스스로를 채찍
질하여 멈추지 못하게 하는 잘못된 습관, 번아웃 신드롬 같은 정신질
환은 이 시대의 질병이다. 이를 극복하는 것은 자각과 알아차림이고,
자각과 알아차림의 핵심은 명상이다. 인내심을 갖고 명상을 계속해야
나쁜 습관을 바꿀 수 있다는 취지의 글을 읽었다.

그 글을 읽으며 나는 때맞춰 나에게 던져주는 메시지 같은 글이라
고 생각했다. 하지만 강박적으로 일을 하려는 나쁜 습관으로부터 자유
로워지기 위해서는 명상도 명상이지만 그 습관을 멈추기 위한 강력한
의지가 필요하다는 생각을 했다.

사실 요즘의 대학은 교수들에게 지나친 성과를 요구한다. 연구면
연구, 교육이면 교육, 봉사면 봉사, 연구비 수주 능력까지 모든 실적을
상대평가하고 그 성과를 월급에다 직결시키는 제도를 모든 대학은 시
행하고 있다. 나는 오랫동안 그와 같은 대학사회에 몸 담아온 관성에
다 개인적으로도 일 중독에 빠져 살아왔다.

사실 일상생활을 일로 채워왔던 사람에게 일, 특히 사회적 역할이
사라지는 은퇴라는 국면을 아무렇지 않게 받아들이는 것은 결코 쉽지

않다. 어쩌면 일 중독자에게 가장 두려운 일은 일이 주어지지 않는 상황일 것이다. 나에게도 바로 그것이 가장 두려운 일이었던 것 같다. 그래서 정년퇴직을 하면서 나는 일을 일부러 찾아서 하지는 않겠지만 주어지는 일을 거절하지도 않겠다고 마음먹었다.

그렇게 은퇴 후 1년을 살아오면서 나는 몸의 경고를 무시하다 결국 번아웃 상태에 이르렀다. 어쩌면 일 자체를 즐긴다고 하더라도 일의 스트레스를 견디는 신체적 나이가 많아졌다는 사실을 미처 깨닫지 못한 것이 탈진의 가장 큰 원인이었을 것이다. 이 글을 쓰고 있는 지금도 사실 나는 몸이 아프다. 마감 날짜를 지켜야 한다는 책임감 때문에 억지로 책상 앞에 앉아 있다.

독일에서 철학을 전공하여 카를스루에 조형예술대학의 교수가 된 한국인 철학자 한병철은 "피로사회는 자기 착취의 사회다. 피로사회에서 현대인은 피해자인 동시에 가해자이다"라고 했다. 그는 저서『피로사회』에서 성과사회의 과잉활동과 과잉자극에 맞서 사색적 삶, 영감을 주는 무위와 심심함, 휴식의 가치를 역설한다. 그는 과거의 사회가 '해서는 안 된다'는 금지에 의해 이루어진 부정의 사회였다면, 성과사회는 '할 수 있다'는 것이 최상의 가치가 된 긍정의 사회이다. 성과사회에서는 성공하라는 것이 유일한 규율이며, 성공을 위해서 가장 강조되는 것이 너는 할 수 있다는 바로 긍정의 정신이다. 그러나 부정성에 의해 제약받지 않는 긍정성은 긍정성의 과잉으로 귀결되고 만다. 그것은 타자의 위협이나 억압과는 다른 의미에서 자아를 짓누른다. 오직 자신의 능력과 성과를 통해서 주체로서의 존재감을 확인하려는 자아는 피로해지고, 스스로 설정한 요구에 부응하지 못하는 좌절감은 우울증을 낳게 된다는 것이다. 그는 "규율사회의 부정성은 광인과 범죄자를 낳는다. 반면 성과사회는 우울증 환자와 낙오자를 만들어낸다"라고 했다.

사실 자본주의 시스템은 개인으로 하여금 자발적인 착취를 하도록 개인을 조종한다. 따라서 그 시스템 내에서 개인은 스스로 성공이라는 욕망을 쫓아가는 부나비가 될 수밖에 없다. 그런데 한병철은 피로는 과잉활동의 욕망을 억제하며, 긍정적 정신으로 충만한 자아의 성과주의적 집착을 완화하게 만든다라는 새로운 시각의 견해를 피력한다. 즉 피로한 자아는 성공을 위해 자신을 채찍질하는 유아론적 세계에서 벗어나 타자와의 관계를 회복하고, 새로운 영감을 얻을 수 있게 하는 계기를 만들어준다고 했다. '피로'의 역설이라고나 할 수 있을지?

오늘날 우리가 경험하고 있는 과로사회는 과연 개인들의 사색과 무위와 휴식의 가치에 대한 깨달음에 의해서 바뀔 수 있을 것인가? 개인들을 지배하고 있는 자본주의적 시스템과 가치관을 전체적으로 바꾸지 않는다면 오히려 과로사회로부터 벗어나려는 개인은 사회적으로 게으른 무능력자로 도태되고 말 것이다.

문재인 대통령은 "OECD 평균보다 연간 300시간 더 일해야 먹고 살 수 있다는 부끄러운 현실을 바로잡지 않으면 안 된다"라고 강조했다. 무엇보다 과로로 인한 과로사와 산업재해를 획기적으로 줄이고, 졸음운전을 방지해 귀중한 국민의 생명과 노동자 안전권을 보장하는 근본 대책으로 52시간 근무제를 내놓았던 것이다. 문제는 해당 기업에서 그것을 상한선이 아니라 하한선으로 시행하고 있다는 것이다.

문 대통령은 52시간 근무제 정책을 내놓으면서 노동시간 단축은 궁극적으로 노동 생산성의 향상으로 이어진다고 했다. 하지만 52시간 근무제의 진정한 의도가 노동 생산성 향상을 위한 노동시간의 단축에 있는 것이 아닐 것이다. 4차 산업혁명으로 산업의 패러다임이 혁명적으로 변화하고 있다. 노동시간 연장으로 성과를 내려는 기존의 가치관은 하루빨리 폐기해야 한다. 일하는 개미가 아니라 베짱이의 여유로운 삶에 대한 새로운 평가가 아쉽기만 한 우리 사회다.

위험사회를
넘어서

    세월호 참사의 집단적 트라우마가
채 가시지도 않았는데 최근에 KTX 강릉선 탈선사고를 비롯하여 KT
아현기지국 화재, 백석역 온수관 파열 등 사고가 잇따르고 있다. 뉴스
를 보고 있으면 우리 사회는 위험사회라는 생각을 하지 않을 수 없다.
그러면서 울리히 벡(Ulrich Beck)은 왜 현대사회를 '위험사회(risk society)'
로 정의했는가에 대해 공감을 갖게 된다.

    현대사회는 위험이 예외적인 것이 아니라 일상화된 위험사회다. 과
학기술이 고도화하고, 사회 시스템이 복잡해지면서 과거보다 훨씬 대
규모의 충격적인 안전사고와 대형재해가 발생할 위험성이 커지리라
는 데에 불안을 느끼지 않을 수 없다. 그런데도 정부는 국민의 생명과
안전을 지킬 위험관리 거버넌스 구축과 책임의식을 아직 충분히 갖추
지 못했으며, 기업은 여전히 인간의 생명보다 이윤 추구에 최고의 목
표를 두고 있는 상황이다. 위험이 구조화된 사회를 살아가는 개인들도
안전에 대한 의식이 제대로 확립되어 있지 않기는 마찬가지다.

    위험사회에서 사람들은 언제 내가 탄 기차가 탈선하여 목숨을 잃게

될지, 내가 살고 있는 건물이 무너져 내릴지, 원전사고가 일어날지, 나도 모르는 사이에 메르스에 감염될지 알 수 없는 불안감에 휩싸이게 된다. 우리는 언제 어디서 어떻게 발생할지 모를 재난과 사고에 대한 불안 가운데 나날을 살아가고 있는 것이다.

21세기의 최첨단 과학기술사회인 현대사회는 위험요소를 태생적으로 내재하고 있다. 지난해(2018) 11월 24일 KT 아현기지국 통신구 화재로 인해 인명사고는 없었지만 많은 사람들이 예기치 않은 불편을 겪었다. 유무선 통신 일반 가입자는 통신 서비스 이용에 불편을 겪었지만 수많은 소상공인들은 영업활동에 막대한 손해를 입었다. 나는 그때 IT를 바탕으로 사람, 프로세스, 데이터, 사물이 서로 연결됨으로써 지능화된 네트워크를 구축하여 이를 통해 새로운 가치와 혁신의 창출이 가능해지는 초연결(hyper-connection) 사회가 어처구니없는 사건 하나로 터무니없이 무너져 내릴 수도 있다는 불안감을 직접 체험했다.

나는 그날 용산구의 국립중앙박물관과 서울역에서 신용카드를 사용할 수 없어 불편을 겪었다. 국립중앙박물관에서는 차를 한 잔 마시려다 현금 결제만이 가능하다고 하여 현금을 지불하여야 했고, 두어 시간 뒤에 서울역에서 저녁식사를 하려고 했을 때에도 마찬가지로 현금 결제를 해야만 했다. 만약 내가 현금을 가지고 있지 않았다면 나는 차도 마실 수 없었을 것이고, 저녁식사도 할 수 없어 쫄쫄 굶었을 것이다. 만약 미리 기차표를 예매하지 않았다면 차표를 구입할 수도 없었을 것이고, 따라서 부산으로 돌아올 수도 없었을 것이다. 사실 내가 겪은 불편은 현금이 있었기에 그리 큰 것도 아니었지만 많은 사람들이 인터넷과 휴대폰 사용에 불편을 겪었고, 소상공인들은 영업에 차질을 빚었다. 화재 지점에서 7.7km 떨어진 순천향대학교 서울병원에서는 환자 진료기록이나 촬영 자료가 담긴 전산 차트 시스템이 먹통이 돼 응급실이 두 시간 동안이나 폐쇄됐었다고 한다.

독일의 학자 볼프강 소프스키(Wolfgang Sofsky)에 따르면, 현대적 의미의 '위험(risk)'은 재앙(disaster)이나 위해(hazard), 불확실성(uncertainty)과는 구별되는 개념이다. 그는 위험을 '현재에는 정체를 드러내지 않은 채 미래를 어둡게 하는 불길한 가능성'으로 정의했다. 현재에는 정체를 드러내지 않는다는 점에서 '위험'은 심리학적으로 '불안'과 통하는 개념이다. 불안은 모호하거나 알려지지 않은 임박한 위험에 직면해서 무력감을 느끼는 심리적 현상이다. 불안이 대상이 부재하는 무의식적인 위험에 관련된 것인 반면, 공포는 의식적으로 인지할 수 있는 외부적이고 현실적인 위험에 대한 반응이라는 점에서 둘은 구분된다.

위르겐 하버마스(Jurgen Habermas), 앤서니 기든스(Anthony Giddens)와 함께 유럽에서 가장 저명한 사회학자의 한 명으로 손꼽히는, 독일 뮌헨대 교수였던 울리히 벡은 2008년에 우리나라를 방문한 적도 있다. 그는 1986년에 출간한 저서 『위험사회』에서 현대사회를 '위험사회'로 규정했다. 그가 규정한 위험사회는 성찰과 반성이 없이 근대화를 이룬 현대사회를 말한다. 그에 따르면 산업화와 근대화를 통한 과학기술의 발전은 현대인들에게 물질적 풍요를 가져다주었지만 동시에 새로운 위험을 몰고 왔다는 것이다. 즉 위험은 성공적 근대가 초래한 딜레마로서, 산업사회에서는 경제가 발전할수록 위험요소도 증가한다. 위험은 후진국에서 발생하는 현상이 아니라 성공적으로 과학기술과 산업이 발달한 선진국에서 나타나는 현상이다. 무엇보다 위험은 예외적 현상이 아니라 일상적인 현상이라는 데 문제의 심각성이 크다고 하지 않을 수 없다.

그의 말처럼 우리나라에서도 산업사회적인 경제가 발전한 1990년대 이후 성수대교와 삼풍백화점 붕괴 등의 대형사고가 발생하여 벡의 위험사회론이 주목을 받았다. 더욱이 우리나라는 수백 년에 걸쳐서 근대화를 이룬 서양과 달리 수십 년 만에 압축적 근대화를 이룬 나머지 사회적 안정망이 제대로 구축되지 않아 위험요소들은 더욱 증가한다고 할 수 있다.

물론 인간의 생명을 위협하는 위험이야 기술이 덜 발달했던 시절에도 늘 존재해왔다. 어떤 의미에서 본다면 현대사회에 와서는 과학기술의 발달로 과거의 위험 요인들이 많이 줄어들었다고 볼 수도 있는데, 왜 인류 역사상 과학기술이 가장 발달한 현대를 위험사회라고 규정했을까?

벡은 자연에 의해 초래되는 자연재해와 같은 기존 개념의 위험과 사람에 의해 인위적으로 초래되는 위험(risk)을 구분하고 있다. 그는 후자를 '생산된 불확실성' 혹은 '생산된 위험'이라고 했다. 현대사회의 위험의 특징은 자연재해나 우연적인 것이 아니라 인간이 만든 과학 기술과 제도에 의해 매개되어 인위적으로 만들어진 것이라는 점이다. 그렇기 때문에 위험은 곧 그것을 생산하고 통제하는 사회제도의 문제이자 현대사회의 핵심을 관통하는 문제가 되는 것이다.

가령 오늘날 우리의 건강을 치명적으로 위협하고 있는 미세먼지는 자동차와 공장에서 발생하는 질소산화물, 석탄 화력발전소에서 발생하는 이산화황 등이 그 발생 원인이다. 즉 산업사회화가 진행되지 않았다면 결코 발생하지 않았을 인위적 위험인 것이다. 그런데 미세먼지가 바람을 타고 중국으로부터 유입되고 있다는 견해에서도 보듯이 현대의 위험요소는 글로벌화되어 있는 특징을 지닌다. 여기에서 세계 시민주의적 위험 거버넌스 구축이 필요해지는 것이다.

울리히 벡의 위험사회론은 최근의 한국적 상황에서 더욱 유의미하게 다가온다. 최근 우리나라는 1997년의 IMF, 2008년 글로벌 금융위기를 거쳐 오면서도 국력 10위권의 국가경쟁력을 갖추고 국민소득 3만 달러 시대에 접어들었다. 즉 우리나라는 성공적으로 근대화를 이루었다. 하지만 베이비붐 세대의 성장의 신화는 막을 내렸고, 평생고용 시대는 끝이 났다. 청년실업은 대책 없이 증가하고 있으며, 정규직은 줄어든 반면 비정규직은 늘어나고 있다.

울리히 벡의 위험사회론은 국가정책의 최우선 과제는 사회적 안전장치 구축에 맞춰져야 한다는 것으로 귀결된다. 다시 생각해보면, 박근혜 전 대통령이 탄핵이라는 불행한 사태를 맞게 된 여러 이유 중의 하나는 세월호 침몰과 같은 대형 인명사고에 대한 늑장 대응 수준을 넘어서 진실 은폐와 리더십 부재와 같이 위험 대응 및 통치·행정 능력의 부재 또는 무능에서 기인되었다 해도 과언이 아니다.

19대 문재인 대통령도 안전 때문에 눈물짓는 국민이 한 명도 없는 나라를 만들겠다고 약속했지만 취임 후 안전 사건과 사고는 끊이지 않고 있다. 최근 충남 태안의 화력발전소에서 숨진 비정규직 근로자 김용균(24) 사건에서 보듯이 하청업체에 비정규직으로 고용된 저임금 노동자들의 안전은 제대로 보장되지 않고 있다. 울리히 벡이 지적했듯이 사고는 예외적이 아니라 일상적으로 일어나고 있어 한 해 동안 산업재해로 1천 명가량이 일터에서 사고로 목숨을 잃는다고 한다. 하루에 2~3명씩 죽어가는 것이다. 산재 사망률은 영국의 18배로서, OECD 국가 중 한국은 가장 위험한 일터라고 한다. 그러니 '위험의 아웃소싱'과 '죽음의 외주화'를 멈추라며 시민단체 노동단체 인권단체들이 들고 일어난 것이다.

불평등한 사회에서 위험이 계급사회를 더 강화하는 쪽으로 발전하게 될 가능성이 있다고 우려했듯이 우리 사회에서 위험의 피해는 주로 저소득 취약 계층과 비정규직 노동자에 집중된다. 안전은 누구나 평등하게 보장받아야 할 인간의 기본권임에도 불구하고 위험은 사회적 약자와 비정규직 노동자들에게 더 많이 노출되고 불공평하게 분배되고 있다.

울리히 벡은 근대의 한계를 극복하고 '새로운 근대' 또는 '제2의 근대'로 나아가야 한다고 했다. 즉 과학과 산업 발전을 부정하기보다는 그 부정적 위험성을 감소시키고, 궁극적으로 '성찰적 근대화'의 방향으로 사회를 재구성해야 한다고 강조했다. 바야흐로 '성장'과 '풍요'라는 근대적 가치 대신에 '생존'과 '안전'이라는 성찰적 근대의 가치가 사회의 핵심 가치로 대체되어야 할 시대로 접어들었다는 것을 실감하는 요즈음이다.

가짜가
판을 친다

　　　　　　가짜가 진짜보다 더 판을 치는 탈 진실의 시대이다. JTBC는 〈뉴스룸〉에 '팩트체크' 코너를 마련하여 가짜뉴스의 진실성 여부를 판정한다. 공중파 KBS1의 〈저널리즘 토크쇼 J〉, MBC의 〈뉴스인사이트〉, SBS 〈뉴스8〉의 '사실은' 등도 가짜뉴스를 거르는 프로그램들이다. 공식 방송사의 프로그램에서 뉴스의 진위 여부를 판정해야 하는 웃지 못할 상황이 연출되는 뉴스 환경 속에서 우리는 살아가고 있다.

　　가짜뉴스(fake news)는 사람들의 흥미와 본능을 자극하여 시선을 끄는 황색언론(yellow journalism)의 일종이다. 한국언론진흥재단은 '정치·경제적 이익을 위해 의도적으로 언론 보도의 형식을 하고 유포된 거짓 정보'로 가짜뉴스를 정의하였다. 가짜뉴스는 뉴스 형태를 띠고 있고, 일정 부분은 '팩트(fact)'에 기반한다. 하지만 선거 등에서 특정 목적을 달성하기 위해 핵심 내용을 왜곡하거나 조작하는데, 대부분 사실 확인이 쉽지 않은 자극적인 내용들로 구성되어 있다.

　　소문, 지라시, 유언비어, 카더라통신 등 과거에도 가짜뉴스와 유사한 개념이 없었던 것은 아니다. 하지만 최근에는 뉴스와 같은 형식으로 보다 정교하게 편집된 가짜뉴스가 SNS나 유튜브 등 인터넷 매체를 통해 상상할 수 없이 광범위하고 빠른 속도로 생성·유포되고 있다. 한 연구에 따르면 가짜뉴스는 진짜뉴스보다 훨씬 더 빨리, 더 멀리, 더 널리 전파된다고 한다. 왜냐하면 가짜뉴스가 진짜뉴스보다 더 선정적이고 새로운 것으로 보이기 때문이다.

최근 우리나라에서도 가짜뉴스로 인한 사회적 폐해가 심각한 수준에 이르자 정부와 여당이 가짜뉴스를 적극적으로 규제해야 한다는 의견을 내놓았다. 이낙연 국무총리는 가짜뉴스를 민주주의의 교란범으로 규정하며 강력한 규제 드라이브를 걸겠다고 나섰다. 이에 보수 야당은 표현의 자유에 대한 탄압이라며 맞서고 있다. 이처럼 가짜뉴스는 어느새 표현의 자유를 가장한 언론의 하나로 인식될 만큼 사회적 장악력을 가지게 되었다. 사실 가짜뉴스는 일정한 정치적·경제적 의도를 갖고 여론을 호도하며 사회적 영향력을 행사한다. 나에게도 해외 발 가짜뉴스가 하루에도 몇 통씩 재외교포 지인으로부터 날아온다. 그는 반정부적인 내용의 가짜뉴스를 굳건히 신뢰하며 이를 유포시키는 자신의 행위를 애국행위로 정당화한다.

우리나라에서 가짜뉴스는 2016년 박근혜 전 대통령 탄핵 국면에서부터 일부 보수단체 등을 중심으로 대량 생성돼 SNS와 유튜브 등을 통해 유포되기 시작했다. 미국에서도 도널드 트럼프와 힐러리 클린턴이 경쟁했던 2016년 45대 대통령 선거를 기점으로 가짜뉴스가 크게 확산됐다. 이는 가짜뉴스가 일정한 정치적 의도를 갖고 생산되고 유통

된다는 것을 입증한다.

이제 가짜뉴스는 어느 특정한 나라만의 문제가 아니고 전 세계적인 문제가 되고 있어 각국은 가짜뉴스 규제책이나 가짜뉴스를 식별할 수 있는 묘책을 찾기에 급급하다. 최근 위키피디아 창립자 지미 웨일스도 가짜뉴스와의 전쟁을 선포하기에 이르렀다. 페이스북도 가짜뉴스의 심각성을 인정하고 '페이스북 저널리즘 프로젝트(The Facebook Journalism Project)'를 출범시켰다. 구글 역시 '검색엔진 알고리즘 개선을 위해 노력하겠다'고 밝히며 가짜뉴스 차단에 나섰다. 중국 당국은 '가짜뉴스' 근절을 내세워 일만 개에 달하는 독립 미디어를 폐쇄했다는 뉴스도 전해진다. 인터넷 정화를 명목으로 공산당과 정부 정책을 비판하는 목소리를 통제하려는 것이란 분석이다. 최근 우리나라에는 『가짜 뉴스 시대에서 살아남기』라는 책까지 출간된 상황이니 가짜뉴스가 끼치는 개인적 사회적 폐해가 얼마나 심각한지는 짐작하고도 남음이 있다.

사실 가짜뉴스는 개인이 만든 것이라기보다는 조직적이고 악의적으로 생산되어 이것이 재빠르고 광범위하게 유포되고 있다는 혐의를 지울 수가 없다. 가짜뉴스는 정치적·경제적으로 이득을 얻기 위한 그릇된 의도로 작성되고 생성되며, 독자들의 주목을 끌기 위해 선정주의에 의해 과장된 헤드라인이나 조작된 내용으로 독자층을 오도한다. 그리고 이로써 뉴스의 진실성 여부와 상관없이 온라인 공유 및 인터넷 클릭 횟수에서 생성된 광고 수익을 지향한다. 하지만 이렇게 생성·유포되는 가짜뉴스는 심각한 수위에서 정식 언론 보도를 훼손함으로써 언론인이 중요한 뉴스 기사를 다루기 어렵게 만든다. 때문에 공식 언론에서 가짜 뉴스를 거르는 팩트 체크를 하지 않을 수 없는 것이다.

가짜뉴스는 여론의 의사결정 과정을 왜곡하고, 특히 선거나 정치 과정의 결과를 바꿀 수 있는 사회적 영향력을 행사한다. 또한 타인의 명예를 훼손하거나 공론장의 합리적 토론을 저해할 우려도 있다. 나아가 이념과 지역과 세대 간의 갈등을 증폭시키고, 사회 분열을 야기한다. 가짜뉴스는 개인의 존엄성을 해쳐 집단혐오로 몰고 갈 위험성도 있다. 인종, 민족, 젠더, 종교, 성적 지향 등의 차이에 따른 사회적 소수자 집단을 대상으로 경멸이나 혐오 감정을 드러내거나 폭력을 선동하는 혐오 표현을 구사할 때 그 폐해는 더욱 심각해진다.

하지만 가짜뉴스는 법적 처벌만으로는 그 규제에 한계가 있을 수밖에 없다. 더구나 현재 가짜뉴스의 처벌과 관련해서는 법적 처벌이 필요하다는 입장과 표현의 자유를 제한할 수 있기 때문에 반대하거나 신중을 기해야 한다는 입장으로 의견이 양분되어 사회적 합의마저 이루어지지 않은 상황이다.

요즈음 극단적인 우파 성향 사람들의 유튜브 시청 시간이 과거에 비해 길어진 이유가 기존의 공중파 방송, 심지어 종편 채널조차도 그들의 정치적 취향에 맞는 뉴스를 내보지 않기 때문이라고 한다. 그러니까 가짜뉴스를 선호하는 취향의 독자(시청자)가 존재하는 한 가짜뉴스 메이커들은 이들의 취향과 정치적 신념에 부합하는 가짜뉴스를 만들어서 유통하는 일을 중단하지 않을 것이다. 즉 소비가 있는 곳에 가짜뉴스는 계속 생산되고 유통될 수밖에 없다는 뜻이다.

하지만 가짜뉴스가 아무리 많이 생성되어 유포되어도 사람들이 이를 읽거나 믿지 않는다면 더 이상 판을 치지 못할 것이다. 그러나 "아니 땐 굴뚝에 연기 날까"라는 속담도 있듯이 사람들은 거짓된 소문을 더욱 흥미롭게 여기며 믿으려고 하는 속성이 있다. 진실성 여부를 따지지 않고 남의 말을 믿으려는 인간의 나약한 심리가 가짜뉴스의 확산을 부채질하고 있는 것이다. 아니 뉴스를 흥밋거리로 여기는 사람들은 뉴스의 진실성 여부에는 처음부터 관심이 없다. 따라서 가짜뉴스는 이를 만드는 사람과 소비하는 사람의 공모에 의하여 활개를 친다고 할 수 있다.

그런데 가짜뉴스가 활발히 유통되는 구조에는 기존 언론에 대한 불신의 역사도 한몫 거들고 있다. 과거 군사정권이나 권위주의 정권 시대의 위정자들은 늘 언론을 장악하여 그들의 선호에 맞도록 길들였고, 진실은 늘 왜곡되어 왔다. 따라서 사람들은 오늘날 언론이 아무리 진실을 내보내도 믿지 않는, 즉 늘 거짓말을 해오던 양치기 소년이 늑대가 나타났다고 사실을 아무리 외쳐도 마침내 믿지 않는 상태처럼 되고 말았다.

더욱이 가짜뉴스의 생산과 유통이 활발하게 된 이유는 정보통신 기술의 발전과 미디어 플랫폼의 다변화, 언론사와 정보통신 시장의 경쟁 격화 등이 배경이 되고 있다. 그리고 1인 미디어 시대가 가능해진 만큼 마음만 먹으면 소셜미디어와 메신저 서비스 등을 통해 누구나 가짜뉴스의 생산자와 유통자가 될 수 있는 기술적 환경이 조성되었다는 것이다.

인터넷 정보 제공자가 필터링 된 맞춤형 정보만을 제공함으로써 정보 이용자가 그들의 성향과 취향, 그리고 기호에 맞는 개별화되고 특화된 정보만을 접하게 되는 '필터 버블(filter bubble)' 현상도 가짜뉴스의 확산 배경이 되고 있다. 즉 필터링 된 특정 정보만을 접한 정보 이용자는 다양한 의견의 접근이 차단됨으로써 편견과 고정관념의 강화는 물론이며, 사고와 판단능력이 편협해질 수밖에 없다.

가짜뉴스와 관련하여 가장 큰 문제는 뉴스의 진실성 여부보다도 그 뉴스를 무조건적으로 믿으려고 하는 독자층이 우리 사회에 대거 존재한다는 사실일 것이다. 자신의 주장과 일치하는 정보는 받아들이고, 그렇지 않은 정보는 무시하는 경향을 '확증 편향'이라고 한다.

그리고 진실성 여부를 쉽게 분간할 수 없는 정보에 거듭 노출될 경우 해당 정보가 진실이라고 믿을 가능성이 커지는데, 이것이 '진실 착각효과'이다. 그런데 사람들은 일단 잘못된 정보를 진실이라고 믿게 되면 차후 진실하고 정확한 정보를 접하게 되어도 쉽게 그 인식을 바꾸지 않으려는 경향이 있다. 그러니 가짜뉴스를 시민으로서의 판단력을 저하시키는 민주주의의 교란범이라 지목한 이낙연 총리의 표현이 크게 과장되지 않은 것이다.

『소문의 시대』라는 책을 쓴 일본의 마츠다 미사는 소문이란 사실을 따지는 법의 영역이 아니라 관계를 살피는 정치의 영역이라고 했다. 적절한 논평이라고 하지 않을 수 없다. 따라서 법의 영역에서 가짜뉴스를 규제하겠다는 정책은 자칫 여론의 역풍을 맞을 수도 있다고 생각한다. 어떤 의미에서 가짜뉴스를 선호하는 독자층의 존재는 우리 사회의 좌우로 엇갈린 정치의 양극화를 보여주는 것이므로, 반대파를 감싸

안는 국민 통합적 정치를 하겠다는 정치적 태도가 위정자에게 필요해
보인다.

옛날 중국 한나라 이후, 우리나라에도 고려 때에 패관(稗官)이라는
관리가 있었다. 왕이 길거리에 떠도는 자질구레한 이야기를 통해 민심
의 향배를 짐작하고 이를 정치에 반영하기 위해서 이야기를 수집하는
일을 하는 관리가 패관이다. 패관의 '패'는 벼와 비슷하게 생긴 피를
나타내는 한자 패(稗)이다. 이 글자에는 잘다, 보잘것없다는 뜻이 담겨
있다. 패관들이 모은 이야기는 논에 돋은 피처럼 그야말로 자질구레하
고 보잘것없는 일상적인 이야기들이다. 그렇지만 그 옛날에도 시중에
떠도는 이야기들을 수집하여 정치에 반영하였듯이 가짜뉴스를 법적
으로 규제만 하겠다는 경직된 태도보다도 옛날의 왕들이 정사에 참조
하기 위해 패관들로 하여금 이야기를 수집하게 하여 들었던 것과 같은
현명한 지혜가 오늘의 정치에도 필요해 보인다.

가짜뉴스는 뉴스 형태로 만들어졌지만 조작된 거짓정보이다. 하지
만 이것은 타깃을 정확하게 정조준하여 수용자들의 취향과 선호에 맞
도록 만들어진 것이다. 그리고 클릭 수를 제고하기 위해 선정적이고
자극적인 표현을 사용할 뿐만 아니라 거짓된 내용도 마음대로 꾸며낸
다. 따라서 공식 언론매체나 인터넷 포털, SNS 등에서 이를 필터링하
는 시스템을 개발할 필요가 있다. 물론 부분적으로 이를 시작하고는
있지만 워낙 빠르게 진화하는 가짜뉴스를 걸러내는 일은 결코 쉽지 않
아 보인다.

그리고 페이스북, 유튜브, 트위터 등 세계적으로 영향력이 큰 디지

털 채널을 통해 전파되는 가짜뉴스는 빠르게 확산될 뿐만 아니라 개인들이 가짜뉴스와 진짜뉴스를 구별하는 일을 쉽지 않게 만든다. 따라서 이를 구별할 수 있는 미디어교육이 절실하다. 진실성 여부에 관계없이 사람들 사이에 퍼져 있는 사실이나 정보가 소문이다. 소문이 인터넷과 소셜미디어 시대에 맞게 진화된 형태가 가짜뉴스일 것이다. 가짜뉴스의 홍수 속에서 살아남기 위해서는 미디어교육이야말로 필수적이라는 생각이 든다.

페니쿡과 랜드(Pennycook&Rand)는 '분석적 사고(analytic thinking)'가 가짜뉴스의 정파적 경향성과 상관없이 그 효과를 억제할 수 있다고 주장했다. 사람들이 가짜뉴스를 수용하는 것은 그들이 '이념적으로 방어적인 사고를 하기' 때문이 아니라 '깊게 사고하는 데에 실패'했기 때문이라는 것이다. 분석적 사고력이 높은 사람일수록 가짜뉴스의 사실성은 낮게 평가하고, 실제 뉴스의 사실성을 높게 판단했으며, 실제 뉴스와 가짜뉴스를 판별하는 능력도 높게 나타났다고 한다. '분석적 사고'가 허위정보에 대한 개인의 저항력을 높여주는 예방접종 기능을 한다는 것이다. 따라서 미디어교육은 분석적 사고능력을 제고하는 방향으로 이루어져야 할 것이다.

나는 논다!
고로 존재한다!

지난해 일련의 미투사건에 이어 올해(2019)는 '클럽 버닝썬 사건', '김학의 전 차관 사건 재수사', '고 장자연 사건 재수사' 등 성(sexuality)과 관련된 사건들이 우리 사회를 뜨겁게 달구고 있다. '버닝썬-김학의-장자연' 사건들은 우리 사회에 만연한 퇴폐적이고 폭력적인 성문화의 추악한 민낯을 백일하에 드러냈다. 특히 권력과 부가 유착된 가운데 사회에 만연한 여성에 대한 뿌리 깊은 성 착취와 성 접대문화, 물뽕(마약)이 성범죄에 이용되어 여성의 인권을 유린하는 문제, 단톡방에서 일어나는 신종 성폭력 등······.

급기야 대통령까지 나서서 검찰과 경찰 현 지도부에 진상 규명의 책임을 물은 것은 이들 사건의 배후에 특권층과 권력기관 간 유착이 의심되기 때문이다. 문재인 대통령은 "힘 있고 백 있는 사람들에게는 온갖 불법과 악행에도 진실을 숨겨 면죄부를 주고, 힘없는 국민은 억울한 피해자가 돼도 법의 보호를 받지 못하고 오히려 두려움에 떨어야 했다"며 "법무부 장관과 행안부 장관이 함께 책임을 지고 사건의 실체와 제기되는 여러 의혹을 낱낱이 규명하라"라고 요청했다. 그리고 고

장자연 사건에 대해서도 "공소시효가 끝난 일은 그대로 사실 여부를 가리고 공소시효가 남은 범죄 행위가 있다면 반드시 엄정한 사법처리를 해주기 바란다"라고 당부했다.

사건에 대한 철저한 진상 규명과 엄중한 처벌은 관련 부처에서 책임지고 해야 할 일이지만 이번 사건들을 통해 나는 우리 사회의 놀이문화, 특히 남성들의 놀이문화에 대해서 깊이 생각할 계기를 갖게 되었다.

인류를 지칭하는 말에는 호모 사피엔스(homo sapiens: 합리적인 생각을 하는 인간), 호모 파베르(homo faber: 물건을 만들어내는 인간), 그리고 호모 루덴스(homo ludens: 놀이하는 인간) 등 다양한 명칭들이 존재한다. 미국의 신학자 하비 콕스(Harvey Cox)는 『바보들의 축제』에서 인간은 본질적으로 사고하는 인간일 뿐만 아니라 놀이하는 인간, 축제하는 인간, 환상적인 인간이라고 했다. 즉 사고, 놀이, 축제, 환상을 인간의 본질로 파악했다.

개인당 GDP 1만 달러 시대가 먹는 문제와 소비에 집착하는 시기라면, 2만 달러 시대는 레저에 관심을 기울이고 트레킹 문화가 발달한다. 3만 달러 시대에는 건강과 축제 등에 관심을 기울이고 슬로라이프를 즐기는 방향으로 삶의 패턴이 변화하게 된다. 4만 달러 시대는 발달된 복지와 높은 사회의 투명성이 요구된다. 그리고 5만 달러 시대는 여유와 신뢰가 주요 가치로 떠오르고 가족이 중심이 되는 방향으로 삶의 패턴이 바뀌게 된다.

바야흐로 우리 사회는 개인당 GDP가 3만 달러 시대, 즉 건강, 축제,

슬로라이프가 키워드로 떠오른 시대를 맞이하게 되었다. 따라서 우리 사회는 호모 파베르를 넘어서 놀이하는 인간, 즉 호모 루덴스라는 개념에 대한 확고한 철학을 정립해야 할 시점에 이르렀다는 생각이다.

최근 우리 사회의 가치는 52시간 근무제를 통해서 노동으로부터 해방되어 놀이, 여가, 휴식과 같은 개념에 비로소 주목하기 시작했다. 최근 유행하는 신조어인 일과 삶의 균형을 뜻하는 '워라밸(Work and Life Balance)'이란 개념에서도 찾아볼 수 있듯이 요즘 젊은이들은 노동을 통한 부의 축적에만 몰두하던 기성세대와는 달리 더 이상 노동에만 목을 매지 않는다. 그들은 칼퇴근을 하며 사생활을 중시하고, 일과 자기 자신, 여가, 자기 성장 사이의 균형을 추구한다.

이러한 시대 풍조에 맞춰서 우리나라의 한 문화심리학자는 『노는 만큼 성공한다』라는 책을 발간했고, 한 사회학자는 『호모 루덴스, 놀이하는 인간을 꿈꾸다』를 펴냈다. 그리고 한 철학자는 『놀이하는 인간의 철학』에서 철학사를 놀이의 관점에서 재해석했다. 그들은 이제 우리 사회의 가치가 '노동'에서 '놀이'로 바뀌었다는 것을 그들의 저술을 통해 선언적으로 시사한 것이다.

4차 산업혁명 시대는 인공지능 로봇과 AI가 인간의 노동을 대체할 수 있는 시대이다. 따라서 인간은 어떻게 일을 잘 할 것인가에 대해서 고민하기보다는 어떻게 잘 놀 것인가에 대해서 고민해야 한다.

네덜란드의 역사가이자 철학자인 요한 하위징아(Johan Huizinga, 1872~1945)는 놀이가 시간을 낭비하는 것이라는 고정관념을 뒤집으며, 그의 저서 『호모 루덴스』(1933)에서 놀이의 문화적 창조력을 강조했다. 그에 의하면 첫째, 놀이는 실제적인 목적을 추구하지 않으며, 움직임의 유일한 동기가 놀이 그 자체다. 둘째, 놀이란 모든 참여자에 의해 인정받는 일정한 원칙과 규칙, 즉 놀이 규칙에 따라 진행되는 활동이다. 그는 놀이는 비일상적이고 비생산적인 활동이지만 일상과 생산을 위해서 필수불가결한 것이라고 했다. 실제적인 생활 밖에 존재하는 무목적이고, 자유롭고, 비생산적인 행위처럼 보이는 놀이는 점차 생활 전체의 보완이 되고 생활기능과 사회기능, 그리고 문화기능을 갖는 필수적인 것으로 발전했다고 보았던 것이다. 따라서 놀이는 단순히 노는 것이 아니라 창조 활동이다. 풍부한 상상의 세계에서 이루어지는 음악, 미술, 무용, 연극, 스포츠, 문학이야말로 바로 놀이의 대표적인 창조활동이다.

그런데 우리의 교육 현실은 어떠한가? 입시라는 명목하에 음악, 미술, 체육, 무용 등의 과목을 시간표를 짜놓고도 교육하지 않는 것은 어제오늘의 일이 아니다. 문학 역시 입시를 위한 텍스트 분석에 집중한 나머지 문학을 즐길 수 있는 창조적 놀이가 아니라 골치 아픈 시험문제로 여기도록 변질시켰다. 즉 창조적인 놀이문화를 제대로 익힐 수 있는 기회를 학교에서부터 박탈해버린 것이다. 어디 학교교육뿐일까? 가정이나 사회를 막론하고 공부, 입시라는 단어를 강박적으로 반복하며 놀이문화는 물론이며, 인성교육마저도 도외시해왔다. 소수의 인원을 소위 SKY대학에 입학시키기 위한 교육에 교육계는 물론이며 사교육시장, 나아가 국민 전체가 아무런 문제의식도 성찰도 없이 휘둘려온 것이다.

정준영이 단톡방에서 나눈 대화에서 드러났듯이 물뽕을 먹인 상대방에게 성폭력을 자행하고 그것을 동영상으로 촬영하여 유포시키는 범죄행위를 놀이처럼 즐긴 것이 과연 한 개인의 도덕성의 문제만일까? 김학의 사건이 보여주듯이 부와 권력을 가진 남성들은 나이의 고하를 막론하고 노동 외의 시간을 술과 마약과 여자를 낄낄거리며 소비해온 것이다. 창조성은 고사하고 놀이의 규칙마저 실종된 남성들의 놀이판은 상대방에 대한 존중심은커녕 상대가 한 명의 존엄한 인격체라는 개념조차 사라진 인권 유린의 심각성을 드러낸다. 나는 그것이 개인의 도덕성이나 자질의 문제를 넘어서서 우리 사회가 모든 가치를 포기하고 오직 입시에만 몰두해온 필연적 결과라고 생각한다.

축제는 인간의 놀이에 대한 본성이 문화적으로 표현된 것이다. 바흐친에 의하면 축제에서는 비일상적인 전도현상이 나타난다. 예를 들어 성역할이나 사회 문화적 지위가 전도되어 남자와 여자, 왕자와 거지, 주인과 노예, 산 자와 죽은 자 등이 서로 뒤바뀌어 표현되는 것이다. '해방된 삶'과 '거꾸로 된 삶'이라고 요약할 수 있는 카니발에서 바흐친은 소란스럽고 무질서한 가운데 상생과 공존의 원리를 발견했다.

하지만 '버닝썬-김학의-장자연' 사건에서 볼 수 있는 그들만의 축제에서는 성역할이나 사회 문화적 지위의 전도를 통한 상생과 공존의 원리는 전혀 찾아볼 수 없다. 오히려 말초적 쾌락만을 추구하는 그들만의 축제는 젠더와 권력과 부로 서열화되는 사회적 지위를 강화시킬 뿐이다. 특히 광장의 카니발이 아니라 음침한 밀실에서 이루어지는 돈과 권력을 소유한 남성들의 카니발에서 여성은 제물로 바쳐온 희생양이었다.

　하위징아는 인간은 놀이를 통해서 그들의 인생관과 세계관을 표현하며, 놀이정신이 실종될 때 문명은 존재할 수 없다고 했다. 그는 놀이를 잃어버린 현대인의 비극을 걱정했지만 오늘날 우리 사회의 비극은 놀이에 대한 철학적 개념도 아예 정립되어 있지 않으며, 놀이를 즐길 수 있는 자질도 밑바탕부터 결여되어 있다는 데 있다.

　하위징아의 말처럼 인생은 놀이처럼 살 때보다 즐거울 수 있을 것이다. 하지만 현대사회에서 일과 놀이는 분리되고, 단순히 놀기 위한 놀이는 소비적이고 향락적인 것으로 변질되어버렸다. 우리 사회는 놀이가 보다 더 잘 '향유'되어야 하는 인간의 '덕목'이라는 가치관을 정립하고, 학교에서부터 개인적 해방감을 누릴 뿐만 아니라 공동체가 더불어 문화적 창조력을 향유하는 건강한 놀이문화 창출에 이제부터라도 고민해야 한다. 그래야 우리 문명의 미래를 희망적으로 전망할 수 있다.

강남 집값과
구별 짓기

　　　　　　　　강남 집값, 아니 서울 전체의 아파
트 값이 광풍이 몰아치듯 요동치다가 정부가 온갖 세제 규제 정책과
주택공급 대책을 발표하자 아예 거래 자체가 실종되었다는 뉴스다. 우
리나라 근대화의 상징이자 한국인의 새로운 주거 역사의 한 자락을 담
당해온 아파트는 이제 명실공히 대한민국의 대표적인 주거공간으로
자리매김되었다. 오죽하면 '한국의 아파트'를 연구하여 저서까지 낸
프랑스의 지리학자 발레리 줄레조(Valerie Gelezeau)가 한국을 아파트 공
화국이라 지칭했겠는가. 그녀는 프랑스의 '씨떼(cité)'가 저소득계층을
위해 고층으로 아파트를 단지화한 것이었다고 하면 한국의 아파트 단
지는 한국 도시의 현대화를 이끌었으며, 중산층을 겨냥해 사회적 신분
상승의 표지와 수단으로 활용되었다는 점을 지적하고 있다.
　　프랑스의 현상학적 철학자 가스통 바슐라르(Gaston Bachlard)는 공간
을 '안과 밖'의 이분법으로 분류하였다. 그는 문을 매개로 한 '안'을 친
밀하고 보호되는 내밀의 공간으로, '밖'을 모험, 위험, 무방비의 적대
적 공간으로 구분했다. 그는 안의 공간인 집을 위험한 세계로부터 우

리를 지켜주고 평화롭게 해주며, 밖의 세계로부터 도피할 수 있는 피난처로 파악하며 집에 대한 공간적 애착을 나타냈다. 그런데 우리나라에서 집, 특히 서울 강남의 아파트는 이미 행복과 편안함을 느끼는 안식처로서의 집이 아니다. 강남, 서초, 송파 3구를 가리키는 강남의 아파트는 언제부턴가 주거공간으로서의 개념보다는 재테크의 수단으로, 부동산 투기의 가장 대표적인 표상이 되어 있다.

인류 역사에서 공동주택은 이미 기원전 수세기부터 생겼으며, 서양에서 근대적 집합주택의 발전은 18세기 후반 산업혁명과 그에 따른 노동자계급의 출현과 인구의 도시 집중화로 인해 등장하였다.

우리나라에서 아파트라는 용어가 처음 등장한 시기는 일제 강점기이다. 『별건곤』 제23호(1929.9.29.)에 수록된 P. 와일드의 희곡인 〈과거〉라는 작품의 무대로 설정된 곳이 '아파ー트멘트'이다. 하지만 이것은 번역된 외국 작품의 무대일 뿐이다. 『별건곤』 제25호(1930.1.1.)에다 박노아(朴露兒)는 「십년 후 유행(十年後 流行)」이란 글에서 모던 보이와 모던 걸이 가장 선호하는 십 년 후의 미래형 주거공간이 아파트일 것으로 상상하고 있는데, 이는 그로부터 몇십 년 후에 현실화되었다.

1930년대에 가장 대중적이며 최고의 발행부수를 자랑하던 잡지 『삼천리』 제5권 9호(1933.9.1.)에는 "시인 김안서(金岸曙) 씨는 부인과 어린 애기를 진남포에 내려 보내고, 최근은 관수동(觀水洞)의 아파ー트멘트에 이주하여 시작(詩作)에 분주하는 중이라고. 그런데 들건대 서울에는 일본인 경영의 '아파ー트멘트'는 많으나 조선 사람 경영은 이 한 곳뿐이라든가"라는 소식을 전하고 있다. 그러니까 김소월의 스승인

안서 김억은 우리나라 문인 중에서 최초로 아파트를 창작실로 사용했던 작가이다. 1938년 4월 29일자 『동아일보』에는 "인부추락빈사(人夫墜落瀕死) '아—파트' 건축장(建築場)서"와 같은 기사를 싣고 있다. 이를 보면 건축 현장에서 일어나는 인부 추락사고는 예나 지금이나 다를 바가 전혀 없다는 생각이 든다.

문헌에 따라 차이는 있지만, 우리나라 최초의 아파트는 1933년에 지어진 서울시 서대문구 충정로 3가 250-6번지에 위치한 '충정아파트'이다. 지하 1층, 지상 4층, 연면적 3,471제곱미터 규모의 콘크리트 구조로 된 이 아파트는 1930년대 주택난이 극심할 때 지어졌다. 세 개 동이 모여 만들어진 삼각형 모양의 독특한 중정뿐 아니라, 거의 최초로 중앙난방시설을 갖춘 이 아파트는 당시 많은 사람들에게 선망의 대상이 되었다.

하지만 우리나라에 아파트가 본격적으로 들어선 시기는 1960년 후반에서 1970년대 초반이다. 산업화가 시작되고 인구의 도시집중이 가속화되자 서울시의 급격한 인구 증가로 인한 불량 주택 난립과 주택난 해소를 위해 박정희 정부 당시 서울시장이었던 김현옥은 1969년부터 1971년까지 3년 동안 2,000동의 '시민아파트' 건립이라는 특단의 주택공급정책을 내놓았다. 당시 서울시로서는 서울로 몰려든 이동인구를 감당하기 위해 좁은 땅에 더 많은 사람이 거주할 수 있는 싼값의 서민 아파트 공급이 절실했다. 산업화 정책으로 인해 농촌인구가 급격하게 서울로 유입되면서 산동네, 달동네 등 무허가 건물이 늘어나자 이를 줄여가기 위한 대책이 필요했던 것이다.

한마디로 무허가촌에서 쫓겨난 무주택자들의 이주대책으로 건설된 것이 서민 아파트였다. 그런데 이 아파트가 짧은 기간에 부실시공 된 나머지 붕괴사고가 일어나 하층민들의 목숨을 앗아가고 말았다. 소위 '와우 아파트 붕괴사건'이다. 이 사건은 1970년 4월 8일 새벽에 서울시 마포구 창전동에 지상 5층, 15개 동 규모의 와우 아파트 한 동이 폭삭 주저앉은 사건을 말한다. 이 사고는 준공된 지 불과 석 달 만에 일어났다. 건물이 무너지면서 가파른 경사 밑의 판잣집을 덮쳐 아파트와 아래쪽의 판잣집에서 잠자던 수십 명이 사망하거나 부상을 입는 대형 참사로 이어졌다. 이 비극적 사건을 두고 시인 김광섭은 「와우 아파트」라는 제목의 시를 지었다. 시의 전문을 소개하면 다음과 같다.

> 와우 아파트 한 채가
> 무너지자
> 다른 아파트가 나두나두 하면서
> 부들부들 떠는 바람에
> 시민들이 놀라서
> 삽시간에 서울이 없어졌다
>
> 슬프다 슬프다
> 시민 아파트에 깔려
> 먼저 죽은 원혼들이여
> 서울에 길이 살라 명복을 빌면서

시장님은

부인 동반

눈물의 데이트를 떠나셨다

　조세희의 연작소설『난장이가 쏘아올린 작은 공』(1975~1978)도 바로
그즈음을 시대적 배경으로 쓰였다. 총 12편의 연작으로 구성된 이 소설
은 1970년대 산업화 과정에서 밀려난 도시 빈민의 참상을 서울시 낙원
구 행복동이라는 대단히 역설적인 지명과 '난쟁이'로 상징되는 못 가진
자와 '거인'으로 상징되는 가진 자 사이의 대립적 세계관을 바탕으로
그려냈다. 도시화로 인해 벼랑 끝으로 내몰린 최하층민의 처참한 생활
상과 노동환경, 주거문제, 노동운동 등을 우화적으로 형상화한 이 작품
은 1970년대 압축적 도시화 과정의 그늘을 그려낸 대표적 작품이다.
　그런데 흥미로운 것은 이 소설에 이미 입주권, 소위 딱지를 사고파
는 부동산 투기의 전형적인 수법이 등장하고 있다는 것이다. 철거촌에
살고 있는 난쟁이 가족은 아파트 입주권을 받고도 입주할 돈이 없어
입주권을 헐값에 팔고 떠날 수밖에 없다. 이 과정에서 난쟁이 아버지
는 추락사를 하고, 아들은 노동운동에 뛰어들고, 열다섯 살 먹은 딸은
재벌 손자를 따라가 성적 착취를 당한 대가로 입주권을 되찾아 돌아온
다. 하지만 이미 가족은 산산조각이 난 뒤였다.
　윤흥길의 소설『아홉 켤레의 구두로 남은 사내』(1977)도 동일한 시대
를 배경으로, 광주대단지 사건과 연관된 인물을 그려내고 있다. 광주
대단지 사건은 1971년 8월 10일 광주대단지 주민 5만여 명이 정부의

무계획적인 도시정책과 졸속행정에 반발하여 일으킨 사건이다. 서울시는 1968년부터 서울 시내 무허가 판잣집 정리사업의 일환으로 경기도에 위성도시로서 광주대단지(지금의 성남시)를 조성하여 철거민을 집단 이주시킬 계획을 세웠다. 당초 서울시는 강제 이주시킨 철거민들에게 1가구당 20평씩 평당 2천 원에 분양해주고, 2년 거치 3년 상환 조건을 제시했다. 하지만 이곳에 투기 붐이 일자 이들에게 평당 8천~1만 6천 원에 이르는 땅값을 일시불로 내게 한 데다 취득세·재산세·영업세·소득세 등 각종 조세를 부과했다. 이주민의 생업 대책도 세우지 않은 채 자급자족 도시로 키우겠다는 정부의 선전만 믿고 전국 각지에서 몰려든, 실업상태의 주민들은 이 같은 서울시의 조처에 크게 반발하여 불하 가격 인하, 세금 부과 연기, 긴급구호 대책, 취역장 알선 등을 요구했다. 그러나 당국은 번번이 이를 묵살하고, 시장 면담 요청도 받아들이지 않았다. 이에 격분한 주민들은 "배가 고파 못 살겠다" "일자리를 달라"는 플래카드를 들고 경찰과 격렬한 충돌을 벌이면서 출장소와 관용차, 경찰차를 불태우고 파출소를 파괴하는 등 6시간 동안 사실상 광주대단지 전역을 장악했다. 해방 이후 최초의 대규모 도시빈민 투쟁이었던 광주대단지 사건은 오후 5시께 서울시장이 주민들의 요구를 무조건 수락하겠다고 약속함으로써 막을 내렸다. 이 사건으로 주민과 경찰 1백여 명이 부상하고 주민 23명이 구속되었다.

『아홉 켤레의 구두로 남은 사내』라는 소설의 내레이터는 학교 교사로서 여러 해에 걸친 셋방살이 끝에 겨우 집을 장만하고 문간방을 세놓는다. 그곳에 세 들어온 권 씨는 대학을 졸업하고 출판사에 다니던 선량한 시민이었다. 그는 광주대단지 택지 개발이 시작될 무렵 철거민의 권리를 사들였으나, 당국의 불합리한 대책으로 내 집 마련의 꿈이 좌절되자 이에 항거하여 시위대의 선봉에 섰던 인물이다. 평범한 시민이었던 그는 자신도 모르는 사이에 전과자가 되어 경찰의 감시 대상이 된다. 그의 마지막 남은 자존심은 '안동 권 씨'라는 양반 집안 출신의 혈통과 늘 반짝반짝 닦아놓은 열 컬레의 구두를 통해 상징적으로 드러난다. 그는 현실에서 철저히 패배함으로써 가장으로서는 물론이고, 인간적 위신과 체면을 모두 잃어버린다. 작가는 현실에서 처절하게 패배하고 좌절한 인물을 형상화함으로써 1970년대 도시화 과정의 부조리한 현실을 극대화하고, 소외계층의 삶과 소시민의 허위의식을 날카롭게 포착해 냈다.

조세희와 윤흥길의 1970년대 문제작을 언급한 이유는 우리나라의 부동산(아파트) 투기의 역사가 어제오늘의 일이 아니고, 최소한 50년의 역사를 가지고 있다는 것을 말하기 위해서이다.

오늘날 우리나라 사람들이 모두 입성하기를 원하는 강남은 정부와 건설자본이 합작하여 1970년을 전후하여 아파트 밀집 지역으로 계획적으로 개발한 최초의 신도시이다. 강남은 건설되면서 곧바로 부동산 투기와 이윤 추구의 대상이 되었다. 즉 사용가치를 넘어서서 가장 큰 교환가치를 창출할 수 있는 상품이 된 것이다. 이 과정에는 여성들도 뛰어들어 소위 복부인이란 말까지 생겨났다.

강남의 집값이 가장 가파르게 상승하는 이유를 알기 위해서는 강남이란 장소성에 대해서 제대로 알아야 한다. 강남은 다른 신도시처럼 단순한 주거지가 아니다. 벌써 수십 년 전부터 '강남 8학군'이란 단어가 생겨날 정도로 강남은 명문고교들이 옮겨간 교육의 중심지로서 소위 SKY 대학의 진학률이 강북의 고등학교들에 비해서 월등히 높다. 또한 대치동은 현재 우리나라 사교육의 메카이다. 강남이 가진 교육의 요지로서의 입지는 인적 네트워크로 연결된다. 우리나라에서 학벌은 신분만큼이나 중요하다. 강남은 재벌, 고위 공직자와 국회의원, 법조인, 언론인, 교수, 문화예술인 등 우리나라 파워엘리트의 집결지이다. 또한 교통의 요지이다. 지하철 노선도만 보더라도 강남을 향하는 노선이 가장 많을 뿐만 아니라 전국적 연결망을 가진 고속버스 터미널이 있고, 수서역에서 출발하는 SRT 고속열차는 충청·호남·영남으로 연결된다. 수도권의 집값도 강남으로의 접근성 차이에 따라 천양지차이다. 강남은 대기업의 본사와 삼성무역센터와 벤처기업들이 위치한 일자리가 집중된 곳이다. 강남은 우리나라 경제의 중요부분을 차지할 뿐만 아니라 이곳에 집중된 첨단경제는 한국경제를 선도하는 신자본주의의 요람이다. 유명 백화점과 패션 등 각종 상권, 그리고 위락시설과 문화시설들이 밀집한 소비와 문화의 집결지가 바로 강남이다.

자본가들은 자본의 회전속도를 증대시키기 위해 일정한 공간에 생산수단과 유통수단, 그리고 집합적 소비수단을 집중시킨다. 따라서 자본주의의 촉진에 도시화는 필수적일 수밖에 없다. 도시의 집중 현상은 자본가들의 의도에 따라 기획된 것으로, 도시는 인구와 생산수단, 자본, 쾌락, 욕구 등 소비의 중심지가 된다. 강남도 정부와 건설자본에 의해 기획된 도시로서 경제적 자본뿐만 아니라 사회적 자본, 문화적 자본, 상징적 자본 등 각종 인프라가 양적 질적으로 집중된 도시 중의 도시이다. 강남 이외에 경제적 자본을 가진 신도시로는 판교 테크노밸리가 위치한 성남시 분당 정도를 꼽을 수 있을 정도이다. 나머지 신도시는 모두 다 베드타운이다.

따라서 부동산 전문가가 아닌 사람의 눈으로 보아도 강남은 매력적일 수밖에 없는 장소성을 갖고 있다. 사람들이 천문학적으로 집값이 비싼 강남으로 몰려드는 이유가 분명 있는 것이다. 정부 당국자는 정말 그 이유를 모르는 것일까? 모르는 체하는 것일까? 강남이 가진 장소성을 고려하지 않은 채로 강남 밖에다 강남이 가진 장소요건을 충족시키지 않은 싼 주택을 공급해본들 그것은 베드타운에 불과하며, 강남 집값을 잡을 효과가 있을 리가 만무하다. 이미 수도권에 미분양 아파트가 적체된 데서도 잘 알 수 있지 않은가? 주택이 부족한 것이 아닌 것이다. 물론 강남 따라 하기가 반드시 바람직한가는 별도의 문제로 차치하고서 하는 말이다.

그런데 최근 정부의 부동산 대책을 보면 구조적 요인을 그냥 덮어두고 단지 몰지각한 개인들의 투기 행각으로 몰아가는 시각만으로 문제의 본질을 호도하고 있다는 생각이 든다. 정부가 외면하고 있는 강남 집값 문제의 본질을 적어도 언론에서는 제대로 분석하여야 하지 않을까? 그러나 언론도 강남 집값에 대한 여타 지역의 질시 어린 선망에는 관심이 있지만 그 본질에는 정작 관심이 없다.

한마디로 서울과 지방 간의 불균등성, 서울 내에서는 강남과 강북의 불균등성을 그대로 둔 채 강남 집값을 잡으려는 정책은 그저 미봉

책에 불과할 뿐이다. 물론 부동산 가격 변동은 부동산이 위치한 입지, 물리적 속성과 같은 부동산 자체의 특성 요인뿐만 아니라 국민소득, 물가, 금리, 경제심리 지수 등 거시경제 요인과도 밀접한 관계가 있을 것이다. 무엇보다 우리나라에서는 투기심리가 문제이다. 그런데 정부는 단지 대출 규제나 각종 부동산세의 증액과 제3의 신도시 건설이라는 정책을 가지고 문제를 해결하려고 드니 안타까울 따름이다.

프랑스의 사회학자 피에르 부르디외(Piere Bourdieu)는 자본을 경제적 자본, 사회적 자본, 문화적 자본, 상징적 자본 등으로 구분했다. 경제적 자본뿐만 아니라 나머지도 교환의 대상이 된다는 점에서 자본으로 본 것이다. 경제적 자본은 우리가 흔히 말하는 자본으로 현금, 예금 등 동산과 부동산 등 경제적 자원의 지배력이 여기에 모두 포함된다. 사회적 자본은 사회 속의 여러 관계들을 말한다. 그것은 한마디로 인적 네트워크이다. 대학의 동문회, 전우회, 향우회, 교회의 교인, 문중 등이 여기에 해당된다. 그리고 꼭 조직이 정해져 있지 않은 친구관계도 사회적 자본이 될 수 있다. 사회적 자본은 경제적 자본과 달리 눈에 가시적으로 보이지는 않지만, 여러 가지 혜택을 가져올 수 있다. 문화적 자본은 문화라는 상징적 표현이 화폐, 재산과 같이 사회의 지배계급에 의하여 결정된 교환가치라는 주장에 근거하여 성립된 개념이다. 문화적 자본은 한 개인에게 보다 높은 지위를 가져다주는 지식, 행동양식을 말한다. 교육, 예절, 여가활동, 말솜씨, 외국어 능력, 예술감상 능력, 취향 등이 그것이다. 부르디외는 문화적 자본이 계급을 결정하고 구분 짓는 중요한 요인이라고 했다. 상징적 자본은 사회적으로 통용되는 분류의 틀에 따라, 위 세 가지 자본을 가진 사람들이 얻는 칭호로서 신용, 명예, 평판, 위신, 인정, 유명세 등이 해당된다.

이제 우리 사회에서 강남은 경제적 자본과 사회적 자본의 축적을 넘어서서 의도적이든 아니든 상층계급의 문화적 취향과 향유 방식, 사회세력 간의 차이와 분화를 정당화하는 기능을 수행하고 있는 장소가 되고 말았다. 즉 강남은 단순한 경제적·사회적 자본이 집중된 곳이 아니라 계급을 결정하고 구분 짓는 문화적 자본, 나아가 상징적 자본이 집중된 장소가 된 것이다. 그래서 모두 그 안으로 들어가려고 안달이 나 있는 것이다. 거기에다 집값까지 상상할 수 없이 뛰는 상황이니……. 사람들은 강남의 사용가치에다 높은 교환가치, 거기에 더하여 문화적 자본을 가세한 강남이라는 장소 그 자체가 아니라 그 장소가 상징하는 '구별짓기'를 지향하고 있는 것이다. 그 욕망을 그대로 둔 채 강남의 집값을 잡으려고 주변만 때려봐야 강남의 집값은 더욱 올라갈 수밖에 없을 것이다.

역설적으로, 비강남권에 살고 있는 사람들이 강남의 문화적·상징적 자본 가치, 즉 그들만의 구별짓기에 무관심해지고, 강남에 대한 욕망을 버릴 때에 강남의 집값은 내려갈 수 있을지도 모른다는 생각이 든다. 아니 강남이라는 장소에 매겨진 비싼 가격은 어느 시점에서 상대적으로 강남의 경쟁력을 떨어뜨릴 것이다.

장 보드리야르(Jean Baudrillard)는 현대사회를 소비사회로 규정하며, 소비사회의 인간은 사용가치의 소비를 포함하면서도 그것을 훨씬 넘어선다고 하였다. 그는 소비사회에서 소비는 행복, 안락함, 풍부함, 성공, 위세, 권위, 현대성 등의 소비에 본래적인 의미가 있다고 주장했다. 그것은 소위 차이, 즉 구별짓기에 대한 욕망이다. 상품의 구입과 사용을 통해 자신을 돋보이게 하며, 동시에 사회적 지위와 위세를 나타내기 위해서 소비를 한다는 뜻이다. '강남 아파트'는 이미 사회적 지위와 계급을 구별 짓는 특별한 차이를 발생하는 상품이 되고 말았다. 싫든 좋든 이제 그것을 인정해야만 하지 않을까.

새해는
부동산 블루로부터의
탈출을

코로나19가 만들어낸 '코로나 블루'(코로나 우울증)라는 신조어는 이미 알려진 바지만 최근에는 '부동산 블루'(부동산 우울증)라는 말도 새로 생겨났다. 그뿐만이 아니라 '부동산 카스트'(부동산 계급)에다 '이생집망'(이번 생에 집 사기는 망했다)이라는 말도 나왔다. 무주택자는 주택이 없어 우울하고, 1주택자는 1주택밖에 없어 우울하고, 다주택자는 다주택이라서 우울하다는 요즈음이다.

부동산 블루, 부동산 카스트, 이생집망 등은 최근 부동산과 관련된 세태를 적나라하게 드러내주는 신조어들이다. 코로나19로 사회가 멈춰 서고, 자영업자들의 폐업이 속출하고, 서민들이 일자리를 구할 수 없는 막막한 상황에서 아이러니하게도 부동산 가격은 폭등하고, 주가도 연일 최고치를 갱신하고 있다. 주가 상승은 경기선행지수를 반영하는 것인 만큼 긍정적 측면을 나타내기도 하지만 국민 모두가 일 년 내내 지속되는 감염병으로 피로감과 우울감을 느끼는 코로나 블루의 상황도 아랑곳하지 않는, 투기 세력들의 부를 키우는 부동산 가격의 폭등 현상은 이를 컨트롤할 방역대책 본부마저도 부재한다.

　실패를 거듭하는 정책만을 고집스럽게 내놓았던 김현미 국토부 장관은 물러났고, 새 국토부 장관이 취임했으나 제어해야 할 것이 바이러스가 아니라 인간의 끝 모를 재화에 대한 욕망이다 보니 그것을 통제하는 일이 국제적으로 인정받은 K방역시스템과는 달리 쉽지 않았다는 것은 이미 증명되었다. 국민들이 투기 방역마스크를 쓰고 사회적 거리 두기로 협조를 한다고 해서 해결될 일은 아닌 것이다.

　2년 전 아들이 결혼을 하게 되자 혼자서 살던 경기도 성남의 작은 아파트를 세놓고, 고등학교 교사인 며느리가 근무하는 경기도 남쪽의 학교 앞에 전셋집을 마련하여 신혼살림을 시작했다. 하지만 아들 직장이 서울인 데다 코로나19로 인해 대중교통을 이용할 수도 없어 직접 운전을 하는 바람에 출퇴근에 너무 많은 시간을 빼앗겨왔다. 그래서 직장에서 조금이라도 가까운 곳으로 집을 알아보고 있었다. 그런데 정부의 전월세 상한제를 골자로 한 새 임대차법 시행 이후 전세가가 폭등하는 바람에 결국은 집을 옮기는 일을 포기해야만 했다. 세놓은 작은 아파트도 전세가가 뛰었지만 새 임대차법에 의하면 5%밖에 올릴 수 없어 새 전셋집을 구하는 데 전혀 도움이 되지 않았던 것이다. 그렇다고 나날이 부동산 가격이 고공행진을 하는 상황에서 아주 작은 소형이나마 아파트를 팔아 전셋집을 구하는 어리석은 선택을 감행할 수도 없었다.

　현 정부에서 추진하는 부동산 정책을 비웃기라도 하듯이 부동산 시장은 광란의 질주를 하고 있다. 국토부는 부동산 투기를 근절시키겠다는 확고한 의지를 표명하며 새로운 정책을 수십 가지나 연속해서 내놓았지만 한 가지도 성공하지 못한 채 아파트 매매가는 물론이며, 전월세 가격마저 폭등하는 상황이 야기된 것이다.

서울의 강남에서 시작된 투기 바람은 강북으로 퍼져나가더니 조정 구역에서 제외된 지방으로 확산되어 서울과 지방의 전 지역에서 투기 바람이 거세게 불고 있다. 만약 현 정권이 정권 연장에 실패하게 된다면, 그 원인 중의 하나는 분명 실패한 부동산 정책 때문일 것이라고 생각한다.

물론 폭등의 원인이 현 정부의 부동산 정책 때문만은 아닐 것이다. 정책을 내놓으면 곧바로 새로운 투기 방법을 찾아내는 세력들의 날고 뛰는 집요함을 어찌 정책이 따라잡을 수 있을까? 차라리 시장에 그냥 맡겨 놓았더라면 이렇게까지 부동산 가격이 폭등했을까 하는 생각이 들지 않을 수 없다. 하지만 진보논객 유시민 노무현재단 이사장은 땅 사고팔아 부자 못 되게, 상상할 수 없는 정책이 나왔으면 좋겠다며 여전히 정책에 대한 낭만적인 기대를 접지 않고 있다.

최근 집을 살지 말지를 다투다가 가격 폭등에 자괴감을 느낀 남편이 아내를 흉기로 찌른 뒤 본인도 투신했다는 부동산 블루의 사례까지 뉴스로 접하다 보니, 정말 우울감에 사로잡히지 않을 수 없다. 누구는 금수저로 태어나 부모로부터 증여를 받거나 '영끌'(영혼까지 끌어모으다)과 대출을 받아 아파트를 샀다가 대박이 난 사람과 형편에 맞게 전세나 월세로 시작했다가 폭등하는 집세를 감당할 수 없어 부동산 난민이 되고 마는 이상한 상황을 누군들 이해할 수 있을까? 그러니 순간의 선택이 평생을 좌우하는 부동산 카스트가 생겨나는 것이다.

나는 아카데미상을 수상한 봉준호 감독의 영화 〈기생충〉에서 그려진 '반지하방'의 계층적 의미를 생각하다가 오래전에 읽었던 박상우의 소설 「내 마음의 옥탑방」의 '옥탑방'이나 고시원 같은 도시 빈민층의 주거공간을 떠올리며 우리에게 주거공간이란 대체 어떤 의미를 지니는가에 대해서 생각해본다.

바슐라르에게 집은 위험한 세계로부터 인간을 지켜주고 평화롭게 해주며, 외부세계로부터 도피할 수 있는 피난처다. 하지만 집이 반드시 외부세계의 위협과 공격으로부터 인간을 보호해주며, 안온하고 평화로운 내밀함을 경험케 하는 공간인 것만은 아니다. 누군가는 집을 폭력의 공간으로 경험하고, 벗어나야 할 탈출의 공간으로 인식하기도 한다. 집은 개인마다 또는 계층과 젠더에 따라 달리 경험될 수밖에 없는 공간이다.

요즘 같으면 집이란 계급을 가르는 투기의 공간이라는 의미가 가장 절실하게 다가오지 않을 수 없다. 누군가는 몸을 뉠 4평짜리 고시원도 없어 노숙자로 떠돌지만 드라마 〈펜트하우스〉에서 보듯이 살인, 복수, 패륜, 불륜, 투기, 입시 비리 등을 저지르는 사악한 욕망의 바벨탑에서는 나이 어린 학생들조차 부모를 모방하여 집단 따돌림과 음모를 거침없이 구사한다. 그러니 집이 크고 화려하다고 해서 그 속에서 사는 사람들이 무조건 행복해지는 것은 아니다.

1970~80년대에는 무허가 불량주택, 판잣집 등이 저소득층의 대표적인 주거지였다면, 현재는 지·옥·고라고 불리는 반지하, 옥탑방,

고시원이 저소득층의 대표적인 주거지가 되었다. 이 가운데 옥탑방은 처음에는 무허가 불법 건축물이라는 부정적 이미지가 강했는데, 2000년 이후 대중매체에서 낭만의 표상 공간으로 그려지면서 이미지가 크게 변화하였다. 즉 도시 내 차별화된 주거지로서 빈곤의 이미지가 탈각되고 새로운 이미지가 재생산되고 있다. 하지만 매체에서 보여주는 판타지가 현실의 모습을 있는 그대로 반영한 것은 아니라는 점에 유의해야 할 것이다.

옥상의 무허가 불법건물이 언제부터 옥탑방으로 불리기 시작했는지는 정확히 알 수 없지만 나는 옥탑방이란 단어를 박상우의 소설 제목에서 처음 접했다. 박상우의 소설 「내 마음의 옥탑방」이 처음 발표된 것이 1998년이고, 소설 「옥탑방 고양이」가 인터넷에 발표된 것은 2001년의 일이다. 박상우의 소설이 이상문학상 대상을 수상(1999)하고, 「옥탑방 고양이」가 드라마로 방영(2003)됐던 2000년을 전후해서 '옥탑방'이란 말은 대중들 사이에 보편적으로 사용되기 시작한 것 같다.

소설가 박상우는 「내 마음의 옥탑방」에서 옥탑방과 백화점(아파트), 옥탑방과 지상과 같은 공간들을 대비시키며 현실과 타협하며 무의미하게 살아가는 삼십 대 후반에 이른 남성의 시점에서 가난하고 순수했던 십 년 전 젊은 날의 사랑과 꿈, 그리고 시지프와도 닮은 한 여성의 절망과 체념에 대해서 이야기한다. 그는 옥탑방을 물질적 욕망을 표상하는 백화점(빌딩, 아파트)과 속물적 삶을 표상하는 지상과는 대비되는 그리움, 순수, 꿈이라는 표상 공간으로 그려냈다. 그런데 아파트 가격이 나날이 폭등하는 2021년의 현실 속에서 영끌을 하여도 절대 아파트를 꿈꿀 수 없는 옥탑방의 주민들에게도 과연 빈곤이 탈각된 낭만적 장소로 기능할 수 있을지는 의문이다.

「내 마음의 옥탑방」이 발표됐던 1990년대 말에 젊은이들은 적어도 연애와 결혼을 꿈꿀 수 있었다. 하지만 현재의 젊은이들은 연애, 결혼, 출산을 포기하는 3포 세대를 넘어서서 내 집 마련과 인간관계마저 포기하는 5포 세대, 그리고 꿈과 희망까지 모든 것을 포기해야 하는 N포 세대의 사회 경제적 스트레스를 받고 있다. 최근 통계청의 인구동향 발표에 따르면 우리나라는 2020년 10월, 혼인과 출산은 역대 최저이며 사망은 역대 최고인, 미국의 경제학자 해리 덴트가 말한 인구 절벽 시대에 접어들었다. 부동산 가격이 폭등하니 청년들은 연애도 결혼도 꿈꿀 수 없고, 당연히 출산율은 1명도 되지 않으며, 코로나19로 사망률은 최고치를 기록한 것이다.

성실하게 일하고 정직하게 저축한 사람들의 의욕을 꺾어버리는 부동산 투기가 계속되는 한 우리가 기대하는 공정사회는 결코 이루어질 수 없다. 차라리 성실하게 일하는 대신 투기의 흐름을 쫓아가며 과감하게 베팅할 줄 아는 것이 더 잘 사는 길이 아닌지 회의가 드는 요즈음이다.

새해(2021)에는 백신을 접종하여 적어도 집콕으로 인해 생긴 코로나 블루로부터 탈출할 수 있을 것으로 보이지만 부동산 블루로부터 벗어날 길은 앞이 보이지 않는다. 희망을 이야기해야 할 새해 아침이지만 우울한 현실을 말하지 않을 수 없는 우리의 처지가 서글프고 부끄럽

다. 하지만 이것이 우리가 처한 현실인 것을 어찌 거짓 희망을 이야기
할 수 있을 것인가.

확진자 아니면
확찐자세요?

2020년, 사회적 거리 두기와 비대면의 상황을 설명하는 확진자 또는 확찐자라는 단어가 유행을 하고 있다. '확찐자'란 코로나19 감염 우려로 외출을 자제하면서 집 안에서만 생활을 하다 보니 활동량이 급감해 살이 확 찐 사람을 이르는 신조어다. 코로나19는 우리들에게 활동공간을 제한하고, 사회적 거리 두기의 단계에 따라 집단 운동시설마저 폐쇄되어 운동을 제대로 할 수 없는 상황을 초래했다. 게다가 재택근무제가 도입되면서 직장인들은 출퇴근 활동이 줄어들고, 온라인 원격수업으로 학생들의 등하교 활동도 없어지거나 줄어들게 되었다.

밖에서 하던 활동들이 줄어들거나 없어지는 대신 소위 '집콕'이 일상화되면서 너 나 할 것 없이 체중 증가를 염려하지 않을 수 없는 상황이 초래된 것이다. 실제로 구인구직 아르바이트 전문 포털 '알바천국'이 개인회원 824명에게 '코로나19 이후 건강관리'를 주제로 설문한 결과 2명 중 1명(52.1%) 꼴로 올해 초와 비교해 사람들의 체중이 늘어났으며, 증가한 몸무게가 평균 4.9kg에 달한다는 보도가 나왔다. 집콕 생활에다 고열량 배달 음식까지 자주 시켜 먹게 되니 체중 관리에 빨간 불이 켜진 것이다. 그렇지 않아도 언제부턴가 남녀노소를 막론하고 다이어트를 해야 한다는 강박관념에 시달려 왔는데, 코로나19가 설상가상의 상황을 만들어냈다.

나는 코로나19의 상황에서 확찐자가 증가한 이유를 단순한 활동 시간과 운동 부족의 문제를 넘어서서 소위 코로나 블루라는 이름의 우울증과 관련이 있다고 본다. 즉 사회적 거리 두기와 같은 상황 속에서 사회적 자아, 놀이적 자아, 축제하는 인간의 본성을 억압받아 온 고립되고 텅 빈 자아는 왠지 모를 정서적 공허감에 빠지게 되고, 이를 음식에 대한 과식으로 보상하려고 하다 보니 확찐자가 될 수밖에 없다고 생각되는 것이다. 이처럼 텅 빈 자아의 문제는 코로나19의 상황에서 보다 심화되었겠지만 요즘 '단짠' 식품에 길들여지고, 먹는 것으로 스트레스를 해소하려는 경향은 점차 커지고 있는 것 같다.

과거 우리에겐 '보릿고개'라는 말이 있었다. 햇보리가 나올 때까지 춘궁기의 배가 고파 넘기 힘든 보릿고개, 즉 묵은 곡식은 거의 떨어지고 새로운 식량이 되어줄 보리는 아직 여물지 않아 농촌의 식량 사정이 가장 어려운 때를 비유적으로 이른 말이다. 보릿고개는 우리에게 궁핍의 대명사처럼 사용되었다.

먹을거리가 부족하던 지난날에 대한 한풀이라도 하듯이 요즘엔 텔레비전을 켜면 소위 먹방과 쿡방 프로그램들로 넘쳐난다. 요리를 가르치는 교양프로그램은 어느덧 사라지고, 대신 연예 프로그램인 먹방과 쿡방이 안방을 차지하고 있다. 그런데 흥미로운 것은 한편에서는 먹방과 쿡방으로 식욕을 자극하는 사이 다른 한편에서 식욕을 적대시하는 각종 다이어트 관련 제품들을 선전하는 아이러니한 상황이 연출되고 있다는 것이다. 식욕을 억제하며 다이어트를 하고 있는 사람들에게 먹방이나 쿡방을 보면서 대리만족을 느끼라는 것인지, 아니면 한편에서는 식욕을 자극하며 다른 한편에서는 다이어트 제품들을 판매하는 모순전략을 구사하는 것인지 도무지 알 수 없다는 생각이 든다.

우리 사회가 과식과 영양 불균형으로 인한 비만을 염려하며 이것을 질병의 하나라고 진단하고 있음에도 어느새 우리 사회는 비만사회로 접어들었다. 그럼에도 텔레비전에서는 식욕을 자극하는 프로그램들이 넘쳐나고, 이 프로그램을 진행하는 셰프들은 어느새 최고의 인기인이 되어 있다. 얼마 전 국민의힘 김종인 비상대책위원장이 자당(당시 미래통합당)의 차기 대통령 후보자로 인기 프렌차이즈 요식산업 대표이자 먹방과 쿡방 진행자이기도 한 백종원을 거론했을 정도이다. 그만큼 셰프의 대중적 인기가 하늘로 치솟고 있다는 것을 보여주는 한 예이다.

과거에는 절대빈곤으로 인해 국민 대다수가 마른 과소체중이었다. 따라서 뚱뚱하고 배가 나온 사람을 '사장님'이라 부르며 부의 상징적 몸처럼 여기던 시절이 있었던 것이다. 그런데 국민소득이 높아지면서 어느새 우리들은 과체중을 넘어서서 비만을 걱정하는 시대를 살아간다. 다이어트는 특정 젠더, 연령, 계층에 국한된 문제가 아니라 온 국민의 최대 관심사가 된 지 오래다. 이처럼 몸도 시대에 따라 새로운 이미지를 요구하며, 새로운 의미와 가치를 부여한다. 문제는 21세기는

날씬하고 마른 몸을 선호하는 시대이며, 그런 몸을 만들기 위해 다이
어트를 비롯하여 운동과 성형 등 피나는 노력을 기울이고 있는 판에
코로나19라는 복병을 만난 것이다.

나는 최근에 미국의 심리학 교수인 키마 카길이 쓴 『과식의 심리학』
이라는 책을 읽게 되었다. 나 역시 보릿고개를 힘들게 넘어온 세대지
만 어느새 비만을 걱정해야 하는 시대를 살아가고 있는 만큼 과식의
심리에 대해서 늘 궁금하게 여기던 차였기에 흥미롭게 책장을 펼쳤다.

그는 많은 사람들이 칼로리 섭취나 몸매 유지에 주의를 기울이면서
도 왜 매년 비만 인구는 증가하는가라는 문제를 개인들의 기호나 섭식
행동에서만 답을 찾을 것이 아니라 기업과 사회 그리고 개인 간 상호
작용이라는 관점에서 그 해답을 찾아야 한다는 주장을 펼친다.

미국 남부에서 성장한 그는 음식을 무척 달게, 먹고 싶은 대로 마음
껏 먹으면서 자랐다고 한다. 달걀과 베이컨, 핫케이크, 메이플시럽, 해
시브라운 포테이토, 시리얼, 프랄린(설탕에 졸인 견과류), 퍼지 디비니티
(크림과자의 일종)와 같은 엄청난 고칼로리의 단 음식들을 먹으면서도
그는 단 한 번도 너무 달다고 느낀 적은 없었다는 것이다. 그러던 그가
자신의 입맛을 이해하고 관리하다 보니 자연히 영양학과 과식을 연구
하게 되었으며, 과식의 원인을 밝히려면 심리학 · 철학 · 경제학 · 신
경내분비학 · 역사학 · 노동문제 · 정부 규제들을 모두 알아야 한다는
것을 깨달았고, 이를 연구하게 되었다고 한다.

그는 과소비와 과식이라는, 과거 인류에게는 없었고 또는 불가능했
던 새로운 행동 패턴을 소비자본주의라는 관점에서 해석한다. 그는 물

적 상품이나 자원의 소비가 늘어날수록 과식과 비만도 증가하며, 역설적이게도 이런 과식과 비만은 세계 여러 지역의 빈곤과 공존한다는 것이다. 즉 과소비와 과식은 전 지구적으로 평등하게 일어나는 보편적 현상은 아니라는 것이다.

소비자본주의 시대는 상품과 자원, 음식이 대량으로 소비될 뿐만 아니라 쓰레기와 온실가스, 비만 같은 결과가 동시적으로 일어나고 있으니 우리들은 스스로를 산 채로 잡아먹고 있는 게 틀림없다고 주장한다. 이쯤 되면 그의 저서는 '과식의 심리학'이 아니라 '과식의 사회학'이라고 이름 붙이는 것이 더 적절할 것처럼 보인다.

한마디로 그는 소비주의를 권장하는 사회 분위기와 문화가 과식을 비롯하여 흡연, 음주, 운동, 마약 복용과 같은 행동도 조장한다고 본다. 그리고 이것들은 단순히 개인의 선택이나 의지로 해결할 수 있는 문제가 아니라는 것이다. 그렇지만 소비주의 사회는 소비주의의 심리적 결과를 개인의 의지력이나 자제력, 신경화학의 문제로 치부하며 문제를 해결하기 위해 더 많은 소비에 눈을 돌리게 만들고, 그렇게 상품을 구매하고자 하는 욕구가 증가하면서 결코 끝나지 않는 소비주의의 쳇바퀴가 창조된다는 것이다.

따라서 그는 전자제품, 음료, 의약품, 차, 옷, 자연자원의 소비와 같은 차원에서 음식의 과소비인 과식의 문제를 다룬다. 즉 더 많이 먹는 것과 더 많이 소비하는 것을 같은 맥락의 문제로 보는 것이다. 식품 소비시장은 대량 소비를 부추기는 질 낮은 사탕과 초콜릿, 정제 탄수화물이 가득한데, 텅 빈 칼로리(칼로리만 높고 필요한 영양소는 없는 칼로리)

를 소비하는 일과 필요하지 않은 물건을 소비하는 일은 놀라울 만큼 유사하다는 것이다. 소비주의 문화는 쾌락원칙을 만족시킬 방법이 무한하지만 이런 만족은 심리나 육체, 환경에 미치는 영향이 무척 파괴적이라는 것이다.

키마 카길이 지적했듯이 비만사회를 변화시키기 위해서는 단순히 개인의 의지나 자제력에 호소해서는 결코 해결되지 않을 것이다. 비만사회를 변화시키기 위해서는 개인의 삶에도 엄청난 변화가 요구되지만 사회적·문화적으로도 큰 전환이 필요하고, 식생활에도 제도적 개선이 수반되어야 한다. 그리고 과잉의 소비주의에 저항하는 운동들, 가령 느린 삶, 자발적 단순함, 슬로푸드, 작은 집을 추구하는 운동들과도 병행해 나가야만 비만사회는 변화될 수 있다. 즉 우리의 라이프스타일이 변화하고, 소비를 권장하는 소비주의 가치에서 벗어나서 찰스 핸디가 말한 헝그리 정신으로 전환해야만 비만사회는 변화의 실마리를 찾을 수가 있을 것이다.

국민소득 1만 달러 시대에는 먹는 문제를 해결하는 것이 최대의 과제이다. 2만 달러 시대에는 레저에 관심을 기울이고 트레킹 문화가 발달한다. 3만 달러 시대에는 건강과 축제, 그리고 슬로 라이프를 즐기는 삶을 추구한다. 4만 달러 시대는 발달된 복지, 높은 사회 투명성을 요구하는 사회를 추구한다. 5만 달러 시대는 여유와 신뢰가 우선이 되는 '가족이 중심'의 사회이다.

우리나라는 2018년에 3만 달러 시대를 넘겼다. 즉 우리는 보릿고개를 걱정하던 시대를 넘어서서 레저와 트레킹 문화를 이미 즐기고 있으며, 이제는 건강과 축제, 그리고 슬로라이프를 추구하는 시대를 살아가는 중이다. 슬로라이프는 단순한 속도, 즉 느림의 문제가 아니라 과도한 소비에 대한 자제뿐만 아니라 과식에 대한 억제도 포함되어 있다. 우리는 발달된 복지와 높은 사회 투명성을 요구하는 사회를 지향한다. 요즘 공직자들의 도덕적 투명성과 공정성을 문제 삼는 것도 이와 무관하지 않을 것이다. 게다가 코로나19는 뜻하지 않게 가족 중심 사회로의 급속한 전환을 가져왔다. 그럼에도 우리는 아직 진정한 가족 중심의 문화를 갖지 못한 채 "집에서는 잘 되는 사회적 거리 두기, 밖에서는 왜 이리 어려울까"라는 우스개처럼 이전의 삶으로 돌아가길 바라면서 이 지긋지긋한 감염병이 하루빨리 끝나기를 소망하고 있다.

하지만 미래학자들은 이전의 삶으로 완전히 되돌아가기는 어려울 것으로 전망한다. 우리는 비대면 문화를 현실로 받아들이면서 뉴노멀(새로운 표준) 시대에 맞는 새로운 가치와 문화와 라이프스타일을 창조하고 이에 적응을 해야만 한다.

자살은
정치적인 문제다

'자살(suicides)'이라는 단어를 생각하면 나의 머릿속에 환영처럼 한 장면이 떠오른다. 어린 시절에 보았던 영화 〈햄릿〉의 한 장면이다. 젊고 아름다운 여인이 손에 꽃을 꺾어 들고 강물 위에 누워 물과 함께 흘러가는 모습이 또렷하게 기억에 남아 있어 수십 년의 세월이 흘렀지만 아직도 잊히지 않는다. 그 장면은 자신의 아버지가 연인 햄릿에게 살해되자 스스로 목숨을 끊는 오필리아의 모습이다. 이 장면은 영국의 화가 존 에버렛 밀레이(John Everett Millais)에 의해서 〈오필리아〉라는 제목의 회화로 그려지기도 했다. 나는 영화 〈멜랑콜리아〉(2012)에서도 동일한 이미지가 재현된 것을 본 적이 있다. 우울증에 걸린 여주인공 커스틴 던스트가 부케를 안고 강물 위로 떠내려가는 모습이다. 내가 영화 속에서 본 젊은 여인의 자살은 우울한 사건이 아니라 이처럼 심미적인 이미지로 각인되어 있는 것이다.

자살 사건은 아니지만 1986년부터 1991년까지 10명의 여성을 살해한 화성 연쇄살인범이 33년 만에 DNA 분석기법에 의해 밝혀졌다는 소식이 머리기사로 타전되어 많은 사람들의 관심을 자아내고 있다. 그야말로 한때 전 국민을 불안과 공포 속으로 몰아넣었던 '살인의 추억'이 자동 소환된다. 더구나 그가 20년째 감옥에서 복역 중인 모범 무기수라니…….

나는 최근에 우리나라의 근대 여성작가인 김일엽의 소설을 연구하다가 그녀의 소설 가운데 유독 죽음과 관련된 작품이 많고, 그 가운데 여주인공의 자살을 다룬 작품도 두어 편이나 된다는 사실을 발견하게 되었다. 그 이유가 무엇일까를 생각하며 '죽음'과 '자살' 담론을 이번 기회에 제대로 확립해보자는 의도로 광범위한 독서를 하게 되었다.

김일엽(1896~1971)은 인생 전반기에는 작가이자 페미니스트로, 그리고 후반기에는 불가에 귀의한 승려로 유명한 인물이다. 나는 일엽에 대해 1970년대 중반에 『청춘을 불사르고』(1962), 『청춘을 불사른 뒤』(1974)와 같은 수필집을 읽으면서 자세히 알게 되었다.

1896년생인 일엽은 1907년에 동생이 죽자 「동생의 죽음」이란 시를 썼다고 회고한다. 1909년에는 모친이 세상을 떠났고, 1915년에는 부친마저 별세하는 등 그녀는 십 대의 어린 나이에 친족의 죽음을 거듭 겪으며 천애고아가 되었다. 죽음은 그녀 생애 초기부터 근원적 트라우마로 자리 잡고 있었다고 할 수 있다. 그녀의 소설 가운데 죽음과 관련된 작품이 유독 많은 것은 생애 초기에 친족의 죽음을 직접 경험한 사실과 결코 무관하지 않을 것이다. 하지만 그녀가 경험한 가족사적 죽음이라는 사실만으로 작품 해석을 할 수는 없어 나는 지난여름부터 죽음과 자살에 관한 논문도 찾아 읽고, 여러 책을 읽는 과정에서 매우 흥미로운 책 한 권을 발견하게 되었다.

그 책은 제임스 길리건(James Gilligan)이 쓴 『왜 어떤 정치인은 다른 정치인보다 해로운가』라는 긴 제목의 책이다. 제임스 길리건은 미국의 정신의학자로서 뜻밖에도 죽음의 문제를 정신의학의 관점이 아니라 정치라는 관점에서 해석한다. 그는 자신을 죽이는 '자살'과 타인을 죽이는 '살인'을 폭력 치사, 즉 치명적인 폭력(lethal violence)이라는 하나의 범주로 묶으며, 자살을 정신의학의 관점에서, 살인을 범죄학의 관점에서 별개로 다루는 것은 잘못이라고 주장한다. 그가 자살과 살인을 폭력 치사라는 하나의 관점으로 파악하는 이유는 자살도 살인도 사회가 개인을 상대로 저지르는 폭력이라는 점에서는 근본적으로 같다고 보기 때문이다.

그는 폭력문제를 연구해온 정신의학자로서 1900년부터 2007년까지 100년이 넘는 시기의 미국의 자살률과 살인율의 통계를 분석하다가 수수께끼와도 같은 사실 하나를 발견한다. 그것은 자살률과 살인율이 동시에 늘어나거나 동시에 줄어든다는 것이다. 도대체 정신적·심리적 문제로 스스로 목숨을 끊는 자살과 범죄적 동기로 타인을 죽이는 살인 사이에 어떤 연관성이 있기에 이처럼 동일한 그래프를 그린다는 말인가? 그는 자살률과 살인율이 급격하게 증가하거나 급격하게 감소하는 변동 주기와 공화당과 민주당의 집권 시기 사이에 뚜렷한 상관관계가 성립한다는 흥미로운 결론에 도달하는데, 이 수수께끼를 다음과 같이 해석한다.

한마디로 공화당은 사람들을 강력한 수치심과 모욕감에 노출시키기 쉬운 정책을 추진한다는 것이다. 즉 공화당은 사람들로 하여금 열패감과 열등감을 조장하며 타인을 무시하고 경멸하도록 부추기고 불평등을 찬미하는 문화를 숭상한다는 것이다. 그런 사회 분위기 속에서 사람들은 사회 경제적 지위의 상실, 특히 해고를 당했을 때 극도의 수치심과 모욕감을 경험하게 되고, 수치심과 모욕감이 팽배해 있는 사회에서는 폭력 치사가 발생할 확률이 높아진다는 것이다. 폭력 치사가 자신을 향할 때는 자살이, 그것이 타인을 향할 때는 타살(살인)이 일어난다는 것이 그의 주장이다.

어떤 정당이 내세우는 정책 방향이 여러 형태의 사회 경제적 스트레스와 불평등을 조장하고, 그 결과 실업률, 수치심, 모욕감이 높아지면 그 사회에선 필연적으로 자살이건 타살이건 폭력 치사 발생률이 높아진다는 것이 그의 주장이다. 보수는 경제에 강하고 진보는 경제에 약하다는 프레임과 달리 공화당 집권 시기에 실업의 규모와 지속도, 경기 위축의 빈도와 깊이와 지속도, 소득과 재산의 불평등이 하나같이 심화되고, 실업률과 빈부 격차가 커졌다는 것이다. 정치적 진보와 보수의 정책 차이는 사회 경제적 불평등의 차이로 나타나고, 뜻밖에도 그것은 폭력 치사의 상승과 하강 커브에 결정적 영향을 미치게 된다는 것이 책의 주요 논지이다.

그의 책은 자신의 가설을 신뢰할 수 있는 과학적인 데이터를 통해 입증하는 데서 끝나지 않는다. 실업 기간이 늘어나면 실업으로 인한 스트레스가 가중될 뿐만 아니라 절망감, 좌절감, 수치심, 소외감, 자기모멸감도 당연히 커지고, 다른 사람으로부터 쓸모없는 인간으로 취급받는 수치심이 자신의 목숨을 끊거나 남을 해치는 동기가 된다고 본다. 힘이 약한 사람은 쓸모없는 존재가 되어버린 자신의 모습을 지우려고 스스로를 죽이고, 힘이 센 사람은 쓸모없는 존재가 되어버린 자신의 모습을 남의 머리에서 지우려고 타인을 죽인다는 것이다. 따라서 수치심을 부추기는 문화는 자살률과 살인율을 동시에 증가시키게 된다.

그는 영국과 오스트레일리아도 동일한 추세를 보인다고 했는데, 과연 우리나라의 경우는 어떠할까? 책을 읽는 동안 나는 그것이 가장 궁금했다. 우리나라는 진보 대통령이라고 할 수 있는 김대중, 노무현 대통령에 이어 문재인 대통령이 집권한 햇수가 현재까지 십수 년에 불과하기 때문에 미국과 같은 진보와 보수 정당의 교체 주기와 폭력 치사의 상관관계를 비교할 수 없어 유감이다. 그리고 우리나라는 최근만 하더라도 국내적인 정치 요인 이외에 1997년의 IMF외환위기, 2008년의 글로벌금융위기와 같은 대외적 요인들이 더 크게 작용해온 만큼 단순히 정치적 집권층이 진보냐 보수냐에 따라 자살률과 살인율 증감의 결정적 요인이라고는 생각하지 않는다. 아무튼 이 분야의 전문가가 축적된 과학적인 데이터를 갖고 길리건의 가설이 우리나라에서도 유효한지 밝혀주었으면 나의 궁금증이 확 풀릴 것 같다.

하지만 우리나라의 자살 원인 중 경제적 요인이 가장 큰 비율을 차지하고, 급속한 고령화·소득 불균형 심화 등 사회 경제적 환경 변화가 자살의 원인이라는 지적이 있다. 그리고 도시 지역보다 농어촌 지역에서 자살 비율이 높은 것은 길리건이 지적했던 대로 경제적 불평등의 문제가 자살에 작용하고 있다는 혐의를 지울 수가 없다.

2003년부터 2015년까지 OECD 국가 가운데 자살률 1위를 기록했던 우리나라가 2016년 기준으로 2위(인구 10만 명당 25.7명) 국가가 되었다. 우리나라의 자살률이 감소해서가 아니라 자살률이 우리나라보다 높은 리투아니아(인구 10만 명당 26.7명)가 OECD에 새롭게 가입했기 때문이라고 한다. 어쨌거나 글로벌금융위기를 거치면서 2008년에 26.0명이던 자살률은 2009년에 31.0명, 2011년에 31.7명으로 최고 정점을 찍었다가 이후 점차 하강 국면에 있다. 그리고 2017년의 자살률은 24.3명으로 줄어들다가 2018년에 다시 26.6명으로 늘어났다. 자살률이 높은 사회는 결코 행복하거나 건강한 사회라고 볼 수가 없다. 자살론의 아버지인 프랑스의 사회학자 에밀 뒤르켐(Emile Durkheim)은 그의 『자살론』에서 자살은 엄연히 사회 현상이며, 자살의 원인 역시 사회적이라고 보았다.

　김일엽의 소설로 되돌아가보면, 「어느 소녀의 사」(1920)에서 자살하는 주인공은 아버지가 돈 많은 남자의 후실로 시집보내려는 데 항거하여, 「순애의 죽음」(1926)의 주인공은 데이트강간을 당한 데 대한 수치심을 견디다 못 해 자살을 선택한다. 특히 「어느 소녀의 사」의 주인공은 자신과 같이 부모의 부당한 압력으로 억울하게 자살할 수밖에 없는 수많은 여성들이 존재함에도 이를 언어화, 상징화하지 못하는 사회를, 부모와 신문사 앞으로 유서를 남김으로써 고발하겠다는 취지를 분명히 하고 있다. 한마디로 일엽 소설의 자살은 근대에도 여전한 가부장제의 폭력(성폭력)에 대한 저항의 성격을 띠고 있다는 점에서 일엽의 페미니스트로서의 성격을 강하게 드러낸다. 일엽 소설에서 자살은 개인의 정신적 기질 문제라기보다는 가부장제의 권력의 문제이자 여성에게 가하는 폭력의 문제이다. 길리건과는 다른 의미에서 자살은 정치의 문제, 바로 젠더의 권력 문제인 것이다. 남녀 사이에 작용하는 권력

으로부터 자유로운 평등한 사회 건설이야말로 여성의 자살을 감소시
킬 가장 중요한 해결책이라고 일엽의 소설은 말하고 있다.

계획적 진부화는
인간관계마저
황폐화시킨다

언제부턴가 잘 사용해오던 휴대폰이 속도가 느려지고 배터리 지속시간이 짧아져 불편해지기 시작한다. 생각해보니 약정 기간이 아직도 좀 남아 있다. 그러니 2년 약정 기간이 끝나자마자 핸드폰 가게로 달려가 폰을 바꾸지 않을 수 없다. 지금까지 사용하던 폰을 고쳐 쓰는 것이 아니라 버리는 것이다. 그런데 왜 약정 기간과 맞물려 이런 일들이 일어나는 것일까? 어찌 폰뿐인가. 인터넷이 없으면 아무것도 할 수 없는 현대인들에게 컴퓨터도 마찬가지이다. 산 지 얼마 지나지 않아 점차 속도가 느려지고 어떤 기능은 아예 작동이 제대로 되지 않는다. 직장의 포털시스템도 사용이 익숙해지는가 싶으면 바뀌 늘 새로운 사용 기술을 익혀야만 한다. 이 짜증 나는 모든 일들이 알고 보니, 다 계획된 것이라고 한다. 그리고 그것을 이름하여 '계획적 진부화'라고 부르는 사실을 알게 되었다.

한국전쟁 발발 직후 태어난 나는 학교에서나 집에서나 절약에 대해서 철저하게 세뇌를 받은 세대이다. 그러니 근검절약이 몸이 배어 있다. 나의 근검절약의 가치관은 아이들을 키우는 동안 아이들의 소비

패턴과 종종 부딪혔다. 가령 초등학생인 딸아이는 새로운 지우개를 자꾸만 사들였다. 참다못한 나는 왜 지우개가 있는데도 새 지우개를 자꾸 사느냐고 물었다. 딸아이의 대답은 전혀 나의 예상을 벗어났다. 왜냐하면 새로운 디자인의 지우개가 나왔기 때문이란다. 아들도 옆에서 거든다. 천 원도 안 되는 것을 가지고 왜 그러느냐는 것이다. 아! 필요 때문이 아니라 새로운 디자인 때문이라니…….

우리 세대는 물건을 아껴서 사용해야 할 뿐만 아니라 고장 나면 고쳐서 사용해야 된다고 배워왔다. 그런데 어느 때부터인가 고장 난 물건들은 그 즉시 버려야 한다. 쌓아둬 봤자 쓰레기만 될 뿐이다. 주위에 고장 난 물건을 고치는 수리점도 찾을 수 없고, 고치는 비용과 새로 사는 비용이 별 차이가 없기 때문에 고쳐 쓴다는 것이 가계에도 도움이 되지 않는다. 그러니 근검절약의 가치관은 폐기해버려야 한다.

딸아이는 대학생이 되자 새 옷들을 계속해서 사들였다. 그리고 계절이 바뀌면 그것들을 정리하여 친구에게 주거나 아파트의 헌옷 처리함에 넣어 정리해버린다. 나는 그 또한 이해할 수 없어 차라리 좋은 재질의 비싼 옷을 사서 오래 입는 편이 낫지 않느냐고 말하다가 요즘 젊은이들의 소비 패턴에 대해 알게 되었다. 그냥 그때그때 최신 유행의 옷들을 값싸게 사서 입고 버린다는 것이다. 세탁도 싫고, 유행이 지난 것은 더 참을 수 없다는 것이다. 비싼 옷 한 벌보다 늘 새 옷을 입는 기분이 좋을 뿐만 아니라 그것이 더 경제적이라니 할 말을 잃고 만다.

최근에 읽은 세르주 라투슈(Serge Latouche)라는 프랑스의 경제학자이자 철학자의 저서 『낭비사회를 넘어서』라는 책은 나의 궁금증과 안타까움에 대해서 명쾌하게 설명해주고 있었다. 이 책의 핵심적 키워드는 '계획적 진부화'이다. 그는 계획적 진부화(陳腐化)라는 개념이 현대사회를 이해하는 핵심 열쇠의 하나라고 말한다. 이 단어가 너무 생소하여 사전을 찾아보니, 국어사전에도 올라 있는 말이다. "기업이 기존제품을 고의적으로 진부하게 만들어서, 제품의 수명이 다하기 전에 소비자가 새 제품을 사도록 유도하는 전략. 질 낮은 자재나 부품을 써서제품의 수명을 단축시키는 방법, 제품의 스타일을 자주 바꾸는 방법, 제품의 기능을 조금씩 개선하는 방법 따위가 있다"라고 국어사전에서 설명하고 있다. 제품의 수명을 연장시키기 위해서가 아니라 단축시키기 위한 방법이라니……

세르주 라투슈는 성장반대론자이고, 탈성장주의자이다. 나는 그의 책 서문을 읽자마자 그의 책이 미국의 경제학자이자 문명비평가인 제러미 리프킨(Jeremy Rifkin)이 기계적 세계관에 근거한 현대문명을 비판하고, 에너지 낭비가 가져올 인류의 재앙을 경고한 저서『엔트로피 법칙』과 같은 계열에 서 있다는 것을 금방 알 수 있었다.

그에 의하면 진부화에는 세 종류가 있다. 기술적 진부화, 심리적 진부화, 계획적 진부화가 그것이다. 기술적 진부화는 이런저런 개선을 가져오는 기술적 진보 때문에 기계와 설비가 구식으로 전락하는 것을 말한다. 말하자면 발판 재봉틀은 핸들 재봉틀을, 전기 재봉틀은 발판 재봉틀을 구식으로 밀어냈다. 우리의 주위에서 이런 것들을 수도 없이 많이 찾아볼 수 있다. 심리적 진부화는 기술적 낙후, 실재적인 혁신의 도입에 의하지 않고 은밀한 설득, 즉 광고나 유행에 의해 제품을 구식으로 만들어버리는 식이다. 예전 제품과 새 제품의 차이라곤 겉모습, 즉 외양과 디자인의 차이, 심지어 포장의 차이에 불과하다. 계획적 진부화는 인위적으로 수명을 단축하거나 제품을 설계할 때부터 결함을 계획적으로 삽입하는 방식으로 제품의 수명을 제한하는 것이다. 가령 제품의 보증기간이 끝나자마자 고장이 나도록 미리 기계를 설계하는 방식이다.

딸아이는 유행이란 심리적(상징적) 진부화에 조종되어 계속 새 옷을 사들일 수밖에 없고, 나는 계획적 진부화에 의해 속수무책으로 휴대폰을 약정 기간이 끝나자마자 교체해야만 했던 것이다. 물건만이 아니라 마이크로소프트(microsoft)사의 소프트웨어 및 프로그램의 교체 주기에 따라 직장의 포털시스템도 몇 년 주기로 바뀔 수밖에 없었던 것이다.

계획적 진부화는 자본주의 사회를 유지하는 데 매우 중요한 사회적 역할을 하고 있다. "현대경제는 구조적으로 경제 성장을 지속해야만 안정을 유지할 수 있게 되어 있다. 성장이 주춤하면 정치인들은 패닉 상태에 빠지고, 기업들은 생존을 위해 분투하며 절망적으로 고객을 찾아 나선다. 그러는 사이 노동자는 일자리를 잃는다. 따라서 소비를 촉진하기 위해서라면 뭐든지 좋다. 이렇게 계획적 진부화는 실업과의 싸움에 반드시 필요한 요소가 된다." 문제는 계획적 진부화가 일부 악덕 기업의 음모나 속임수에 지나지 않고 자본주의적 상품 생산이 발달한 사회 전반의 보편적 현상이 되었다는 점이다. 그리고 자본주의는 지속적으로 성장하지 않으면 유지될 수 없는 경제체제라서 경제 활성화와 일자리를 위해서도 계획적 진부화는 필요하다는 것이 계획적 진부화의 윤리이다.

하지만 세르주 라투슈는 계획적 진부화는 일종의 속임수에 불과하며, 지금까지의 경험들은 영원히 속이는 것은 불가능하다는 것을 증명한다고 말한다. 공산품의 수명 단축은 소비자의 저항이라는 벽에만 부딪히는 것이 아니라 자연 자원, 쓰레기 재활용 능력과 관련된 생태계의 한계 역시 벽으로 작용한다는 것이다. 즉 계획적 진부화는 생태 파괴라는 재앙을 유발하는 것이다. 그는 인류에게 미래가 존재하기를 바란다면 우리는 성장사회를 멈추고 탈성장사회를 건설해야 한다고 말한다. 그리고 이를 위해 생산하고 소비하는 방식뿐만 아니라 생각하는 방식까지 급진적으로 변화시켜야만 한다. 특히 계획적 진부화를 제품의 지속 가능성, 수리 가능성, 계획적 재활용으로 대체함으로써 우리의 생태 발자국을 줄이고 자연 자원 채취량을 지속 가능한 수준으로 유지해야 한다는 것이다.

그는 탈성장의 핵심을 우리의 상상력을 탈식민화하는 데서 찾는다. 우리의 정신을 지배하고 있는 경제 제국주의를 극복하고, 다시금 세계에 마법을 걸어야 한다는 것이다. 새것을 좋아하는 우리의 태도는 일회용품의 이데올로기에 의해 우리의 의식이 식민화된 결과이다. 외형상의 간편함 때문에, 유행을 따라서, 반사적으로 혹은 귀찮다는 이유로 사람들은 꼭 원하거나 필요하지 않아도 물건들을 구입하고는 아쉬움 없이 내다버린다. 현대인들에게 만연된, 물건을 대수롭지 않게 여기는 태도는 종교의 가르침처럼 욕망을 다스린 결과가 아니다. 광고가 끊임없이 우리의 욕망을 자극하고, 금세 구식이 되어버릴 최신 상품들을 부추긴 결과다. 소유하는 순간 이미 수명이 정해진 물건에 어떻게 애정을 느낄 수 있을 것인가. 원하는 게 있으면 당장 손에 넣어야 직성이 풀리고, 순간적인 흥분과 덧없는 쾌락 이상의 어떤 것에도 관심이 없는 응석받이의 무감각한 현대인들에게 더 이상 애착이란 없다. 나는 이것이 물건을 넘어서서 인간관계에까지 확대되었다고 생각한다.

　나는 젊은이들이 '이제 일일이야'를 시작으로 백일 기념을 한다는 말에 백일이 얼마나 되었다고 기념을 하냐고 의아하게 생각했다가 그럴 수 있다고 곧 수긍하게 되었다. 휴대폰에 깔린 앱에서 데이트 파트너와 결혼 상대자를 찾는 시대이니 기분이 안 맞으면 즉각 헤어져 버리는 것이다. 세르주 라투슈는 계획적 진부화의 사회는 상품만이 아니라 인간마저 상품처럼 사용하다 쓰레기처럼 버려진다고 분석한다. 여기에는 실업자든 부랑자든 노숙자든 기업의 최고 경영자든 예외가 없다. 인간도 상품가치가 있는 동안은 최대한으로 노동력을 끌어내기 위해 성과급과 같은 제도로 무한경쟁을 시키다가 어느 순간 해고해버리며, 정년이라는 제도는 유통기한이 다한 물건처럼 인간을 강제로 퇴사시켜버린다. 생각해보니, 나도 정년이란 제도의 계획적 진부화에 의해 육십오 세가 되자마자 학교로부터 추방당해버린 아웃사이더다. 그러니 노년이란 생물학적인 것이 아니라 사회적이라는 정의가 설득력을 얻을 수밖에 없다.

　의료기술은 젊은 날의 육체적 · 정신적 능력을 지속할 수 있도록 발달하여 소위 백세시대를 열었지만 사회 시스템은 바뀌지 않아 아직 능력을 갖춘 사람들을 사회로부터 추방한다. 우리 사회는 출산율 저하를 염려하고 노동인구의 감소를 우려하면서도 좀처럼 정년제도와 같은 시스템을 바꾸려 하지 않는다. 일회용품만이 아니라 자동차도 집도 인간관계도 모두 버려지는 시대이다. 계획적 진부화는 생태계를 파괴할 뿐만 아니라 인간관계도 황폐화시킨다. 젊은 피라는 단어로 나이든 사람들을 주눅 들게 하는가 하면, 조금만 건강에 이상이 와도 쓰레기 처리장으로 보내지듯이 요양원이나 요양병원으로 보내진다. 반드시 젊다고 능력이 있는 것이 아닌데도, 사람들은 조금이라도 더 젊게 보이기 위해, 아니 인간쓰레기 취급을 받지 않기 위해 화장술, 치장술, 성형술로 자신의 이미지를 젊게 위장한다. 자연스럽게 나이를 먹는 것도 마음대로 할 수 없는 시대를 살고 있다니 정말 고달프고 서럽기 그지없다.

태풍을
기다리는 마음

　　　　　　　　이토록 태풍을 간절히 기다리게 될
줄은 예전에는 미처 예상하지 못했다. 그동안 태풍에 관한 뉴스는 주
로 태풍이 한반도를 비껴갈 것인가, 어떻게 피해를 최소화할 것인가
하는 데 집중되었던 것 같다. 그런데 금년(2018)의 태풍 뉴스는 완전히
그 내용을 달리한다. 즉 태풍이 제발 한반도로 진로를 틀어 지긋지긋
하게 계속되는 폭염을 조금이라도 완화시켜 줄 것인가에 대한 관심사
로 돌변하게 되었다니 정말 오래 살고 볼 일이다.

　나는 지금 무슨 고행주의자라도 된 것처럼 컴퓨터 앞에 앉아 있다.
고행은 종교적 깨달음을 얻기 위해서 행해지는 고난의 수행이나 수도
자 등에 의해 행해지는 참기 어려운 고통을 견디는 수행을 의미한다.
자신의 육신을 괴롭히고 물질적 욕망을 끊는 행위를 통해 육신의 속박
으로부터 정신적 자유를 얻어 해탈하며, 그 결과 정신이 맑고 밝아져
서 깨달음에 이르는 수행 방법의 하나가 고행이다.

　이 무더위에 선풍기에 의지하여 글을 쓰는 일이 마치 고대 인도의
수행자들이 행했던 고행과도 유사하여 써본 말이다. 이처럼 무더위 속

에서 글을 쓰다가는 정신적 자유를 얻는 해탈 대신 온열질환을 얻어 건강으로부터 이탈되지 않을까 염려가 큰 것이 사실이지만……. 서재에는 서가가 온통 둘러치고 있어 에어컨을 설치할 수 있는 벽면의 여유조차 아예 없다. 거실에 있는 에어컨은 집의 구조상 서재로 바람을 보낼 수도 없으니 선풍기에 의지하여 글을 쓰고 있자니 내 자신이 고행주의자가 된 것 같은 터무니없는 생각마저 든 것이다.

대체 어쩌다가 지구가 이렇게 펄펄 끓게 되었을까? 한반도가 40도가 넘는 열대 기후를 보이는 것을 비롯하여 지구촌 곳곳이 폭염 기록을 갱신하며 신기록을 갈아치우고 있다. 그리고 그 기록은 앞으로 바뀔 가능성이 매우 높다는 데 절망을 느낀다. 자고 일어나도 기온이 내려간다는 희망적인 뉴스는 들려오지 않는다. 더구나 이 살인적인 더위는 더욱 길어져 2030년에는 여름이 연중 5개월이나 될 것이라고 하니…….

그런데 자연재해처럼 보이는 이 폭염이 사실은 온실가스 배출에 따른 지구온난화로 인한 것이라니……. 인간이 자초한 화탕지옥(火湯地獄)이 되어가는 지구를 두고 누구를 원망할 것인가? 유엔세계기상기구(WMO)는 최근의 기상 이변에 대해 "온실가스의 증가로 인한 장기적인 지구온난화의 경향과 관계가 있다"라고 분석했고, 학자들도 이에 대해 이견이 없다.

독일의 기후 전문가로서 『기후 변화 돌이킬 수 없는가』, 『기후의 역습』 등의 저서를 낸 모집 라티프(Mojib Latif)에 의하면, 지난 100년 동안 지구가 더워진 원인 가운데 자연적 재해는 20%에 불과하고, 나머지

80%가 인간에 의한 것이라고 한다. 그러니까 폭염도 자연재해가 아니라 인재인 것이다.

인재로 인한 지구온난화의 향후 예측은 끔찍하다. 앞으로 100년 안에 5도가 올라가게 될 때 우리가 살고 있는 지구는 해수면의 높이가 지금보다 훨씬 높아져 여러 나라의 영토 상당 부분이 물에 잠기게 될 것이고, 생태학적으로 많은 종의 동물이 멸종할 것이며, 식물들은 온도의 변화에 적응하지 못한 채 사라져갈 것이다. 이것은 연쇄적으로, 먹이사슬에 변화를 일으켜 생태계에 엄청난 변화를 초래할 것이라는 것은 명약관화하다. 그리고 그것은 바로 우리 인간에게 영향을 미칠 것이다. 아무튼 온실가스의 문제는 폭염만의 문제가 아니라 전 지구적인 생태계의 순환에 교란을 일으켜 유기체로서의 지구의 파멸을 불러올 것이다. 어쩌면 지구온난화는 인간 멸종으로 가는 재앙의 지름길인지도 모른다.

그렇다면 문제의 해결을 위한 답안은 이미 나와 있는 것이 아닐까? 이토록 맹위를 떨치는 더위를 속수무책으로 원망만 하지 말고 원인을 없애면 되는 것이다. 전 세계적으로 당장 온실가스를 줄이려는 보다 철저한 협약을 체결하고, 각 나라는 온실가스 감축정책을 발표하고, 개인들도 생활에서 온실가스를 줄이려는 노력을 해나가야 한다. 하지만 그게 말처럼 쉬운 일이 아니다. 왜냐하면 지구촌은 이미 그러한 협약체제를 구축하고도 이를 제대로 준수하지 않고 있으며, 원인 제공 국가의 대부분이 협약에서 빠져버렸기 때문이다. 그리고 온실가스 배출을 촉진하도록 구조화된 현대도시의 생활시스템은 또 어떻게 할 것인가?

지구온난화를 규제하고 방지하기 위한 국제연합의 기본협약인 기후변화협약의 구체적 이행 방안으로, 1997년 12월에 일본 교토에서 개최된 제3차 기후변화협약 당사국 총회에서 '교토의정서'가 채택되었다. 그런데 2005년 2월에 발효된 교토의정서에 전 세계 이산화탄소의 1/4을 발생시키는 미국 등이 빠져버렸다. 당시 세계 최대의 이산화탄소 배출국가인 미국이 비준하지 않았고, 2010년 이후 온실가스 배출량 세계 1위(이산화탄소 기준)인 중국과 3위인 인도는 교토의정서 개발도상국으로 분류돼 이산화탄소 감축 의무가 부과되지 않았다. 온실가스 주 배출국가인 미국, 중국, 일본, 러시아 등 이른바 '빅4'가 교토의정서 2라운드에 불참하기로 하면서 의욕적으로 출발했던 교토의정서 체제는 사실상 속빈 강정이나 마찬가지가 된 것이다. 즉 산업이 더 발달하여 이산화산소를 집중적으로 배출해온 나라들에서 지구 온난화 문제를 회피하고 있으니 기후문제는 이미 오래전에 적신호가 켜진 것이나 다름없었다.

게다가 교토의정서는 2020년이면 만료다. 이 문제를 보완하기 위해 2015년 12월에 유엔 회원국 195개국 대표가 프랑스 파리에 모여 기후변화협약 총회를 열었다. 소위 '파리기후협약'이다. 이 협약에 따르면 교토의정서가 끝나는 2021년 195개국은 자발적으로 온실가스 감축에 동참하게 된다. 그런데 교토의정서에 불참했던 미국도 2018년의 기록적인 폭염을 피해가지 못하고 역사상 최대 규모의 산불 피해에 시달리고 있다. 따라서 자국의 이익만을 생각하던 나라들이 기후변화협약에 어떤 전향적 태도를 보여줄지 주목된다.

온실가스로 인한 지구온난화의 이변은 어느 한 나라에서만 일어나지 않는다. 그러나 시각을 달리해 보면 지구온난화의 주범 국가들이 따로 있는데도 지구온난화의 피해를 전 지구가 평등하게 보고 있다는 것은 심각한 불평등이라고 하지 않을 수 없다. 그것도 에너지 자원이 많은 미국 등 선진국보다 에너지 자원이 부족한 국가들에서, 또 에어컨을 빵빵하게 틀 수 있는 계층보다 그렇지 못한 계층들이 더 피해를 보고 있다는 불평등에 우리는 주목하지 않을 수 없다. 어디 그뿐인가? 그 대가를 당대의 원인 제공의 당사자가 아니라 후대의 자손들이나 또 인간 아닌 다른 생명체가 대신 치러야 하는 불평등의 초래는 또 어떻게 할 것인가.

정부는 최근 폭염에 따른 전기세 누진제 폐지 및 완화에 미온적 해결책을 내놓았을 뿐이다. 이해할 수 없는 것은 산업용이 아니라 생존을 위해 전기에너지를 사용해야만 하는 개인들에게만 징벌적 누진제를 적용하는 불합리한 제도이다. 이 폭염 속에서 살아남기 위한 전기에너지 사용이 무슨 죄악이라도 된다는 말인가?

그나마 다행인 것은 최근에 2030년까지 우리나라 온실가스 감축 목표 달성을 위한 로드맵과 2020년까지 3년 동안의 국가배출권 할당계획을 환경부가 최종 확정지었다는 소식이다. 이 차제에 온실가스 감축에 거세게 반발해온 산업계도 목전의 단기적인 이익 추구에서 벗어나 장기적 차원에서 기후 변화라는 현실을 수용하고 산업구조를 재편하는 등 기후 변화에 전향적으로 대응해야만 살아남을 수 있다는 인식의 전환을 도모해야 한다. 문제는 그뿐만이 아니다. 온실가스 배출의 주원인이 되고 있는 화석에너지를 과잉으로 사용하도록 구조화되어 있는 초고층의 건축과 생활시스템 전반을 개인들이 쉽사리 벗어날 수 없는 상황은 또 어떻게 할 것인가?

나는 실내온도 32.5도라는 극한의 상황에서 서재의 데스크톱 컴퓨터를 벗어나 거실의 에어컨 옆으로 간이책상에 노트북을 설치하고 집필 장소를 옮겼다. 크고 작은 수많은 나무들로 켜켜이 둘러싸여 있는 깊은 계곡, 잔잔히 물 흐르는 소리도 들리는 곳에서 시원하게 여름을 나고 있다는 소식을 보내온 친구가 부럽기만 한 여름이다.

아직도 한반도를 짓누르고 있는 고기압을 시원하게 날려버릴 태풍 소식은 들려오지 않는다. 도시를 떠나 고산지대에 여름을 날 세컨드하우스를 장만해야 하는 것이 아닌가 심각하게 고려해보지 않을 수 없는 날씨다. 제발 이 글을 독자들이 읽을 9월 초가 되면 더위가 물러나 있기를 기대한다.

무더위야, 어서 물러가라! 얼쑤!

꽃들의
반란

지난 5월 초 바람결에 아카시아 향기가 희미하게 풍겨왔다. '이상하다. 아직 아카시아가 피려면 한참 멀었는데 대체 무슨 꽃향기가 아카시아와 똑같을까?' 나는 고개를 갸웃거리며 아카시아 꽃향기가 풍겨오는 아파트 바로 옆 산자락을 바라보았다. 아니 아카시아가 벌써 하얗게 핀 것이다. 그러나 달콤한 꽃향기도 예전 같지 않았고, 그나마 며칠 못 가 금방 스러져버렸다.

아카시아만이 아니라 지난해부터 꽃들은 예정된 개화시기보다 훨씬 일찍 피어났다가 곧바로 지고 만다. 유독 향기가 짙은 라일락 아카시아 찔레꽃의 향기도 이전처럼 향기롭지가 않다. 지난해에 이어 올봄에도 갑자기 기온이 올라가고 개나리, 목련, 벚꽃, 철쭉, 라일락 등 봄꽃들이 동시다발적으로 정신없이 피어났다. 지역마다 개화시기의 차이도 거의 없어지고, 봄꽃, 여름꽃의 구분마저 사라진 듯하다. 이제는 꽃의 개화시기를 통해서 계절을 구별할 수 없게 된 것이다.

그동안 봄이 되면 꽃은 시기에 따라 순차적으로 피어나는 것인 줄만 알고 살아왔다. 그런데 꽃들은 일정한 온도가 되면 순서를 기다리지 않고 피어난다는 것을 지난해에 알게 되었다. 한 꽃이 피고 나면 또 다른 꽃이 필 것이라는 수십 년 동안 알아온 상식이 단번에 전복된 것 이다. 이제는 봄꽃들이 차례차례 피어나길 기다리던 설렘을 더 이상 느낄 수가 없다니……. 나는 이 상실감을 어디에서 보상받아야 할까?

꽃들의 동시적인 개화는 봄 내내 나를 정신없게 만들었다. 머릿속 이 뒤죽박죽으로 헝클어진 것처럼 느껴졌다. 시인 김영랑은 "모란이 피기까지는/나는 아직 나의 봄을 기다리고 있을 테요/모란이 뚝뚝 떨 어져버린 날/나는 비로소 봄을 여읜 설움에 잠길 테요"라고 노래했다. 그에게 찬란한 봄날은 모란꽃잎이 뚝뚝 떨어지는 오월 어느 날까지 계 속되었다. 그러다가 "오월 어느 날 그 하루 무덥던 날/떨어져 누운 꽃 잎마저 시들어버리고는/천지에 모란은 자취도 없어지고"처럼 천지에 모란의 자취가 사라져야만 비로소 봄을 마음으로부터 보낼 수 있었던 것이다.

김영랑의 생가가 있는 전라남도 강진에서 열리는 영랑문학제는 모 란꽃이 필 때에 맞추어 5월 초에 열려왔다. 하지만 지난해부터 영랑문 학제가 열릴 때 영랑의 생가에 가득 심은 모란은 벌써 꽃잎이 떨어져 자취조차 찾아볼 수 없게 되었다. 즉 모란꽃 없는 영랑문학제가 되고 만 것이다. 지구온난화가 불러온 안타까운 현상이다. 올봄을 보내면서 나는 생각해본다. 영랑이 환생한다면 그는 대체 무슨 꽃이 지고 나서 야 봄이 가버린 것을 인정할까?

꽃들의 개화시기가 앞당겨진 반란도 일종의 기후의 역습이다. 독일 의 기후 전문가인 모집 라티프(Mojib Latif)가 그의 저서『기후의 역습』

에서 말하고 있듯이 이상 고온, 대홍수, 지진, 해일 등 지구촌 곳곳에서 기상이변이 끊이지 않고 있다. 이 모든 현상이 우리가 성장이라는 이름으로 생태환경을 파괴해온 결과 일어난 기후의 역습이다.

우리 주위에서 소나무가 재선충으로 사라져 가고 있고, 사과의 재배지도 북상했다. 제주도에서만 생산되던 감귤의 재배지는 전남과 경남으로 북상했고, 열대과일인 파파야의 재배지도 충남까지 올라갔다. 2050년이 되면 우리의 숲에서 더 이상 소나무를 찾아볼 수 없으며, 2100년이 되면 우리나라의 숲은 대부분 아열대식물로 바뀔 것이라고 한다. 그리고 우리는 수입해서 먹던 열대과일들을 우리의 땅에서 키워 먹게 될 것이다.

우리는 생태계의 변화를 지금 혼란스럽게 겪고 있다. 앞으로 변화의 속도는 더 빨라지고 그 규모도 더욱 커질 것이다. 제1물결에서 제2물결로, 다시 제3물결과 제4물결로 정신없이 질주해온 기술문명의 변화에 적응해오느라고 정말 힘들었다. 그런데 이제 우리는 기후환경의 변화에도 적응해야만 한다. 온대에 길들여진 우리의 몸이 아열대 기후에 적응해야 하는 것이다.

지나치게 빠른 변화는 우리의 삶에서 안정감을 앗아간다. 지나친 안정은 권태를 불러오지만 획획 정신을 차릴 수 없는 변화를 평생을 통해 겪다 보니 제발 권태라도 좋으니 느림과 안정이 그립기만 하다.

제4부

공정은 위기에 처해 있다

엄마 찬스와
공정사회

문재인 정부가 들어선 이후 우리 사회의 핵심적인 아젠다의 하나는 '공정성'이다. 조국 전 법무부 장관 자녀의 표창장 논란이나 추미애 장관 아들의 군 입대 중 휴가(연가) 사용 논란, 이인영 통일부 장관 아들의 스위스 유학 선정 과정, 나경원 전 의원의 고등학생 아들의 서울대학교 연구실 사용을 비롯한 논문 저자 등재 과정과 딸의 대학 입학과 이후 스페셜올림픽코리아(SOK) 당연직 이사 선정 과정에서 혹시 엄마(아빠)찬스를 사용했는가라는 마녀사냥식의 끝없는 의문들의 근저에 작용하는 것이 바로 공정성에 대한 의심이다.

사회 경제적으로 영향력이 있는 부모로부터 각종 특혜를 받는다는 의미로 사용되는 엄마(아빠)찬스라는 개념이 우리에게 전혀 새롭다고는 볼 수 없다. 맹자 어머니가 자식 교육을 위해 세 번씩 이사했다는 '맹모삼천지교'의 중국 고사로부터 자식을 성공시키기 위한 우리나라 엄마들의 지독한(?) 교육열은 유구한 역사를 이어왔다. 1960년대 이후 고속 경제성장기에 일어났던 '치맛바람'은 교육현장에서 치열해지기 시작한 입시경쟁에 뒤지지 않도록 자녀교육을 뒷받침해주는 착한 동기에서 출발했다. 하지만 서울 강남 8학군을 중심으로 일었던 어머니들의 과도한 행위는 교권을 짓밟고, 교육자를 부패시키며, 교육을 망치는 요인의 하나로 작용하였다. 치맛바람이 교육계를 오염시킬 뿐만 아니라 자녀들을 자기중심적이고, 오만하며, 과대망상으로 몰아넣거나 반대로 나약하고, 의존적이며, 열등감에 시달리는 청소년으로 만든다고 전문가들이 지적했지만 좀처럼 수그러들지 않던 치맛바람은 1980년 7월의 교육개혁 조처로 과외를 물리적으로 금지시킴으로써 기세가 다소 꺾였다. 그러나 이내 좀 더 진화된 형태의 헬리콥터 맘이 출현하게 되었다.

과거의 치맛바람은 자녀들의 대학입시 때까지만 관여했으나 헬리콥터 맘들은 유치원 시절부터 자녀의 인생에 개입하기 시작하여 대학에 들어간 다음에도, 졸업 후 직장 선택과 승진, 배우자 선택과 결혼 이후의 부부생활에 이르기까지 그치지 않고 사사건건 참견하며 조종하고 싶어 한다. 그래서 생긴 말이 마마보이, 마마걸이다. 마마보이와 마마걸이 배우자 기피 대상 1호가 된다는 사실을 헬리콥터 맘들은 아는지 모르는지……

최근에 접한 한 뉴스는 헬리콥터 맘의 영향력이 국내에 그치지 않고 해외에까지 뻗치고 있다고 전한다. 자녀를 외국 학위자로 만들기 위해 외국어 준비에서부터 출국 전 오리엔테이션, 현지 대학의 레벨 테스트 준비나 리포트 대리 작성 등 학업 관리에 이르기까지 끝도 없이 지원한다는 것이다. 그렇게 얻은 외국학위가 자녀의 인생에 어떤 도움이 될지는 알 수 없지만 한둘밖에 되지 않는 자녀에다 어차피 있는 돈이니 아낌없이 투자하지 않을 수 없다는 것이 그들의 자기 합리화요, 교육 신조다.

1~2년 전 한 종편 채널에서 인기리에 방영했던 〈SKY 캐슬〉에서 그 민낯이 낱낱이 드러났지만 과연 특정 대학의 특정 학과를 겨냥한 우리나라 상위 0.1%에 해당하는 이들의 주도면밀한 입시 전략이 계획대로 성공한들, 과연 그것이 그들과 자녀들의 행복을 보장해줄 수 있을까? 우리는 인간의 진정한 행복이란 무엇인가에 대해서 근본적 성찰을 하지 않을 수 없다.

자녀의 인생에 시시콜콜 관여하는 헬리콥터 맘이나 알파 맘이 아니라 자녀가 원하는 삶을 살 수 있도록 옆에서 조언해주는 정도의 엄마(아빠), 자녀의 행복과 자율성을 존중하며 자녀 스스로 자신의 인생을 결정하게끔 옆에서 도움은 주지만 결코 강요는 하지 않는 베타 맘 정도라면 부모 역할은 충분하지 않을까. 특히 엄마들은 자녀에게 쏟는 에너지를 돌려 자신의 인생에 적극적으로 투자하여야 하지 않을까?

엄마를 넘어서서 아빠에까지 확대된 부모 찬스의 가장 큰 사회적 문제점은 특권층, 즉 금수저들이 흙수저들로부터 공정한 기회를 빼앗는다는 것이다. 사람들은 실력으로 경쟁하고, 교육을 통해 계층 이동이 원활한 사회를 희망한다. 하지만 어느 때부터인가 교육을 통한 계층 상승의 사다리가 사라졌다고 느끼며, 그렇게 된 원인의 하나가 바로 부모 찬스에 있다고 생각하는 청년 세대들의 분노가 커지고 있다. 특히 요즘에 문제가 되고 있는 것은 태어날 때부터 부모에 따라 결정되는 신분 차이뿐만 아니라 이후에도 입시, 병역, 취업 등의 과정에서 부모 찬스를 계속 사용함으로써 신분 격차가 강화되는 데 대한 대중들의 감시와 분노가 끝없이 상승하고 있다는 것이다.

공정성이란 무엇인가? 그것은 평등, 즉 기회의 평등을 의미한다고 생각한다. 입시나 병역, 취업 등에서 동일한 기회가 주어지고 그 결과를 받아들이는 것이 공정성이다. 그런데 과연 우리 사회에서 기회의 평등이 사실상 가능할까? '금수저 흙수저'라는 신조어에서도 알 수 있듯이 태어날 때부터 평등하지 않은 사람들에게 진정한 기회의 평등이 가능할까라는 의문이 고개를 쳐든다. 신자유주의적 자본주의 사회에서, 심지어 자본주의의 노동임금의 착취와 그에 따른 경제적 불평등에 반발하여 생산 수단의 공동 소유와 관리, 계획적인 생산과 평등한 분배를 주장하는 사회주의 사회에서조차 공정성이나 완전한 평등은 기대할 수 없는 것이 아닐까 하는 생각이 들 때가 있는 것이다.

우리나라는 신분에 따른 계급사회가 사라진 지 백 년이 넘었다. 그런데 십여 년 전부터 현대판 골품제도인 양 수저계급론이 설득력이 얻기 시작했다. 수저계급론이란 개인의 노력보다는 부모로부터 물려받은 부에 따라 계급이 나뉜다는 자조적인 표현이다. 금수저와 흙수저로 나뉜 계급론에서 금수저는 금수저를 물고 태어났다는 것이다. 즉 부모로부터 물려받은 좋은 가정환경과 경제적 조건을 가지고 태어나 이후의 인생이 계속 황금빛으로 보장된다는 뜻이다. 반면 흙수저들은 부모의 능력이나 형편이 열악해 경제적 도움을 전혀 받지 못하는 나쁜 조건에서 태어났을 뿐만 아니라 이후에도 흙수저 인생을 벗어날 수 없다는 박탈감으로 살아간다.

우리 사회가 민주화되고, 특히 촛불집회의 성공으로 탄생한 문재인 정부에서 기회의 평등이라는 공정성에 대한 기대가 이전의 이명박근혜 정부에서보다 매우 커졌다고 생각한다. 문 대통령은 지난 2017년 5월의 취임사에서 "기회는 평등할 것입니다. 과정은 공정할 것입니다. 결과는 정의로울 것입니다"라고 기회의 평등과 과정의 공정성, 그리고 정의로운 사회라는 국정 철학의 방향을 밝힌 바 있다.

올해(2020) 제1회 청년의 날(9월 19일)을 맞아 문 대통령은 "공정은 촛불혁명의 정신"이라며 "우리 정부는 청년들과 함께하고자 했고, 공정과 정의, 평등한 사회를 위해 한 걸음씩 전진하고 있다"라고 말했다. 제75회 경찰의 날(10월 21일)에서도 "개혁입법으로 경찰의 오랜 숙원이 이뤄지고 있는 만큼, '당당한 책임경찰'로 공정성과 전문성에 기반한 책임수사 체계를 확립해달라"라고 경찰에게 '공정'을 요청했다.

청년의 날 기념식사에서 문 대통령은 "청년의 눈높이에서 '공정'이 새롭게 구축되려면 채용, 교육, 병역, 사회, 문화 전반에서 공정이 체감되어야 한다"라고 적시하며, 그 방법론으로 "채용 비리 근절을 위한 공공기관 채용 실태의 전수조사", "서열화된 고교체계 개편", "대입 공정성을 강화하는 교육 개혁"을 제시했다. 또 "병역 비리, 탈세 조사, 스포츠계 폭력 근절 노력을 더욱 강화하겠다"라고 했다. "청년들이 가진 혁신의 DNA는 '공정사회'라는 믿음이 있어야 더 큰 힘을 발휘한다"라며 "'기회와 공정'의 토대 위에 '꿈'을 펼치고 '도전'할 수 있도록 청년의 눈높이에서, 청년의 마음을 담아 정부 정책을 추진하겠다"라고 약속했다.

한마디로 공정사회란 공평하고 정의로운 사회를 말한다. 부패가 없고 사회 구성원 모두에게 공정한 기회가 보장되며 사회적 약자를 배려하는 사회가 공정사회다. 우리나라는 '한강의 기적'이라고 불리는, 전 세계에서 유례없는 압축성장을 단기간에 이루어냈다. 그러나 압축성장의 후유증으로 편법과 반칙, 결과지상주의가 만연하면서 절차나 과정을 소홀히 하고 결과에 불복하는 바람직하지 못한 문화가 나타났다. 그리고 빈부 양극화의 심화로 인해 상대적 빈곤층이 늘어나면서 경제적 박탈감과 소외감이 증가하고, 사회 갈등의 중요한 요인이 되었다.

사실 공정사회는 문재인 정부에서 처음 제기된 사안은 아니다. 이미 이명박 정부에서 2010년 선진 일류 국가로의 도약을 위해 필요한 국정 과제로 '공정사회'를 제시하였으며, 공정사회 실천을 위한 5대 추진방향으로 공정한 법 제도 운영과 부패 없는 사회, 균등한 기회가 보장되는 사회, 권리가 보장되고 특권이 없는 사회, 건강한 시장경제로 활력 있는 사회, 약자를 배려하고 재기를 지원하는 사회를 제시하였다. 이때부터 공정사회라는 개념이 우리 사회의 화두로 떠오르게 된 것이다.

하지만 공정사회라는 아젠다는 제대로 지켜지지 않았고, 양극화에 따른 빈부 격차는 더욱 심화되어왔다. 교육을 통해 계층 이동이 가능하리라는 믿음도 어느새 사라졌다. 그리고 부동산 가격의 상승은 청년 세대로 하여금 열심히 일하고 싶은 마음마저 실종시켰다. 그래서 문재인 정부에서 공정사회의 아젠다가 다시 소환되었고, 대중들의 기대도

한껏 커졌지만 여전히 부모 찬스가 성행하고, 부동산 가격은 폭등했으며, 변화를 체감할 수 없는 상황 속에서 사람들의 실망감은 점점 더 커져만 가고 있다. 얼마 전 코로나19의 위중한 상황에서 의사들의 파업과 의과대 학생들의 국가고시 거부, 그리고 아무런 사과도 없이 의대생들이 재시험을 요청한 것 등에 대한 국민들의 싸늘한 시선도 결국은 그들의 공정성을 무시한 특권의식에 대한 거부반응이라고 할 수 있을 것이다.

그러나 현재 우리 사회가 보여주듯이 마녀사냥식의 의심과 분노만으로는 공정성에 대한 문제 해결이 될 수 없다고 생각한다. 만약 우리 사회가 원하면 언제든 공정하게 일자리를 얻을 수 있고, 학력과 직종을 떠나 임금의 격차가 줄어들며, 누구나 사람답게 살 수 있는 사회가 된다면 그토록 부모 찬스를 이용하며 사다리의 정상에 좀 더 안이하게 오르려는 사람들과, 그러한 사람들에 대해 분노하는 사람들의 수가 줄어들지 않을까? 우리 사회가 좀 더 다양성과 개성을 존중하는 사회로 전환되어 본인이 선택한 직업과 삶에 나름대로 만족하며 살아갈 수 있는 사회가 된다면 지금과 같은 과열경쟁은 감소될 수 있지 않을까.

이를 위해서는 우리 사회가 다양성과 다원주의적 가치를 존중하는 사회가 되어야 하고, 정부와 경제계는 4차 산업혁명 시대에 맞는 일자리를 보다 더 많이 창출해야 한다. 그리고 개인들도 변화된 산업구조에 대한 적응능력을 신장해야 할 뿐만 아니라 남과 자신을 비교하며 인생을 저울질할 것이 아니라 스스로 선택한 삶에 만족할 수 있도록 가치관을 혁신해야 한다. 누구와 비교하고, 누구에게 보이기 위한 삶이 아니라 스스로 만족하고 행복을 느끼는 삶을 추구할 수 있어야만 하는 것이다.

그는 아직도
소년에게
사죄하지 않는다

최근 뉴스가 전하는 바에 의하면, 전두환 전 대통령은 5년 연속 지방세 고액 체납자 명단에 이름이 올랐다. 지난달(2020.11.) 20일 법원은 추징금 991억 원을 미납한 전두환 전 대통령의 서울 서대문구 연희동 집을 공매에 넘긴 검찰의 조치가 일부 위법이라고 판단했다. 본채와 정원 압류는 위법해 처분을 취소하고, 다만 별채에 대한 압류 이의신청은 기각했다.

그는 1980년 9월부터 1988년 2월까지 대한민국의 11대, 12대 대통령을 지낸 전직 대통령이다. 처음부터 쿠데타로 정권을 장악한 것은 차치하고, 그에 대한 뉴스가 돈이 없다고 추징금은 내지 않으면서 고급식당에 가거나, 몸이 아파 재판에는 참석할 수 없다며 골프를 치거나, 자신의 회고록을 통해 5·18 당시 헬기 사격을 목격했다는 조비오 신부를 비난해 사자명예훼손 혐의로 기소되는(징역 8개월에 집행유예 2년으로 1심 선고, 2020.11.30) 등 국민들의 정서에 긍정적으로 기억될 만한 것이 전혀 없다.

나는 현재 생존해 있는 우리나라 전직 대통령 가운데 두 명이 감옥에 가 있고, 다른 한 명은 상습적인 고액 체납자라는 불명예를 드러내고 있는 상황이 개탄스럽기에 앞서 한 나라의 대통령이 된다는 것은 무엇인가에 대해서 생각해보지 않을 수 없다.

최근 미국은 46번째 대통령으로 민주당의 바이든을 선택했다. 하지만 경쟁자였던 트럼프 대통령은 아직도 대선 불복선언을 거두지 않고 있다. 『뉴스위크』가 '미국을 대표하는 대통령 역사가'로 칭했던 마이클 베슐로스는 『대통령의 리더십』이란 책에서 미국의 조지 워싱턴, 존 애덤스, 앤드루 잭슨, 에이브러햄 링컨, 시어도어 루스벨트, 프랭클린 루스벨트, 해리 트루먼, 존 F.케네디, 로널드 레이건 등 9명의 대통령에 관한 방대한 자료를 바탕으로 대통령의 리더십을 논하고 있다. 그가 이 책에서 내린 결론은 한마디로 그들은 자기 자신은 정치 생명이 위기에 처하더라도 국가적 이익을 선택한 용기 있는 대통령들이었다는 것이다.

나는 감옥에 간 두 전직 대통령들이나 전두환 전 대통령은 과연 위기의 순간에 자신의 정치적 이익 대신 국가적 이익을 선택했던가 생각해본다. 만약 그런 용기 있는 선택을 했더라면 그들은 결코 감옥에 가거나 기소되는 일 따위는 없었을 것이다. 어쩌면 그들은 자신의 정치적 야망과 경제적 이익을 달성하기 위한 수단으로 대통령이라는 자리를 탐낸 사람들이었으며, 그로 인해 오늘날과 같은 불명예스러운 상황에 처하게 된 것이라고 생각한다. 우리는 대체 왜 그런 사람들을 대통령으로 뽑아 나라의 발전을 저해하게 만들었는가? 어찌 보면 제대로 된 안목을 갖지 못했던 국민들이 자신들의 어리석음을 자책해야 할 것처럼 생각되기도 한다.

나는 요즘 한강 소설가의 장편소설『소년이 온다』에 관한 논문을 쓰고 있다. 한강은『채식주의자』로 맨부커상 인터내셔널 부문(2016)을 수상한 후『소년이 온다』(2014)로 이탈리아 말라파르테 문학상을 수상(2017)했고, 제24회 아르세비스포 후안 데 산 클레멘테 문학상(2019)을 수상하는 등 최근 국제적 주목을 가장 많이 받고 있는 작가이다. 만약 노벨문학상을 수상하는 작가가 우리나라에서 나온다면, 그가 제일 먼저 점쳐지기도 한다.

이 소설에는 중학교 3학년생으로서 5·18광주민주화운동에 참여했던 16세 소년 동호가 주인공의 한 사람으로 등장한다. 동호는 체구가 너무 작아 마치 중1처럼 보이는 어린 소년이었다. 그는 자기 집 사랑채에 세 들어 살던 친구 정대의 처참한 죽음을 목격하고도 두려워서 도망쳐버린 것을 자책하며 도청 상무관에서 시신들을 관리하는 일을 돕게 된다. 그는 친구 정대와 그 누나인 정미(20살이지만 너무 어리게 보이는, 방직공장에서 야근을 해가며 동생 정대를 대학에 보내고 싶어 하는)의 시신을 찾기 위해 도청에 제 발로 찾아갔다.

병원 영안실에서 다 수용하지 못해 합동분향소가 있는 도청으로 온 시체들의 처참한 모습과 부패해 가면서 부풀어 오르는 몸, 그리고 도저히 견딜 수 없는 시취, 그리고 마치 죽은 혼령들과 같이 있는 듯한 끔찍한 상황을 어린 소년으로 하여금 견뎌내게 한 힘이 과연 무엇이었을까를 생각하며 나는 한 장 한 장 책장을 넘기는 일이 무척 힘들었다.

그토록 힘든 일을 그 어린 소년이 가족들과 현장의 형과 누나들의 만류에도 자발적으로 감당했던 것은 친구의 처참한 죽음을 목격하고도 두려워서 도망쳐버렸다는 죄책감과 수치심, 도저히 그런 자신을 용서할 수 없다는 양심의 가책 때문이었다. 동호는 아무리 자신을 합리화해보아도 "아무것도 용서하지 않을 거다. 나 자신까지도"라는 양심의 목소리로부터 결코 자유로울 수가 없었다. 누가 이 어린 소년에게 친구의 죽음을 목격하고도 달아날 수밖에 없는 공포를 야기했으며, 결코 아무것도, 그 자신까지도 용서할 수 없는 죄책감과 수치심과 양심의 가책에 사로잡히게 만들었단 말인가?

"총검이 네 얼굴을, 가슴을 베고 찌르는 환각에 몸을 뒤트"는 실존적 공포에 시달리면서도 시신 수습의 일을 거들었던 어린 소년 동호가 가졌던 죄책감, 수치심, 부채의식, 양심에 대해서 나는 깊은 감동을 받으며, 인간의 도덕 감정이라는 것에 대해서 생각하게 된다.

죄책감과 수치심 같은 도덕 감정은 공포, 분노, 슬픔, 기쁨, 좋음, 싫음, 공감과 같은 기본감정과는 달리 복합감정이다. 타자 공감을 출발로 하여 스스로를 수치스러워하고, 죄스러워하고, 경멸하고 분노하는 감정이다. 도덕 감정은 타자 지향의 공동체 의식을 바탕으로 형성된 복합감정이기에 자신과 타자를 제3자의 입장에서 성찰하는 공감, 배려, 호혜 등 사회 연대의 기초를 이루는 사회적 감정이다.

죄책감은 자신의 도덕적 잘못과 관계되어 있다. 수치심은 자신과 다른 사람들의 이상에 따라 행동하지 못했다는 것이다. 인간은 도덕적 규범을 어길 때는 죄책감을 경험하고, 개인적 이상에 따라 행동하지 못했을 때는 수치심을 느낀다. 죄책감과 수치심을 경험하려면 자신을 평가할 내적 기준을 가지고 있어야 한다. 그것은 양심일 수도 있고, 정신분석학에서는 슈퍼에고(super-ego)라고 부르기도 한다.

이 문제를 오랫동안 연구해온 임홍빈 교수는 수치와 죄의 감정에 대한 탐색은 '나는 누구인가'라는 근원적 물음과 깊이 관련된다고 말한다. 그는 '자기 안의 타자'를 지각하고 체험하는 수치와 죄의 감정은 근본적인 의미에서 이것들이 사회적 감정이라는 것을 가리키는 것이라고 했다.

그런데 16세의 어린 소년도 가졌던 죄책감과 수치심이라는 타자 지향의 도덕 감정을 가져야 할 사람들은 정작 누구였을까? 그것은 아무런 거리낌도 없이 진압군이 되어 무고한 시민들을 향해 총격을 가했던 군인들, 아니 그 배후에서 그들에게 총을 쏘라고 발포 명령을 내렸던 자가 아니고 누구이겠는가? 2017년에 나온 『전두환 회고록』은 여러 증언에도 불구하고 자신은 헬기 사격 발포 명령을 내린 적이 없다고 한사코 부정하고 있다. 그뿐만 아니라 그것을 목격했다는 조비오 신부를 거짓말쟁이라고 비난까지 했다. 그러면 대체 누가 무고한 시민을 향해 발포 명령을 내렸단 말인가?

소년 동호는 어린 나이에도 정상적인 윤리적 인간이라면 반드시 가져야 할 죄책감, 수치심과 같은 도덕 감정을 가지고 있었기에 상무관에서의 시신 수습이라는 그 끔찍한 역할을 마다하지 않았다. 죄책감은 인간이 스스로가 저지른 잘못에 대하여 책임을 느낄 때 갖게 되는 감정이다. 여기에서의 잘못은 개개인의 양심에 의해 결정된다. 죄책감은 수치심과는 다른 감정으로, 수치심이 바라는 행동을 달성할 능력이 없어서 유발되는 데 반해 죄책감은 자신의 행동이 잘못되었거나 비도덕적인 것으로 지각되었을 때 유발된다.

　작가 한강은 친구의 죽음을 외면한 채 도망친 소년 동호에게 내재한 죄책감과 수치심, 그리고 부채의식을 사유하면서 5·18광주민주화운동에 대한 공동체의 사회적 도덕 감정을 환기하고자 하였다. 즉 동호나 정대같이 어리고 순수한 소년들조차 무자비하게 총으로 쏴 죽인 채 살아남은 자들이야말로 죄책감과 수치심을 가져야 한다는 사회적 도덕 감정을 촉구하고자 한 것이다.

　하지만 그들은 40년이 지난 현재까지도 사과도, 사죄도 하지 않은 채 역사적 진실을 외면하고 있다. 한 나라의 대통령으로서 가져야 할 국가적 책임의식은 고사하고 한 명의 인간으로서 가져야 할 최소한의 도덕 감정조차 갖지 않은, 최근의 뉴스에 등장한 전두환 전 대통령을 지켜보면서 앞으로 치를 우리의 새로운 대통령 선거에 대해 생각해본다.

　차기 대통령 선호도를 조사하는 최근의 여론 조사는 몇몇 인물들의 지지율에 대해 흥미로운 결과를 보여주고 있다. 그런데 우리는 인간으로서 가져야 할 최소한의 도덕 감정을 가진 사람, 정치적 위기에서 자신의 이익이 아니라 국가적 이익을 위해 선택과 결단을 내릴 수 있는 용기를 가진 사람을 잘 판단할 수 있는 능력과 안목을 가져야만 또 한 차례의 역사적 오류를 되풀이하지 않을 수 있을 것이다.

소설
쓰시네요

한국소설가협회는 지난(2020) 7월 29일, 홈페이지를 통해 "민의의 전당인 국회에서 그것도 국민들이 보고 있는 가운데 법무부 장관이 아무렇지도 않게 소설을 '거짓말'에 빗대어 폄훼할 수가 있는가"라며 추미애 법무부 장관의 발언에 대한 공개사과를 촉구했다.

문제가 된 추 장관의 발언은 7월 27일, 국회 법제사법위 전체회의 과정에서 나왔다. 당시 윤한홍 미래통합당 의원은 추 장관 아들의 군복무 시절 '휴가 미복귀 의혹'과 관련해 고기영 법무차관에게 "올해 서울동부지검장에서 법무부 차관으로 자리를 옮긴 것이 추 장관 아들 수사와 관련 있는 것 아니냐"는 취지의 질의를 던졌다. 올해 초 미래통합당은 추 장관 아들이 2017년 6월 초 휴가를 나갔다가 복귀 날짜에 부대로 복귀하지 않았고, 이후 추 장관이 외압을 행사해 사건이 무마됐다는 의혹이 있다면서 추 장관을 서울동부지검에 고발했었다. 당시 수사 책임자였던 고 차관이 사건을 제대로 수사하지 않은 대가로 법무부 차관 자리를 얻은 것이 아니냐는 의혹을 윤 의원이 제기한 것이다.

그의 질의에 추 장관은 "소설을 쓰시네요"라며 발끈했고, 윤 의원은 "우리가 소설가냐"며 언성을 높이자 추 장관은 다시 질문도 질문 같은 질문을 하라고 맞받으며 법제사법위 회의가 한때 파행에 이르렀던 것이다.

이틀 뒤 한국소설가협회는 "법무부 장관이 소설이 무엇인지 모르는 것 같으니, 우선 간략하게 설명부터 드려야 할 것 같다며, "거짓말은 상대방에게 '가짜를 진짜라고 믿게끔 속이는' 행위다. 소설에서의 허구는 거짓말과 다르다"라고 하며 공개사과를 요청했던 것이다. 소설 논란은 장제원, 하태경 등 몇몇 통합당 의원들에 의해 이어졌지만 정작 윤 의원의 추측성 발언의 문제점에 대해서는 어느 누구도 문제 제기를 하지 않았다.

때아닌 '소설' 논란을 지켜보며 오래전 한 여배우가 마약 복용 사건으로 연루되었을 때의 일이 생각난다. 검사의 심문에 여배우가 "검사님, 소설을 쓰고 계시는군요"라고 맞받아치는 설전이 벌어졌다. 그때 여배우는 실제로 일어나지도 않은 일을 꾸며서 말한다는 의미로, 또는 사실(진실)이 아니라는, 즉 거짓말이라는 의미로 소설이라는 단어를 사용했다.

소설을 거짓말과 동의어 정도로 생각하는 부정적 인식은 일반인들 사이에 상당히 널리 퍼져 있는 것 같다. 오죽하면 국어사전에도 "소설(을) 쓰다"라는 말이 "지어내어 말하거나 거짓말을 하다"라는 의미의 관용구로 쓰인다고 올랐을까.

오래전 일이다. 법학과 교수들이 자신들의 근황을 두고 대화를 나누는 가운데 요즘은 연구도 하지 않고 '소설 나부랭이'나 읽고 있다고 말하는 것이었다. 나는 그 소설 나부랭이를 전공하고 있는 사람도 있으니 소설을 '나부랭이'로 함부로 지칭하지 말라고 반박했던 기억이 떠오른다. 이처럼 사람들 사이에 소설은 거짓말을 꾸며낸 하찮은 이야기 정도로 비하하고 낮잡아보는 경향이 일반화되어 있는 것이다.

소설의 본질적 특성 중의 하나는 허구적 성격이다. 소설은 논픽션(non-fiction)이 아니라 픽션(fiction)의 세계를 다룬다. 소설의 세계가 허구라는 것은 첫째, 실제로 일어났던 일이 아니라는 의미에서다. 둘째, 소설은 작가의 상상력에 의해서 만들어진 이야기라는 것이다. 즉 소설은 가공의 이야기로서 이 가공의 허구적 이야기를 통해서 작가는 인생의 진실을 내보이려 한다. 허구가 소설의 특성이라는 것은 실제 일어난 사실(fact)과의 대조에서 나온 것으로, 문학과 예술은 모두 작가의 허구적 상상력이 빚어낸 산물이라고 할 수 있다.

허구, 즉 픽션은 그 어원이 '빚어 만들다', '꾸며내다'라는 뜻으로, 이것이 오늘날에는 소설을 뜻하는 용어의 하나로 정착하였다. 소설은 현실을 배경으로 삼고 있지만 현실 그 자체는 아니다. 그런데 실재하는 인물과 실제 일어난 사건을 다루지 않았다고 해서 소설을 거짓말의 세계요, 진실하지 못한 세계라고 해석하는 것은 매우 잘못이다. 소설의 허구란 거짓이 아니라 상상력에 의해서 창조된 세계를 말하는 것이다. 이 허구를 통해서 작가는 인생의 진실을 말하고자 한다. 소설의 세계는 등장인물과 사건에서부터 시간과 장소에 이르기까지 어느 것 하나 작가의 상상력을 거치지 않은 것이 없다. 그런 의미에서 소설은 허구의 세계를 다룬다. 그리고 이와 같은 묵계를 작가든 독자든 모두 인정하고 있다.

하지만 이 허구의 세계는 무질서한 우연이나 거짓말이 지배하는 세계는 아니다. 어떤 의미에서 현실에서는 우연한 사건이 얼마든지 일어날 수 있다. 반면에 소설의 세계는 허구지만 이 허구적 세계에서 일어나는 사건은 필연적 사건이다. 소설 속의 필연적인 인과관계에 의해 새롭게 형성된 질서는 리얼리티를 형성한다. 따라서 허구는 리얼리티가 뒷받침될 때에만 허구로서 가치를 획득할 수 있다. 즉 소설은 허구적인 현실을 다루지만 그 허구에 리얼리티가 획득될 때, 그 세계는 진실한 현실이 되는 것이다. 그만큼 소설은 허구적 성격이 아주 중요한 본질적 요소이다. 조나단 컬러는 허구를 믿을 만한 것으로 만드는 가장 기본적인 물리적 조건은 '현실적인 것' 그 자체, 즉 삶으로부터 취해진 것이라고 했다. 이쯤 되면 허구와 현실(사실) 사이에 과연 얼마만한 거리가 존재하는가라는 질문을 던지지 않을 수 없다.

뉴저널리즘은 1960년대부터 등장한 보도 및 기사 작성 스타일의 새로운 경향을 의미한다. 즉 기존 저널리즘이 취해왔던 속보성, 객관성의 관념을 거부하고 소설적 기법을 차용하여 사건과 상황에 대한 표현을 독자에게 실감나게 전달하려고 한다. 이런 기사 스타일은 때로는 소설처럼 일인칭 참여시점을 취하기도 하면서 사건에 대해 보다 실감나게 기술하고 극적으로 표현한다. 기자는 사건에 대해 일인칭 참여시점으로 주관적인 현실을 구성하고, 자신이 직면한 사건에 대해 스스로가 어떻게 느꼈는지를 묘사함으로써 기사와 소설의 경계를 허문다.

뉴저널리즘에 대해 비판적인 사람들은 뉴저널리즘이 사건이나 상황에 대해 무책임한 보도를 하며, 극적이고 정치적인 효과를 위해 사건을 호도한다고 비판한다. 그러나 옹호자들은 뉴저널리즘이 독자들에게 사건의 전체적인 상황을 보다 잘 경험하고 이해할 수 있도록 한다고 말한다. 왜냐하면 그런 경험 속에 진실이 존재하기 때문이라는 것이다. 저널리즘 보도의 새로운 변화에서 출발한 뉴저널리즘은 이후 논픽션과 다큐멘터리 소설의 영역으로 확대됐다.

자신이 직접 체험한 제2차 세계대전을 그린 『나자와 사자(*The Naked and the Dead*)』, 1979년 퓰리처상을 수상한 『남자의 진실(*The Executioner's Song*)』, 영화화된 『아메리카의 꿈』을 쓴 미국 작가 노먼 메일러, 영화로도 제작되고 각종 문학상을 휩쓸기도 했던 『허영의 불꽃』을 쓴 미국 소설가 톰 울프 등은 뉴저널리즘 소설의 대표적인 작가들이다.

팩트(fact)와 픽션(fiction)이 결합된 팩션(faction)이란 장르가 있다. 이는 역사적 사실에 상상력을 덧붙인 새로운 장르를 지칭한다. 역사적 사실이나 실존인물의 이야기에 작가의 상상력을 가미하여 새로운 사실을 재창조하는 문화예술 장르가 팩션이다. 하지만 기존의 역사소설과 자전적 소설에도 이미 실제적 사실과 허구적 상상력이 결합되어 있다. 아무튼 처음에는 소설 쓰기의 한 기법으로 사용되었던 팩션은 영화, 텔레비전 드라마, 연극 등으로도 확대되어 문화계 전반에 큰 영향을 끼치고 있다.

한국에서 팩션이 문화현상의 하나로 인식될 수 있었던 계기는 2003년 3월 미국에서 출간된 뒤 세계 여러 나라에서 베스트셀러가 된 댄브라운(D. Brown)의 추리소설 『다빈치 코드(*The Da Vinci Code*)』가 큰 성공을 거두면서부터이다. 출판계뿐 아니라 영화와 텔레비전 드라마 등에서도 역사적 사실에 상상력을 가미한 팩션 작품들이 인기를 끌어 왔다. 영화 〈황산벌〉과 〈실미도〉 등과 텔레비전 드라마 〈해신〉과 〈불멸의 이순신〉 등도 팩션 작품들이다. 단순한 사실에 허구적 상상력의 옷을 입힐 때, 그 이야기는 독자와 관객에게 더 리얼하게 다가와 깊은 감동을 주는 예술이 된다. 바야흐로 탈장르와 탈경계, 하이브리드(hybrid)의 시대이다.

이처럼 문학과 예술에서 팩트와 픽션의 경계는 이미 무너져왔다. 정치권에서 일어난 때아닌 소설 논란을 지켜보며 아직도 소설적 허구와 거짓말을 동의어 정도로 생각하는 그들의 형편없는 인식과 픽션보다 팩트가 우월하다는 환상, 아무런 필연적 인과관계도 없이 그야말로 말도 되지 않은 추측성 발언들이 공공연히 난무하는 정치권이 얼마나 시대에 뒤떨어진 집단인가를 새삼 확인했다. 시대를 선도해 나가야 할 정치가 시대적 흐름과 역행하는 현상을 접하면서 우리나라의 정치가 과연 미래지향적으로 발전할 수 있을지 솔직히 우려하지 않을 수 없다.

일본의
역사적 건망증

지난(2019) 8월 2일, 일본은 결국 우리나라에 대해 7월 반도체 핵심 소재 3개 품목에 대한 수출 규제를 강화한 데 이어 수출우대국 명단에서도 제외시켰다. 일본은 겉으로는 안보상의 이유를 들고 있지만 내용적으로는 2018년 우리나라 대법원의 강제징용자 배상 판결에 대한 불만을 경제적으로 표출한 것이란 견해가 지배적이다. 하지만 그것이 전부가 아니라는 해석이 점차 더 강력한 설득력을 갖고 다가온다.

왜냐하면 안보상의 이유라는 것은 애당초 성립하지도 않으며, 강제징용 배상 판결에 대한 불만이라면서도 일본은 외교적 채널조차 가동하지 않고 있기 때문이다. 그러니 배상 판결에 대한 불만을 계기로 일본을 바짝 뒤쫓고 있는 한국 경제에 타격을 입히겠다는 의도 때문이라는 해석이 설득력을 얻을 수밖에 없다.

일본은 우리나라의 기간산업인 반도체가 세계 1위를 석권하고 있는 지위를 무력화시키고, 나아가 4차 산업혁명 시대의 한국의 경제 성장을 규제하기 위한 의도로 경제 전쟁을 시작했다는 것이 점차 분명해지는 상황이다. 2018년에 한국의 1인당 GDP는 3만1362달러(27위)로서 3만9286달러의 일본(24위)과 격차가 그리 크지 않다. 경제 규모에 있어서는 일본이 한국의 3배에 달하지만 수년 내에 한국이 일본을 추월할 수 있다는 국제기관의 전망도 있고, 통일이 이루어진다면 세계 2위 국가로 단번에 올라설 것이라는 골드만삭스의 예측도 있었다. 한반도의 비핵화가 한국과 북한 그리고 미국 사이에 논의되고 있는 상황에서 일본 패싱(passing)에 대한 불안감에다 아베 내각은 일본을 전쟁할 수 있는 나라로 개헌을 하겠다는 정치적 의도가 더해져 한국을 타깃으로 한 경제 전쟁을 시작했다는 것이다.

사실 현대의 전쟁은 군사적으로 영토를 침탈하는 과거의 전쟁과는 차원을 달리한다. 현대에는 영토를 지배하는 데 따르는 수많은 대가와 비용을 지불하지 않고서도 경제적으로 정치적으로 군사적으로 문화적으로 다른 나라를 지배하고 종속화하는 다양한 방식들이 존재한다. 그것이 소위 신식민주의(neocolonialism)이다. 신식민지라는 말은 식민 본국이었던 나라가 정치적으로 독립한 과거의 식민지를 경제적으로 지배하는 상황을 나타내기 위해 만들어졌지만, 오늘날 그것은 비단 경제적인 데에 한정되지 않는다. 즉 현대에는 경제·정치·군사·문화 등 다양한 영역에서 새로운 방식의 지배가 가능해진 것이다.

현재 문재인 정부와 여권에서 경제적 독립이라는 용어를 사용하며 다시는 일본에 지지 않겠다는 결기를 강하게 보이는 이유는 일제강점의 과거뿐만 아니라 그 이후에도 일본과의 관계에서 무역 역조를 벗어나지 못하고 있는 데서 기인한다. 1965년의 한일협정이 한국의 경제부흥의 기초가 되었다는 것까지 아예 부정할 수는 없다. 하지만 한일 협정은 한국에 대한 경제적 종속을 지속하는 방식으로 불합리하고 불공평하게 체결되었다. 그뿐만 아니라 일제강점기의 구체적 피해자들인 위안부들이나 강제징용 노동자들에 대한 개인적 배상문제를 도외시함으로써 반세기가 넘은 현재까지도 후유증을 심각하게 앓고 있는 것이다.

우리나라 국민들은 독일이 나치 범죄에 대해 계속해서 사죄했던 것처럼 일본은 왜 일제 강점의 역사에 대해 진심어린 사죄를 하지 않는지 이해하지 못한다. 그만큼 감정의 뿌리가 깊은 것이다. 반면 일본은 한일협정으로 모든 것이 끝났을 뿐만 아니라 2015년 박근혜 정부에 10억 엔을 지불하였기에 위안부 문제도 최종적이고 불가역적인 합의에 도달하였다고 주장한다. 그런데 문재인 정부는 그 합의를 파기하였으며, 또한 강제징용에 대한 배상 판결을 통해 한국 내의 일본 전범 기업에 대한 자산 압류를 추진하는 것에 대해서 분노하고 있는 것이다. 이처럼 한일 간에 서로 관점이 다르고, 서로가 서로를 이해하지 못한채 평행선을 긋고 있다.

이번 일본의 한국에 대한 수출우대국 배제는 한국인의 일본에 대한 오래된 감정을 뒤흔들어놓았다. 그것은 치욕적인 식민지 경험에 대한 분노감정이다. 대법원의 강제징용자들에 대한 배상 판결도 법리적 해석을 떠나 바로 그러한 감정의 기초 위에서 나온 것으로 해석할 수 있다. 우리나라는 아시아의 동쪽 끝에 위치한 작은 나라로서 수없이 외세의 침략을 받았지만 살아남은 국가이다. 일제강점기 말고는 식민통치를 직접 받았던 역사도 없다. 고려 때 몽고의 침략을 받아 수많은 간섭과 지배를 받았지만 국호를 그대로 유지했고, 나라를 완전히 빼앗기지는 않았다. 한국인의 무의식 속에는 일제 강점의 치욕스러운 과거에 대한 수치심과 분노가 늘 잠재되어 있다. 이번에 아베 내각이 그것을 뒤흔들어 수면 위로 떠오르게 한 것이다. 민간에서 들불처럼 번진 일본 제품 불매운동에서 그것을 잘 확인할 수 있다.

아베의 행동에서 일본인들의 무의식 속에는 청일전쟁, 러일전쟁, 중일전쟁, 태평양전쟁을 일으키며 서방의 패권국가들과 어깨를 나란히 했던 제국 일본에 대한 환상을 결코 버리지 못하고 있는 것이 보인다. 사실 일본 여러 곳에 산재한 평화박물관(평화공원)은 명칭과 달리 그 내용이 실은 전쟁박물관이다. 그곳에 가서 한국인인 내가 느낀 것은 그들은 평화가 아니라 다시 전쟁을 일으킬 수 있는 군국주의적 패권국가가 될 꿈을 버리지 않고 있다는 것이었다. 가미가제를 칭송하고, 전쟁터에 나가는 아들을 향해 결코 살아 돌아오지 말 것을 주문하는 어머니의 편지를 비에 새겨 찬양하는 것이 일본이다. 한국의 어머니라면 결코 할 수 없는 일본의 군국주의적 모성이 놀랍다 못해 추악하다고까지 느꼈던 기억이 선명하게 뇌리에 남아 있다. 현재 아베가 보여주고 있는 행동에서 10위권의 경제대국으로 성장한 한국을 다시한번 짓밟아 보겠다는 군국주의적 망령에 사로잡힌 일본의 무의식을 읽지 않을 수 없다. 일본은 그들이 한국과 아시아의 여러 국가들을 침략했던 사실에 대해 결코 반성하지 않을 것이다. 왜냐하면 그들의 마음속에는 주변국에 대한 침략의 가해자로서 사죄하는 마음 같은 것이 아예 없기 때문이다.

나는 1992년 8월에 일본을 방문한 적이 있다. 우리가 광복절이라고 부르는 그날을 그들은 무엇이라고 부르는지가 몹시 궁금했다. 그들은 그날을 종전일(종전기념일)이라고 불렀다. 그들은 종전이라는 단어 속에 패전의 굴욕을 감춘 채 야스쿠니 신사를 참배하고 주먹밥 먹는 행사 같은 전쟁체험을 해가며 원폭의 피해자 의식을 강조하고 절치부심하고 있는 것처럼 보였다. 그들이 가진 의도적인 역사적 건망증을 우리는 분명하게 알아야 한다.

한국의 광복절과 일본의 종전기념일, 이 줄일 수 없는 간극⋯⋯. 게다가 두 나라 사이에는 독도를 두고 영토분쟁까지 얽혀 있어 감정싸움은 끝이 보이지 않는다. 한국을 국제 간의 신의를 지키지 않는 국가라고 몰아세우며 경제보복을 가하는 일본과 침략에 대한 진정어린 사과와 강제징용에 대한 배상을 요구하는 한국의 이 지루한 싸움의 끝은 어디일까? 같은 사건을 두고 느끼고 생각하며 바라보는 관점에 근본적인 차이가 존재하는 한 절대 싸움은 끝나지 않을 것이다.

나는 우리의 분노감정을 표출하는 언어와 관점을 바꿀 필요가 있다고 생각한다. 개인 간이든 국가 간이든 옳고 그름을 따져서는 절대 승부가 나지 않는다. 우리가 일제 강점의 치욕적인 과거를 청산하는 유일한 길은 그들의 사과 요구나 분노감정의 표출이 아니라 그들을 실제적으로 넘어서는 것이다. 문재인 대통령이 광복절 경축사에서 말한 '아무도 흔들 수 없는 나라'를 만드는 것이다. 그러기 위해서 우리는 피해자로서의 부정적 기억에서 하루빨리 벗어날 필요가 있다. 그리고

미래로 발전하여 나가는 긍정적이고 창조적인 에너지를 발견하도록
관점을 전환해야 한다. 우리는 더 이상 일본의 식민 지배를 받고 있는
민족이 아니다. 세계 10위권의 경제 강국이고, 한류의 메아리가 세계
를 압도하는 문화강국이자 세계가 선망하는 IT대국이다. 이제 우리는
충분히 자존감과 자부심을 갖고 일본을 대범하게 대할 때가 되었다.
우리는 1997년의 IMF도, 2008년의 글로벌금융위기도 잘 넘기고 오늘
의 경제 강국으로 성장하였다. 식민지와 한국전쟁의 폐허를 딛고 일어
나 단기간에 선진국으로 비약적 성장을 이룬 강건한 민족이고, 경이로
운 나라인 것이다. 이제 코리안 드림이라는 단어가 친숙한, 세계가 부
러워하는 나라가 된 것이다.

　프로이트(Sigmund Freud)에 의하면, 현재의 생각이나 감정, 행동, 그
리고 실수나 망각까지도 우연히 일어나는 것이 아니고 항상 원인과 의
미가 있다. 심지어 꿈마저도 그 사람의 소망의 실현이며, 무의식의 대
용물이다. 그가 말한 무의식은 의식의 영역으로 들어오지 못하고 억압
되거나 금지된 충동과 욕구를 포함하는 정신의 영역이다. 불쾌한 것,
끔찍한 것, 속상한 것, 곤혹스러운 것, 죄책감, 상처 같은 것들은 의식
에서 억압되어 무의식에 깊게 잠재되어 있지만 사라지지 않고 계속 움
직이고 동요하면서 영혼을 위협하고 신경증이나 히스테리를 유발시
키는 원인으로 작용한다.

　한국에 대한 수출 규제 카드를 꺼내든 아베의 행동은 그들의 무의
식 속에 잠재된 가해자로서의 죄책감을 인정하지 않고 왜곡함으로써
발현된 것이다. 일본은 주변국을 침략했던 과거를 반성하지 않고, 왜

곡된 역사적 건망증을 치유하지 않는 한 결코 세계로부터 존경받는 나라가 될 수 없을 것이다.

융(Carl Gustav Jung)은 프로이트와 달리 개인을 넘어서는 집단적 무의식에 주목하였다. 그리고 프로이트가 무의식을 병리적인 것으로 보았던 것과 달리 그는 무의식은 그 자체로 의식을 보완하는 자율적 질서와 기능을 지니는 것으로, 인간 안에 존재하는 미지의 정신세계로 파악했다. 우리는 우리 안에 잠재된 일제 강점의 트라우마라는 집단적 무의식을 넘어서야 한다. 그리고 그 무의식을 일본에 대한 분노와 적대감이 아니라 일본을 넘어서는 강국으로 발전시키는 창조적 에너지로 변환시켜야 한다. 그러기 위해서는 일본의 수출 규제에서 촉발된 감정의 격변을 넘어서서 여러 관점으로 문제를 바라볼 수 있는 여유를 가져야 한다.

그리고 국민들의 자발적인 불매운동까지 막을 필요는 없겠지만 일본을 화이트리스트에서 배제하는 맞불정책이나 지소미아 파기와 같은 카드로 감정적으로 대응하기보다는 이성적으로 일본을 냉정하게 대함으로써 루즈-루즈 게임이 아니라 윈-윈 게임이 되도록 문재인 대통령은 협상가로서의 외교력을 잘 발휘해야 할 것이다. 문재인 대통령이 말한 평화경제를 남북 간에만 적용하지 말자. 일본에 편협하게 응전하지 말고 대승적 차원에서 옹졸한 일본, 사과하지 않는 일본을 관용을 갖고 대하자.

무엇보다 이번의 위기를 대기업과 중소기업이 상생하여 나라의 경제를 이끄는 두 축으로 만들고, 고질적인 일자리 문제를 해결할 절호의 기회로 삼아야 한다. 정부는 과감하게 연구개발에 투자함으로써 부품·소재·장비 분야의 기술 격차를 해소하여 일본으로부터 기술 독립을 이룰 수 있는 기반을 조성해야 한다. 그리고 상호의존의 관계를 벗어날 수 없는 국제적 산업시스템에서 다변화 전략으로 이번 위기를 일본을 넘어설 전화위복의 기회로 삼아야 한다. 외부의 적은 반드시 우리를 단결시킬 것이고, 우리는 반드시 이기게 될 것이다. 수천 년의 역사가 그것을 증명하고 있지 않은가.

일본이 국제예술제 '아이치 트리엔날레 2019'에서 '평화의 소녀상' 전시 중단을 한 것과 달리 우리나라의 제천국제음악영화제는 일본 영화를 모두 상영하기로 결정했다. 정말 잘한 결정이다. 이런 때일수록 민간의 교류를 더욱 증대함으로써 두 국가 간의 편견과 오래된 감정의 묵은 때를 벗겨내야 한다.

취임 이후 문재인 대통령은 국내외적으로 최대의 정치적 실험대 위에 올랐다. 북한은 한미연합 훈련을 비난하며 탄도 미사일을 연속해서 쏘아대 평화무드에 찬물을 끼얹고 있고, 7월 23일 러시아 군용기는 중·러 연합군사 훈련 중 독도 영공을 침범하였다. 또한 미·중 간 무역전쟁이 세계의 경제 판을 뒤흔들고 있다. 정말 설상가상이라는 말이 실감되는 때이다.

2017년 4월, 제19대 대통령 선거를 앞두고 아시아 타임지는 표지모델로 당시 문재인 후보를 선정하며 그를 '협상가'로 평가했다. 그동안 그의 협상능력은 사드 배치를 두고 벌어진 갈등적 상황의 타개와 한반도 비핵화를 둘러싼 미국의 트럼프와 북한의 김정은을 상대로 발휘되어 왔다. 그는 미국과 북한을 비핵화 테이블로 끌어내는 데는 성공하였지만 실질적인 후속성과가 아직 나오지 않은 상태에서 아베를 상대로 어떻게 협상능력을 발휘하느냐라는 새로운 외교적 · 정치적 과제에 직면하게 된 것이다.

나는 문재인 대통령이 김대중 대통령이 IMF를 단기간에 극복하고, 남북평화의 물길을 열었던 것처럼, 그리고 김대중-오부치 선언을 이끌어냈던 것처럼 북한, 미국, 일본, 중국, 러시아 등 주변 국가들과의 관계를, 지혜를 갖고 원만하게 정상화하여 그야말로 선진국 코리아의 꿈을 실현해줄 것을 기대한다.

그리고 이 상황에서 아베에 사죄드린다는 정신 나간 엄마부대, 『반일 종족주의』란 책에서 일본 우익의 입장을 대변하고 있는 반민족적 친일파 학자들, 아베가 아니라 문재인을 공격하는 극우들은 일본으로 떠나라. 왜 우리나라의 극우들에게는 국수주의적 민족주의로 무장한 외국의 극우들과 달리 민족주의마저 실종된 것일까. 그것도 광복 후 일제 잔재를 제대로 청산하지 않았기 때문일까. 정말 대가를 지불하지 않는 역사는 없다는 생각에 쓴웃음을 짓지 않을 수 없다.

국가라는 이름의
폭력

우리나라에서는 얼마 전까지만 해
도 국가폭력이라는 단어가 금기어에 속했다. 유독 우리의 현대사가
수많은 국가폭력으로 얼룩져왔기 때문이었을 것이다. 국가폭력으로
인한 사건 가운데 5·18광주민주화운동, 부마항쟁에 이어 제주 4·3사
건에 대한 명예회복이 된 것은 그나마 다행이라고나 할까. 이 밖에도
여순반란사건, 거창양민학살사건 등 수많은 국가폭력 사건이 아직도
진상조차 제대로 규명되지 않은 채 우리 앞에 역사적 과제로 놓여 있
다.

국가폭력은 국가가 폭력을 독점하고, 그러한 폭력을 권력이라는 이
름으로 사용하는 범죄행위라고 할 수 있을 것이다. 즉 국가 내에 갈등
상황이 발생했을 때, 이를 해소하기 위해 국가가 국민을 상대로 폭력
을 행사하는 것이 국가폭력이다. 국가폭력에는 공권력에 의한 고문,
신체적 위해, 집단학살, 치사행위, 계엄이나 위수령 선포 등 국민들의
저항적 의사표현 행위를 억압하는 다양한 방식들이 존재한다. 어떤 의
미에서 국가권력은 언제나 폭력을 독점하고 있다고 할 수 있다.

대한민국 정부가 수립된 시점부터 반공을 국가 이데올로기로 삼은 이승만 정권은 이에 반하는 모든 저항운동을 무력으로 진압하며 국민을 향해 총부리를 겨누었다. 그 어두운 집단학살의 악순환은 박정희 군사정권을 거쳐 전두환 신군부에 이를 때까지 거듭돼 왔던 것이다.

'여순반란사건'은 제주 4·3사건의 진압을 거부하며 일으킨, 1948년에 전라남도 여수와 순천에 주둔하던 군부대 군인들의 반란과 여기에 호응한 좌익계열 시민들의 봉기가 유혈 진압된 사건이다.

'거창양민학살사건'은 한국전쟁 중 1951년 2월 10일과 11일에 걸쳐, 지리산 일대에서 인민군과 빨치산을 토벌하던 국군 제11사단 9연대가 적과 내통한 '통비분자'라는 혐의로 무고한 민간인을 대량 학살한 사건을 말한다. 이 사건은 한국전쟁 기간 동안 곳곳에서 벌어진 유사한 사건들을 상징하면서 아직까지도 올바른 자리매김과 뒤처리가 이루어지지 않아 우리 현대사의 커다란 상처로 남아 있다.

국방부가 제주 4·3사건이 발생한 지 72년 만에 비로소 공식적으로 "제주 4·3특별법의 정신을 존중하며, 진압 과정에서 제주도민들이 희생된 것에 대해 깊은 유감과 애도를 표한다"라고 한 것은 대단히 늦었지만 환영할 만한 일이다. 노재천 국방부 부대변인은 제주 4·3사건을 "1948년 4월 3일 발생한 소요사태 및 1954년 9월 21일까지 제주도에서 발생한 무력충돌과 그 진압 과정에서 주민들이 희생당한 사건"으로 정의한 '제주 4·3특별법' 정신을 존중한다는 의미에서 유감과 애도를 표한다고 설명했다.

'제주 4·3사건'은 1947년 3월 1일을 기점으로 1948년 4월 3일 발생한 소요 사태 및 1954년 9월 21일까지 제주도에서 발생한 무력 충돌과 그 진압 과정에서 무고한 주민들이 희생된 사건을 말한다. 이 사건은 1947년 삼일절 기념행사에서 경찰의 발포로 민간인 6명이 사망한 것이 발단이 되어 시작됐다.

당시 경찰의 발포에 제주도민들이 민관 총파업으로 항의하자 미군정은 파업 참여자를 체포하면서 탄압에 나섰고, 그로 인해 제주도민과 미군정-경찰-서북청년단 사이의 대립과 갈등이 증폭되었다. 그러다 1948년 4월 3일 '미군 철수, 단독선거 반대' 등을 주장하는 남로당 무장대의 경찰지서 습격 등 무장봉기로 확산됐다. 미군정이 이를 강력 진압하자 이들은 인민 유격대를 조직하여 한라산을 근거지로 무장투쟁을 전개하였다. 이승만 정권은 1948년 11월 17일에는 제주 전역에 계엄령을 선포했다. 이후 무장대와 토벌대의 무력 충돌이 계속되는 과정에서 2만 5천 명에서 3만여 명에 이르는 무고한 제주도 도민들이 희생됐던 것이다. 희생자의 수는 기록에 따라 최소 1만 5천 명에서 6만 5천 명까지 추산하고 있다. 1953년 제주도 당국이 공식 발표한 사망자 수는 2만 7천 719명이었다. 한국전쟁에 이어 두 번째로 많은 사상자를 낸 사건이 '제주 4·3사건'이라니…….

1980년 5월 18일에서 27일까지 전남 도민 및 광주 시민들이 군사독재와 통치를 반대하며, 계엄령 철폐, 전두환 퇴진, 민주정치 지도자 석방 등을 요구하여 벌인 민주화운동으로 자리매김 된 '5·18광주민주화운동'도 진실이 인정되기까지 '북한의 사주에 의한 폭동'으로 매도당해왔다. 아직도 지만원 같은 사람이 북한군 배후설을 주장하는 망언이 계속되고, 우파 정당이 이를 지지하는 분위기가 여전하다. 올해(2019)로 39주년을 맞았음에도 진상 규명이 제대로 안 되고 있을 뿐만 아니라 5·18진상조사규명위원회가 출범조차 하지 못하고 있는 상황인 것이다.

문재인 대통령은 39주년 기념식에 참석하여 공권력이 자행한 야만적 폭력과 학살에 대해 대통령으로서 깊이 사과드린다고 밝히며, "5·18을 부정하고 모욕하는 망언들이 아직도 거리낌 없이 외쳐지는 현실"에 대해 부끄러움을 표했다. 그리고 자유한국당의 조사위원 추천 논란으로 5·18진상조사규명위원회가 출범하지 못한 데 대해 답답함을 토로하며 "학살의 책임자, 암매장과 성폭력 문제, 헬기 사격"까지 진실 규명을 위한 5·18진상조사규명위원회의 출범을 거듭 촉구했다.

텔레비전을 켜면 5·18 당시 헬기 사격(사살) 발포 명령을 누가 내렸는가, 전두환은 당시 광주를 방문하였는가 등 논쟁이 뜨겁다. 증언자들이 나와 구체적 증언을 하고 있음에도 당사자는 모르쇠로 일관하며 진실을 부정한다. 극악무도한 국가폭력의 공포에 사로잡혀 있던 목격자들과 희생자들은 이제야 입을 열기 시작했다. 하지만 최고 권력자에 의해서 자행되고 조직적으로 은폐된 국가폭력은 제대로 진상을 규명하는 일이 결코 쉽지 않다.

국가폭력의 끔찍함은 그들의 정권 찬탈과 유지에 방해가 되면 언제라도 국민을 적으로 삼아 총부리를 겨누고, 마치 적대국의 점령군처럼 여성에 대한 성폭행을 태연히 감행한다는 데 있다. 국가폭력에 저항하는 국민들에게 직접적인 물리적 폭력을 가할 때 성적 수치심을 유발하는 성폭행을 행사하는 이유는 성폭행 피해 여성들이 피해의 탓을 자신에게 돌리게 만드는 효과를 얻고자 하기 때문이다. 제주, 광주 등지에서 성폭행을 당한 피해 여성과 그 가족들이 침묵해온 이유도 결국 권력에 대한 두려움뿐만 아니라 성적 수치심 때문이다. 그들은 단지 피해자였을 뿐인데 그 긴 세월을 두려움과 수치심에 사로잡혀 살아오다 이제야 꽁꽁 감추어온 실상을 말하기 시작했다.

노벨상 후보로도 거론되는 재미한인작가 이창래의 네 번째 소설 『생존자(The Surrendered)』는 2011년에 보스니아 내전 종식을 기념하기 위하여 제정된 데이턴 평화상을 수상한 작품이다. 이 작품은 전쟁이란 폭력이 어떻게 인간을 파멸시키는가를 적나라하게 보여주고 있다. 즉 전쟁은 전 지구적이고 보편적인 현상으로서 어느 전쟁을 막론하고 잔인한 학살과 성폭력을 감행한다.

전쟁은 수많은 사상자를 발생시켰을 뿐만 아니라 살아남은 자들에게는 평생을 심각한 '외상 후 스트레스장애'에 시달리게 만들며 온전한 삶을 방해한다. 하물며 전쟁도 아닌 시기에 국가가 국민을 적으로 삼아 집단학살과 성폭력을 행사할 때 국민들이 받은 상처는 과연 어떠할까?

국가폭력으로 국민 개개인이 받은 상처는 말할 것도 없고, 진상이 왜곡, 은폐되고 진실을 말할 수조차 없는 시대를 우리는 통과해왔다. '5·18광주민주화운동'을 다룬 〈화려한 휴가〉나 〈택시운전사〉 같은 영화의 흥행 성공은 영화 자체의 힘이라기보다는 그동안 은폐되고 왜곡되어온 사건 자체가 지닌 엄청난 힘으로부터 가능했다고 생각한다. 즉 그 영화들은 허구의 힘이 아니라 역사적 팩트 자체가 발휘하는 강렬한 힘으로부터 흥행에 성공할 수 있었다. 은폐·왜곡된 사건의 진상을 제대로 알기를 원하는 관객들의 욕망이 흥행을 부른 것이다.

막스 베버(Max Weber)에 의하면 폭력과 권력은 절대불가분의 긴밀한 관계에 놓여 있다. 국가의 권력을 폭력 수단에 기초를 두는 인간에 대한 인간의 지배로 본 막스 베버의 정의처럼 권력의 본성은 폭력이다. 그는 폭력은 정치와 긴밀한 관계를 가지며, 정치를 폭력 중심으로 규정할 수 있다고 했다. 그리고 폭력은 정치의 필요조건이며, 국가가 행사하는 물리적 폭력은 권력이 된다. 현실 속에서 권력과 폭력은 아주 깊숙이 결탁되어 있으며, 권력의 논리와 폭력의 논리가 불가분하게 결합되어 있는 경우들이 흔하게 나타난다.

그런데 한나 아렌트(Hannah Arendt, 1906~1975)가 주장했듯 정당성을 부여받지 못한 권력은 권력이 아니라 폭력이다. 독일 태생의 유대인이었던 아렌트는 유대인이라는 이유로 18년 동안이나 망명자로 살아야 했다. 그녀는 20세기를 '폭력의 세기'로 규정하며 폭력 그 자체를 성찰하고 분석한 저서『폭력의 세기』를 발간했다.

그녀에 의하면, 폭력의 대립물은 비폭력이 아니라 권력이다. 그녀는 폭력과 권력을 다음과 같이 구별했다. 폭력은 목적을 이루기 위한 수단으로서 목적을 통해서만 정당화될 수 있는 것이라면, 권력은 사람들이 함께 모여 제휴하고 행동할 때 생겨나며, 그 자체로 정당성을 갖는다. 따라서 폭력을 사용하는 권력은 이미 권력이 아니며, 아무런 정당성도 없는 것이다.

우리 현대사에서 이승만 정권, 박정희 군사정권, 전두환 신군부 등은 아렌트의 규정에 의하면 권력세력이 아니라 폭력세력이다. 폭력이라는 수단을 기초로 한 그 어떤 정부도 종국에는 성공하지 못한다. 왜냐하면 정당성이 없는 폭력을 사용했기 때문이다.

국가폭력하에서 국민은 주체가 아니라 단지 대상으로 전락하고 만다. 폭력은 국민을 국가의 호명에 반응하는 순응적 대상으로 만들어 길들이고 양육하는 대상으로 취급하는 데서 발생한다. 제주, 부산, 마산, 광주, 여수와 순천, 거창 등지에서 저항했던 국민들은 권리의 주체가 아니라 국가의 호명에 반항한, 폭력을 통해서라도 반드시 굴복시켜야 할 대상에 지나지 않았다. 국민의 생명과 정치적 자율권을 보호하고 보장하는 주체가 되어야 할 국가가 국민을 공적 시민권을 가진 주체가 아니라 진압하고 굴종시켜야 할 대상으로 취급하는 관념 자체가 이미 폭력인 것이다.

대한민국 헌법이 규정한 국가의 의무에는 법률이 정하는 바에 의하여 국민을 보호할 의무가 있다. 모든 국민은 인간으로서의 존엄과 가치를 가지며, 행복을 추구할 권리를 가진다. 그리고 국가는 개인이 가지는 불가침의 기본적 인권을 확인하고 이를 보장할 의무를 져야 하는 것이다.

4월과 5월을 통과해 오는 동안 계속해서 마음이 불편했다. 그리고 국가와 국민의 관계에 대해서 여러 가지 생각들이 스쳐갔다. 다시는 이 나라에서 국가폭력이 일어나는 불행한 역사가 반복되지 않아야 한다는 생각, 그러기 위해서는 기존의 국가폭력에 대한 진상 규명이 제대로 이루어져야 한다는 생각들이 꼬리를 물고 일어났다.

사진은
힘이 세다

　　　　　　　　　　　　　　　지난(2018) 4월 27일에 우리는 감동
적인 사진 한 장을 보았다. 그것은 남북정상회담을 위해 판문점의 군
사분계선을 넘어온 김정은 국무위원장의 제안에 따라 문재인 대통령
이 군사분계선을 넘어 북한 땅을 밟는 사진이다.

　높아진 기온으로 안타깝게도 계절상의 봄은 저만큼 물러가버렸지
만 남북관계의 봄날은 성큼 우리 곁에 다가왔다. 냉전체제하의 65년
의 긴 겨울이 끝나고 단숨에 따뜻한 봄날이 찾아온 것이다. 그것을 상
징적으로 보여주는 장면이 바로 판문점의 군사분계선을 문재인 대통
령과 김정은 국무위원장이 넘나든 사진이다. 우리 국민뿐만 아니라 세
계인들도 남북정상회담에서 남북 두 정상이 손을 마주잡고 군사분계
선을 넘나든 장면을 가장 인상 깊게 주목했을 것이다.

　군사분계선에서 김정은 국무위원장을 맞은 문재인 대통령이 "남측
으로 오시는데 나는 언제쯤 넘어갈 수 있겠느냐"라고 김정은 국무위
원장에게 말하자, "그럼 지금 넘어가 볼까요"라며 그는 문 대통령의
손을 이끌어 함께 군사분계선 북쪽으로 넘어갔다.

이어 두 정상은 판문점 남측지역 평화의 집에서의 정상회담 이후 '한반도의 평화와 번영, 통일을 위한 판문점 선언'에 서명했다. 서명식 후 두 정상은 직접 발표식도 가졌다. 이번 정상회담에서 가장 큰 관심사가 되었던 북한의 비핵화 의지는 "완전한 비핵화를 통해 핵 없는 한반도를 실현한다"라는 문장으로 나타났다. 무엇보다도 우리 국민들에게 비중 있게 다가온 대목은 연내에 종전을 선언하고 평화협정으로 전환하기로 결정한 것이다. 판문점 선언은 오랫동안 지속되어 온 정전상태를 종식시키고 확고한 평화체제를 수립하는 것이 더 이상 미룰 수 없는 한반도의 역사적 과제임을 천명하였다. 또 올해 종전 선언과 정전협정을 평화협정으로 전환하며 항구적이고 공고한 평화체제 구축을 위한 남·북·미 3자 또는 남·북·미·중 4자 회담을 적극 추진해 나가겠다는 구체적 계획도 밝혔다. 이는 비핵화가 전제될 때에 비로소 가능해진다. 한반도 비핵화, 항구적 평화 정착, 남북관계 진전 등 3대 의제는 서로 긴밀히 연결되어 있다. 이를 통해 우리는 한반도에서 핵 위협을 없애고 평화를 정착시킴으로써 국민의 생명을 지키고 국가 발전의 토대를 마련해야 한다.

나는 4월 27일에 종일 텔레비전을 켜놓은 채 마음이 들떠서 일이 손에 잡히지 않았다. 월가 최대의 투자은행인 골드만삭스는 남북통일이 되면 수십 년 뒤 한국은 일본과 독일을 추월해 미국에 이은 세계 2위의 경제대국이 될 것이라는 분석을 일찍이 내놓은 바 있다. 그러니 어찌 가슴이 뛰는 흥분을 느끼지 않겠는가!

십여 년 전에 북·중·러 3국 국경지대인 중국 훈춘에서 우리나라

를 바라본 적이 있다. 그때까지 우리나라는 삼면이 바다로 막혔다고
생각했는데, 거기서 보니 사면이 막혀 있었다. 즉 삼면의 바다와 북한
이라는 일면으로 막혀 있었던 것이다. 우리나라가 고립된 외로운 섬처
럼 느껴졌다. 그리고 나도 모르는 사이 통일에 대한 열망이 강하게 솟
구쳤던 기억이 떠오른다. 부산에서 기차를 타고 북한은 물론이며, 중
국과 러시아, 그리고 유럽까지 여행할 날이 멀지 않았다고 생각하니
가슴이 벅차오른다. 판문점 선언에서 동해선 및 경의선 철도와 도로
연결 및 현대화가 명시된 만큼 그날이 멀지 않은 것이다.

　판문점의 군사분계선에서의 두 정상의 사진이 그렇듯이 사진 한 장
이 가진 힘은 생각보다 훨씬 세다. 1960년 3월 15일 마산상고 학생이
었던 김주열은 3·15부정선거를 규탄하는 시위에 참여했다가 실종되
었다. 얼마 후 4월 11일에 그는 머리에 최루탄이 박힌 채 마산 앞바다
에서 시신으로 떠올랐다. 그의 처참한 모습이 담긴 사진 한 장이 대한
민국을 크게 움직였다. 그 한 장의 사진이 4·19혁명이라는 역사적 사
건을 일으킨 도화선이 되었던 것이다.

　1994년, 남아공 출신의 사진작가 케빈 카터는 〈수단, 아이를 기다
리는 게임〉(일명 독수리와 소녀)이라는 사진으로 사진작가로서 누릴 수
있는 최고의 명예인 퓰리처상을 수상했다. 이 사진은 그가 1993년에
아프리카 수단에서 찍은 것이다. 당시 케빈은 내전 중이던 수단의 한
마을에서 죽은 시체를 먹는 대형 독수리(콘도르)가 어린 소녀가 죽기를
바라며 뒤에서 기다리고 있는 모습을 목격했다. 그는 이 장면을 카메
라에 담아 뉴욕타임즈를 통해 전 세계에 공개했다. 이 사진 한 장은 수

단이 처한 처참한 현실을 보여줌으로써 큰 센세이션을 불러일으켰고 전 세계의 원조를 이끌어냈다.

그런데 퓰리처상의 영광을 안겨주었던 바로 그 사진 한 장 때문에 케빈은 비난에 시달리다 마침내 자살을 하게 된다. 죽어가는 소녀를 먼저 구하지 않고 사진을 찍었다는 이유로 사람들은 그를 '콘도르와 다를 바 없다'며 비난하기 시작했던 것이다. 그는 사진을 찍은 직후 바로 소녀를 구했음에도 사진작가로서의 윤리성 시비가 결국 그의 인생을 송두리째 흔들어버린 것이다.

이처럼 한 장의 사진은 새로운 역사를 만들고 세상을 변화시킬 수 있는 폭발적 잠재력을 발휘하는가 하면 한 사람의 운명을 바꾸어버리기도 하는 위력을 발휘한다. 오늘날의 신문은 읽는 신문에서 보는 신문으로 바뀌어 가고 있다. 문장이 줄어들고 쉬워진 반면 그래픽과 사진의 비중은 갈수록 늘어나고 있다. 저널리즘에서 사진은 현실을 생생하게 기록하고 보여줄 수 있는 중요한 표현수단이 되기 때문에 사진기사의 비중은 점점 커져 가는 것이다.

판문점에서 두 정상이 군사분계선을 넘나들던 사진은 한반도에 봄이 왔다는 것을 그 어떤 설명이 없이도 생생하게 보여주었다. 그 사진 한 장 때문에 4월 27일은 가슴 두근거리는 행복한 하루가 되었다. 그런데 이와 같은 벅찬 감동은 나만의 것은 아니었던 것 같다. 그날 이후 문재인 대통령의 국정 지지율은 취임 초기보다도 올라 80%를 넘나드는 고공행진을 이어가고 있다.

그리고 판문점 선언 이후 우리나라에서는 물론 전 세계적으로 김정은 국무위원장에 대한 이미지가 극적으로 반전되었다. 그는 그동안 미국을 겨냥해 대륙 간 탄도미사일을 쏴 올리고 핵무기 완성을 선언함으로써 전 세계에 평화를 깨뜨리는 독재자의 이미지, 고모부 장성택을 처형하고 이복형 김정남을 암살하는 패륜적인 인물로 각인되어 왔다. 하지만 이번 판문점 회담을 통해 그는 북한을 개혁개방으로 이끌 개방적이고 자신감이 있는 국가 지도자로서의 이미지 쇄신에 완전히 성공하였다. 판문점 선언도 젊고 파격적인 김정은 위원장과 신중하고 세심한 문재인 대통령 사이에 담대한 합의를 이루어 냈다는 평가가 나오고 있다. 새삼 김정은 위원장이 청소년 시절 스위스에 유학한, 서방세계의 자본주의와 자유를 체험했던 인물이라는 점이 강조되고 있다. 주위에서 사람들이 그의 외모조차 귀엽다는 평가를 내놓는 것을 보면 그는 단번에 잔인한 독재자의 이미지를 벗고 대화 가능한 젊은 지도자라는 이미지를 심는 데 성공한 것 같다. 이것도 모두 실시간으로 중계된 사진(동영상)의 힘이었다.

존 버거(John Berger)의 말대로 사물을 본다는 행위는 언어보다 선행한다. 그리고 우리들이 보고 있는 것과 알고 있는 것과의 관계는 항상 불안정하다. 우리는 김정은의 실체를 알기도 전에 이데올로기라는 프레임과 선입관을 통해서 그를 폭력적인 독재자로 인식해왔다. 하지만 판문점에서의 사진은 그 모든 것을 뛰어넘어 그에 대한 새로운 이미지를 우리에게 심어주었다.

역사는 항상 과거와 현재의 상호작용 속에서 이루어지는 산물이다. 과거에 그에 대한 왜곡된 이미지로 인한 두려움이 존재했다면, 현재에는 판문점에서 보여준 몇 장의 극적인 사진들로 인해 성급한 기대와 신비화가 이루어질 수 있다. 신비화는 현실을 왜곡하고 오판하게 만들 위험성을 내포한다. 우리는 남북관계의 현실을 명료하고 투명하게 이해하고 과거의 폭력적인 독재자의 이미지와 현재의 젊고 개방적인 지도자의 이미지 사이의 간극을 좁혀 남북관계에 실패 없는 화해와 평화의 미래를 열어나가야 한다.

그는
아세안으로
가라고 말했다

　　　　　　　　　　은퇴는 방학이 끝나고 새로운 학기
가 시작되었지만 출근해야 할 연구실이 없어진 데서부터 실감되었다.
아침에 일어나도 가야 할 곳이 없다는 것은 학생으로, 교수로 육십여
년이 넘게 학교에서 대부분의 시간을 보내온 내가 구체적으로 실감한
가장 큰 변화였다.

　　어떤 남자는 모든 걸 내려놓겠다며 산으로 들어갔다. 그가 내려놓고
싶은 건 대체 무엇일까. 또 어떤 남자는 내려놓는 데에도 연습이 필요
하다고 말했다. 그가 연습까지 해가며 내려놓아야 하는 것은 또 무엇
일까. 나이 먹어 직장에서 밀려나고 빈털터리가 된 나는 내려놓을 것
이 더 이상 없어 그들이 대체 무엇을 내려놓아야 하는지 무엇을 어떻
게 연습해야 하는지 알지 못해 고개를 갸웃거린다.
　　오늘 아침 하릴없이 일찍 잠에서 깬 나는 그들이 아직도 가지고 있
는 것이 너무 많은 사람들이라는 것을, 아니, 아직도 가지고 싶은 것이
많은 사람들이라는 것을 깨닫는다. 내려놓아야 할 것이 많은 사람들과
내려놓아야 할 것이 아무것도 남아 있지 않은 사람들에 대해 생각하다

내려놓을 것이 하나도 남지 않은 나는 오늘 아침 카프카의 '변신'을 읽
는다.

—「카프카를 읽는 아침」 전문

위에 인용한 시는 은퇴자가 된 나의 심경을 표현한 자작시이다. 은
퇴는 무엇보다도 강의시간을 줄여주었기에 시를 쓸 수 있는 마음의 여
유가 찾아왔다. 그래서 오랫동안 손을 놓았던 시를 지난해부터 다시
쓰기 시작했다.

지금까지 하던 일이 없어지는 것, 아침에 일어나도 가야 할 곳이 없
어지는 은퇴자로서의 삶을 어떻게 시작해야 할지 갈팡질팡하는 사람
들이 의외로 많다. 그만큼 우리의 백세시대는 개인적으로나 사회적으
로 아무런 준비 없이 빠르게 진행되고 있다. 어떤 사람은 할 일 없는
여가 투성이의 시간을 등산으로 때우고, 또 어떤 사람은 목적 없이 탑
골공원으로 나간다.

최근에 경질된 대통령의 경제보좌관이 청년층을 향해 "취직이 안
된다고 헬조선이라 하지 말고 아세안에 진출하라"라고 하고, 조기 퇴
직한 50~60세대를 향해서도 "산에 가거나 SNS에 험악한 댓글만 달지
말고, 아세안으로 가라"라는 말을 했다가 다음 날로 사표를 내는 사태
가 빚어졌다. 몇 해 전에 박근혜 전 대통령이 청년실업의 해소책으로
중동을 가라고 했다가 청년층으로부터 뭇매를 맞았던 것과 마찬가지
로······.

'아세안(ASEAN, 동남아시아국가연합)으로 가라'는 말은 우연히 튀어

나온 돌출발언은 아니었다. 문재인 정부가 2017년 11월에 공식석으로 천명한 신남방정책에 의거한 것이다. 사실 2016년 사드 문제로 빚어진 중국과의 갈등 상황에서 지나치게 중국에 의존한 교역에서 벗어나 시장을 다변화함으로써 한반도의 경제 영역을 확장할 필요성은 국민 누구라도 공감한 사안이었다. 문재인 정부는 그것을 신남방정책으로 공식화한 것이다.

과거 70년대의 중동 붐이 우리나라의 경제발전의 토대가 되었다는 것은 불문가지의 사실이다. 70년대의 한국은 경제발전에 대한 욕망은 매우 컸지만 이를 달성할 달러가 턱없이 부족했다. 당시 중동은 그야말로 기회의 땅이었다. 한때 중동에 취업한 우리 근로자는 20만 명에 달할 정도였다. 현재 한국은 1인당 GDP가 3만 달러 시대(2018)에 접어든 세계 12위의 경제대국이 되었다. 1인당 GDP가 1천 달러가 안 되던 70년대에 기성세대들은 먹고 살기 위하여 열사의 나라 중동 취업도 마다하지 않았다. 그들의 피땀 어린 고생과 근면과 절약 덕택에 우리 경제가 눈부신 성장을 한 것이다.

하지만 그 성장의 과실로 윤택한 대한민국에서 살아온 청년세대나 조기 퇴직한 베이비붐 세대들은 중동이나 아세안 국가들로 가라는 권고에 감정적으로 반응할 뿐이다. 그들은 독일 광부와 간호사, 베트남 전쟁의 용병, 중동건설 노동자도 마다하지 않았던 60~70년대의 기성세대와는 세대적 특성이나 삶에 대한 가치관이 크게 달라졌다. 무엇보다도 우리의 경제가 세계가 부러워할 수준으로 발전했다는 것을 고려하지 않은 발언이 문제였다. 게다가 헬조선, 등산, SNS 댓글 운운하며 감정을 자극했으니……

더럽고(dirty) 어렵고(difficult) 위험한(dangerous) 분야의 산업을 3D업종이라 하여 기피해온 것은 벌써 오래된 일이다. 따라서 섬유 · 전자 · 신발 · 건설 · 탄광 등의 분야는 오래전부터 심각한 인력난을 겪고 있으며, 외국인들로 그 공백을 메우고 있다. 게다가 최근에는 원거리라는 특성을 지니고 있는 원양 업계를 더하여 4D산업이라는 말도 생겨났다.

아마 아세안 국가들에 가서 취업을 하라는 말이 원거리 취업, 4D업종 취업 정도로 받아들여진 것 같다. 정부가 발표한 바에 의하면 아세안 국가들에 취업한 한국인의 봉급은 우리나라 중소기업에서 받는 봉급 수준인 것 같다. 국내의 중소기업 취업도 기피하는 마당에 굳이 아세안 국가들에 취업을 할 리가 만무한 것이다.

아세안 국가들의 미래 발전 가능성이 커지고, 세계인의 관심이 높아지고 있는 것은 사실이지만 정부는 새로운 일자리 창출에 대해 보다 전향적이고 혁신적인 대책을 수립하고 그 비전을 국민 앞에 제시해야만 한다.

최저임금이 문제가 아니라 산업구조가 제4차 산업혁명 시대로 변화하면서 기존의 일자리가 급격히 사라지고 있다. 하지만 새로운 일자리 창출이나 그 일을 수행할 인력 공급이 제대로 안 되고 있는 것이 현재 우리가 처한 상황이다. AI와 로봇이 그간 인간이 수행해왔던 일자리를 위협하고 있다는 것은 이미 피해갈 수 없는 사실이니, 개인을 넘어서서 제4의 물결시대를 맞이하는 국가적 대응전략이 필수적이라고 하지 않을 수 없다.

이미 우리가 제2차 산업혁명 시대와 제3차 산업혁명 시대에 뼈저리게 경험하였듯이 변화된 산업구조는 기존의 일자리를 없애고 새로운 일자리를 요구한다. 맥킨지 보고서(2017)는 자동화 확대로 2030년까지 전 세계 일자리의 15~30% 수준이 영향을 받을 것으로 예상하였다. 즉 4억~8억 개의 일자리가 없어지는 반면, 기술혁신 등으로 4억~9억 개의 일자리가 새롭게 창출될 것으로 전망하고 있다. 자동화로 인한 기존의 일자리 감소와 새로운 일자리 창출로 기존 인력의 직무 전환, 그리고 일자리 이동이 필요할 것으로 예상되는 것이다.

정부는 제4차 산업혁명 시대에 대비한 산업구조의 과감한 혁신을 통해 미래의 성장 동력과 일자리 창출의 기반을 마련해야만 한다. 고용 형태 다양화에도 대비하여 노동제도 개선 및 일자리 이동 지원 강화 등도 추진해야 할 것이다. 그리고 새로운 일자리에 적응할 수 있도록 재교육을 강화해야 한다. 무엇보다도 대학은 숨 가쁘게 변화하는 미래사회의 혁신성장을 이끌 지식과 능력을 갖춘 인재를 양성해내야만 한다.

프랑스의 철학자 들뢰즈(Gilles Deleuze)는 그의 저서『차이와 반복』(1968)에서 노마드(nomad)라는 현대철학의 새로운 개념을 정립하였다. 현대의 노마드란 과거의 유목민처럼 공간적인 이동만을 하는 사람이 아니다. 버려진 불모지를 새로운 생성의 땅으로 바꿔가는 것, 곧 한자리에 앉아서도 특정한 가치와 삶의 방식에 매달리지 않고 끊임없이 자신을 바꾸어 가는 창조적인 행위를 뜻한다.

21세기는 개인이든 산업이든 한곳에 머물지 않는다. 자신이 살아갈 나라도 자유롭게 선택할 수 있고, 평생직장의 개념은 깨어졌으며, 지금까지 하던 일 대신 새로운 일을 찾아 국내 취업이 어려우면 아메리카든 유럽이든 아세안이든 해외로도 눈을 돌려야 할 시대로 바뀌었다. 태어난 나라에서 운명처럼 처음 하던 일을 죽을 때까지 계속하며 살아가는 시대가 아닌 것이다. 그러니 개인들도 한곳에 머무르는 정주민적 사고가 아니라 창조적인 노마드의 정신이 필요하다. 독일의 미래학자 군둘라 엥글리슈(Gundula Englisch)가 말한 '잡 노마드(job nomad) 사회'가 도래했다는 것을 인식해야 한다.

고려인,
그들의
끝나지 않은 이주

디아스포라(diaspora)는 새로운 장소를 찾아 정착했던 땅을 떠난 사람들이다. 전 세계적으로 이민자의 비율이 3%에 달하고, 현재 우리나라의 재외동포도 740만 명에 이른다. 우리나라에 유입된 외국인의 수도 200만 명을 넘어섰다. 그야말로 디아스포라의 시대이다. 그들이 정들었던 땅을 떠나야 했던 이유는 다양하다.

애초 디아스포라는 팔레스타인을 떠나 세계 각지에 흩어져 살면서 유대교의 규범과 생활 관습을 유지하는 유대인을 지칭하던 용어였다. 하지만 현대에는 그 의미가 확장되어 본토를 떠나 타지에서 자신들의 규범과 관습을 유지하며 살아가는 민족 집단 또는 그 거주지를 가리키는 용어로도 사용된다. 아니 그 의미는 더욱 확장되어 국외로 추방된 소수의 집단 공동체나 정치적 난민, 이민자, 소수 인종 등과 같은 다양한 범주의 사람들을 가리키는 말로 폭넓게 사용되고 있다.

최근에는 더 나은 삶의 조건과 노동 조건을 찾아 국경을 넘나드는 사람들이 많아졌다. 이제는 태어난 땅에서 평생을 산다는 운명주의는 한물 간 가치관이 되고 말았다. 탈국경의 트랜스내셔널리즘은 하나의 트렌드이고, 전 세계적인 보편적 현상이 되었다.

코리안 디아스포라 문학 연구는 지난 20년간 나의 학문적 과제의 하나였다. 나는 디아스포라 문학 연구의 결과로 3권의 저서를 발행했다. 이 가운데 2권이 대한민국학술원의 우수학술도서로 선정되기도 했다. 그동안 코리안 디아스포라 문학을 연구하기 위하여 나는 미국, 캐나다, 일본, 중국, 그리고 구소련권의 독립국가연합의 여러 나라들을 다니며 코리안 이민자들과 교류해왔다. 10여 년 전부터는 고려인 문학 연구차 우즈베키스탄, 카자흐스탄, 키르기스스탄을 여러 차례 방문했다. 2016년에는 고려인들의 발자취를 따라 러시아의 블라디보스토크, 하바롭스크, 사할린 등지를 탐사한 적도 있다.

그동안 만나본 이주자 가운데 가장 나의 마음을 아프게 만든 사람들은 고려인이다. '고려인'은 러시아를 비롯한 구소련권 독립국가연합에서 살고 있는 한국인 동포를 통틀어 일컫는 개념이다. 즉 조선조 말 또는 일제강점기에 한반도를 떠나 연해주를 거쳐 중앙아시아 지역에 이주한 고려인의 후예를 가리키는 개념이지만 1992년 이래 우리나라가 중앙아시아 지역 국가들과 수교를 시작한 이래 새롭게 이주한 사람들까지가 포함된다.

고려인들은 조선조 말과 일제강점기에 한반도를 떠나 두만강 북쪽 지역의 연해주로 이주했지만 1937년 스탈린에 의해 중앙아시아 지역으로 강제 이주된 후 소련 내 소수민족 가운데서도 가장 잘사는 민족으로 뿌리를 내리는 듯했다. 하지만 1991년에 소련이 해체되고 러시

아를 비롯한 독립국가들로 분리되면서 고려인들이 집중 거주해온 우
즈베키스탄, 카자흐스탄 등의 국가에서는 배타적인 민족주의 운동이
확산되었다. 그로 인해 그동안 모국어를 버리고 러시아어를 사용해온
고려인들은 독립국가들의 민족어를 이해하지 못함으로써 직장에서도
추방되고 사회 경제적으로 어려운 처지에 놓이게 된다. 따라서 고려인
들은 중앙아시아 지역을 떠나 강제 이주 전의 연해지방으로 다시 이주
하는 사람들이 생겨나기 시작했다. 그래서 그들의 이주는 백 년이 넘
는 세월이 흘렀어도 끝이 나지 않은 것이다.

　카자흐스탄에 25년간 거주했던 시인 김병학은 '러시안 목각인형'이
라는 시적 대상을 통해 고려인들의 세 겹의 얼굴, 즉 다중 정체성의 문
제를 성찰한다. 러시안 목각인형은 겉 몸체를 열면 계속하여 새로운
얼굴이 나오는 러시안 전통인형이다. 그처럼 현재 고려인들은 겉으로
드러난 카자흐스탄(우즈베키스탄) 국민의 얼굴 아래, 소련 국민으로서
의 얼굴, 또 그 아래 어미 아비 다 잃고 제 말과 노래와 꿈도 잃어버리
고 100년의 세월을 아무렇지도 않은 듯 웃고 있지만 속으로는 항상 울
고 있는 고려인의 중층적 얼굴을 갖고 있다. 모국을 떠나 새로운 곳으
로의 이주는 그 자체로서 단일정체성이 아니라 다원성의 이중자아 혹
은 이산자아로서 국민/비국민으로서의 차별과 배제를 인식하게 만든
다. 고려인들은 100년 세월의 고통을 삼킨 채 겉으로는 웃고 있지만
속으로는 항상 울고 있는 것이다.

　고려인이 탄생시킨 최고의 문학가는 아나톨리 김이다. 그는 러시아
의 모스크바에 거주하며 러시아어로 소설을 쓰고 있는 고려인 3세이

다. 『사할린의 방랑자들』, 『다람쥐』, 『아버지의 숲』, 『다람쥐』, 『켄타우로스의 마을』, 『신의 플루트』, 『꾀꼬리 울음소리』, 『해초 따는 사람들』 같은 작품들이 국내에 번역되어 있다. 한때 나는 세계적인 작가의 반열에 오른 그의 소설들을 연구해볼 의도로 도서관에서 그가 쓴 책들을 모두 빌려다가 집중적으로 읽었던 적이 있다. 하지만 그의 자전적 에세이인 『초원, 내 푸른 영혼』을 제외하고는 그의 소설이 표현하고 있는 환상적인 세계관은 한국인인 내게는 너무 낯설고 생소했다. 따라서 나는 디아스포라 문학의 관점에서 그를 연구하려는 생각을 포기해야만 했다. 하지만 그의 소설은 전 세계 22개국에서 번역되어 읽히고 있고, 미국의 이창래와 더불어 한국계 작가로서는 노벨상 후보로 가장 유력하게 거론되는 작가이다. 비록 나는 공감하지 못했지만 많은 나라에서 그의 작품들이 널리 받아들여지고 있다는 증거이다. 나는 2016년 경주에서 열린 국제펜클럽 한국본부 주최의 제2회 세계한글작가대회에 발제자로 참여했다가 강연자로 참석한 그를 직접 만났다.

내가 만난 고려인 중에는 소설가이자 화가인 박 미하일도 있다. 나는 2011년에 익산시의 보석박물관에 들렀다가 우연히 그의 그림 전시를 보게 되었다. 나는 우즈베키스탄에서 태어난 고려인 5세인 그를 얼마 가지 않아 직접 만났다. 그때 그는 화가가 아닌 소설가로 소개되었다. 몇 해 전 부산을 방문한 그와 식사를 같이하며 긴 대화를 나누었고, 3년 전 블라디보스토크, 하바롭스크, 사할린 등지를 탐사할 때에는 일행 속에 그도 같이 동행했다. 여러 날을 같이 여행하며 그의 문학 세계와 고려인에 대해 많은 대화를 나눌 수 있었다. 러시아어로 작품

을 쓰지만 여느 고려인들과는 달리 한국어를 아주 잘하는 그는 러시
아와 한국을 오가며 작품 활동을 하고 있다. 그가 쓴 소설에는『헬렌의
시간』,『사과가 있는 풍경』,『밤, 그 또 다른 태양』,『개미도시』등이 국
내에 번역되어 있다.

　지금부터 나는 한국인으로서 25년간 영주권자로 카자흐스탄에서
살다 2016년 10월에 한국으로 완전 귀국한 김병학에 대해서 말하고자
한다. 그는 고려인 연구가이자, 시인이고, 번역가이다. 이제는 고려인
역사유물 수집가이자 고려인 역사와 문화에 대한 지식과 자료를 가장
많이 보유한 전문가, 아니 그 자체가 박물관이라고 할 수 있는 사람이
다. 나는 그를 2012년에 고려인 문학 연구논문 발표차 카자흐스탄을
방문했을 때에 처음 만났다가 지난달에 다시 만났다. 지난(2019) 7월
초 공주대학교에서 열린 '한국문학이론과 비평학회'의 학술심포지엄
은 주제가 "이주, 강제이주, 그리고 재이주: CIS 고려인 디아스포라"
였다. 나는 기조발제자로 참여했는데, 나의 주선으로 그의 특별강연도
이루어졌다.

　그는 1992년 카자흐스탄과 수교가 이루어지자 곧바로 그곳으로 건
너가 한글학교 강사, 고려일보 기자, 알마아타국립대학 한국어과 강
사, 카자흐스칸 한국문화센터 연구소장 등을 지냈다. 그는 고려인촌
을 찾아다니며 직접 채록한 노래와『레닌기치』,『선봉』등의 고려인 잡
지와 신문 등을 뒤져 찾아낸 600여 편의 노래를 수록한 역저『재소고
려인의 노래를 찾아서』(2007) Ⅰ, Ⅱ권과 우리나라에 잘 알려지지 않
은 연해주 지역 항일독립운동가 김경천 장군의 일기인『경천아일록』

(2012)을 펴냈다. 그는 카자흐스탄의 고려인 시인 이 스따니슬라브의 시집『모쁘르 마을에 대한 추억』(2010)을 한국어로 번역하여 출간했고, 카자흐스탄 시인들의 시를 한국어로 번역 출간하기도 했다. 고려인 극작가 한진과 관련해서는『한진 전집』과『한진의 삶과 문학』(공저)을 발간했다. 그는 시집『천산에 올라』,『광야에서 부르는 노래』2권을 발간한 시인이며,『카자흐스탄 고려인들 사이에서』라는 에세이집도 발간했다. 고려인에 대한 자료를 끊임없이 발굴하고 그것을 책으로 출간해 온 것이다.

그는 한국에 돌아오자마자『김해운 희곡집』(2017)을 펴냈다. 김해운은 원동 고려인 극장과 타시켄트 조선극장의 설립을 주도하였고, 사할린 조선극장을 중흥시킨 뒤 말년에는 카자흐스탄 고려극장으로 돌아간 배우이자 연출가이고 극작가이다. 우즈베키스탄에서 러시아문학을 강의한 교수였지만 2012년에 한국으로 귀화한 김 블라드미르의 시집『회상열차 안에서』(2018)도 번역 출간했다. 한국에 돌아와서도 그는 여전히 광주의 고려인마을에서 고려인을 위한 일을 하고 있다. 귀국한 이유 자체가 한국에서 고려인을 위한 일을 계속하기 위해서라고 한다.

그는 광주광역시 광산구가 격식을 갖춘 '고려인 역사박물관' 설립을 위해 건물을 매입하였기에 그 개관을 위한 준비에 여념이 없다. 그는 평생을 걸쳐 사재로 수집한 소중한 고려인 역사유물을 여기에 전시하여 이국의 하늘을 떠돌며 불행하게 살아온 고려인의 역사적 자취가 사장되지 않길 바라는 꿈에 부풀어 있다.

대학을 갓 졸업한 푸르디푸른 청년으로 카자흐스탄으로 떠나 25년을 고려인을 위한 일을 하며, 묻힐 뻔했던 문학적·문화적 자료를 찾아내 책으로 발간하고, 역사적 사료를 발굴 수집하여 희끗한 머리로 한국으로 돌아왔다. 다행스럽게도 '고려인 역사박물관'을 만들겠다는 그의 사명감과 열정에 광산구청이 응답해준 것이다. 그는 카자흐스탄에서도 한국에서도 한결같이 고려인을 위한 삶을 치열하게 살고 있다. 이 얼마나 훌륭한 삶인가!

김 블라디미르(1946~)는 러시아 연해주에서 우즈베키스탄으로 강제이주당한 고려인 3세로서 타시켄트 문학대학과 의과대학에서 러시아문학을 강의하는 교수였다. 그는 2012년에 한국으로 귀화하여 광주 고려인마을에서 일용 노동자로 살아가고 있다. 독립된 우즈베키스탄에서 고려인으로 살아가기가 얼마나 힘들었으면 한국으로 귀화하여 고령에도 일용노동자로 살아가는 삶을 선택한 것일까?

그가 쓴 「추석」이라는 시에서 그는 대한민국을 "역사적인 조국"으로 호명한다. 고려인들은 한번도 대한민국의 국적을 가져본 적이 없기 때문에 대한민국이 모국은 될 수 없다. 하지만 혈통이 같고, 과거 윗대의 조상이 살았던 나라이기 때문에 역사적인 조국은 될 수 있는 것이다. 그럼에도 대한민국은 고려인들을 환대하기는커녕 '외국인'이라고 부르며 배제하고 소외시킨다. 그러나 고려인은 그와 같은 호명에 동의할 수 없으며, 심지어 모욕감마저 느낀다고 그는 쓰고 있다. 왜냐하면 고려인과 한국인은 분명 같은 한민족의 혈통을 공유하고 있기 때문이다. 그의 시에서 우즈베키스탄에서도 한국에서도 뿌리를 내리지 못하는 현재 고려인이 처한 슬픈 운명을 확인하지 않을 수 없다.

인간은 특정한 한 장소에 뿌리를 내리고 살고 싶어 한다. 시몬느 베이유(Simone Weil)는 그것을 '뿌리에의 욕망'이라는 말로 표현하였다. 고려인들은 그들이 이주한 땅에 뿌리를 내리고 정착하려는 강렬한 욕망을 갖고 살아왔지만 그 욕망은 늘 좌절되었다. 연해주도, 중앙아시아 지역도, 소련도 결코 그들의 안전지대가 되어주지 못했던 것이다. 그들의 뿌리에의 욕망은 늘 좌절되고 지연되며 아직도 이주는 계속되고 있다. 그들은 심리적 애착과 안정 그리고 정체성을 일치시킬 정착지를 과연 어디에서 찾을 수 있을 것인가? 그들의 뿌리에의 욕망은 언제쯤이면 온전하게 성취될 수 있을까? 한국정치는 이에 제대로 응답해야 하는 것이 아닌가? 단일민족의 순수혈통주의를 신봉하는 우리나라에 외국인들의 유입이 이미 200만 명을 넘어섰다. 더구나 대한민국은 현재 결혼율과 출산율 감소로 머지않은 미래에 인구의 마이너스 성장이 우려되는 시점이 아닌가. 인구정책의 차원에서도 전향적 정책은 모색되어야 하지 않을까.

올(2019) 4월에 문재인 대통령이 투르크메니스탄, 우즈베키스탄, 카자흐스탄 등 중앙아시아 3국을 방문한 데 이어 7월에는 이낙연 총리가 방글라데시, 타지키스탄, 키르기스스탄, 카타르 등 4개국을 공식 방문하였다. 신북방정책의 일환으로 중앙아시아 국가들과의 교역을 증진시키기 위한 방문이다. 키르기스스탄에서 이낙연 총리는 허위(許蔿) 선생의 후손들을 만났다. 허위(1855~1908) 선생은 의병투쟁을 하다 일제로부터 사형당한 독립운동의 선구자이다. '서대문형무소 1호 사형수'로 알려져 있는 그의 후손들을 만나 "그런 분들의 희생이 있었기에 그나마 해방을 맞고 이만큼이나 살게 됐는데 후손들을 제대로 모시고 있지 못해 큰 죄를 짓고 있는 것 같은 마음"이라고 사과했다.

문재인 대통령이 추진한 독립유공자의 유해를 국내로 송환하는 일도 필요하고, 우리나라로 돌아오지 못한 독립유공자들의 후손들에 대한 사과도 필요하다.

그런데 타국 땅을 외롭게 떠돌다 귀화한 고려인을 포함한 재외한인들을 외국인이 아니라 동일한 혈통을 가진 같은 민족으로 받아들일 정책을 진지하게 고려해야 할 필요성이 제기되는 시점이 아닌가? 우리에게 민족이란 진정 어떤 의미를 지니는 것인가? 글을 쓰는 동안 끝없는 질문들이 이어졌다.

제 5 부

외로움도 관리해주나요

〈82년생 김지영〉, 과연 젠더 이슈인가

경단녀(經斷女)는 국어사전에까지 오른 '경력단절 여성'의 줄임말이다. 즉 결혼과 육아를 위해 퇴사해서 직장 경력이 단절된 여성을 이르는 말이다. 여성 감독 김도영이 만든 영화 〈82년생 김지영〉이 상영을 시작하자마자 젠더 이슈로 반응하면서 관람객 수가 2019년 11월 9일 현재 300만 명을 넘어섰다.

이 영화의 주인공 김지영은 아이가 태어나자 직장을 그만두고 육아에 전념하고 있는 경단녀이다. 그녀의 갈등은 육아와 가사노동이 힘들뿐만 아니라 명절에 시댁에 가야 하는 문제를 비롯하여 무엇보다도 직장과 육아를 병행할 수 없어 자신의 능력을 사장하고 집 안에 고립되어 살아가야 한다는 문제일 것이다. 이 영화는 직장 내의 성희롱과 여성차별부터 가정 내에서 일어나는 성차별까지 고루 조감한다. 여성을 차별하는 성차별주의 문화는 가정과 사회를 막론하고 전면적이라는 의미일 것이다.

남자 형제들을 공부시키기 위해서 교사가 되고 싶었던 자신의 꿈을 포기하고 청계천에서 옷을 만들어야 했던 어머니와 달리 주인공 김지영은 대학을 졸업하고 광고 회사에 취직하여 실력을 발휘한다. 결혼을 해도 일과 육아를 병행할 자신감도 있었다. 하지만 막상 아이를 출산하는 순간 그녀의 삶은 180도 달라지기 시작한다. 나는 영화를 보면서 내가 아이를 키워야 했던 1980년대나 지금이나 크게 달라진 게 없다는 데 대해 실망을 넘어서서 절망감을 느꼈다. 설령 신이 나에게 젊음을 되돌려준다고 해도 나는 아이를 키워야 했던 그 시절로는 절대 되돌아가고 싶지 않다. 직장을 가진 여성으로서 다시 되풀이하고 싶지 않을 만큼 육아는 너무 힘이 들었기 때문이다. 누군가는 나에게 육아의 과정을 긴 터널을 통과해온 느낌이라고 말한 적이 있다.

국가는 계속해서 인구 감소를 우려하고 낮아진 출산율을 걱정한다. 출산율이 2018년부터 0.98명으로 1명도 되지 않는, 즉 OECD 국가 중 출산율이 가장 낮은 대한민국이 되었다. 이를 해소하기 위해 국가가 한 일이 무엇인가 묻지 않을 수 없다. 지자체가 아이를 낳으면 주는 10만 원에서 500만 원에 달하는 출산장려금 정책으로 과연 출산율을 높일 수 있다고 있다고 생각하고 있는 것일까? 문제의 핵심을 외면한 현재의 출산지원 정책이 아무런 효과를 거두고 있지 않다는 것은 점점 낮아지는 출산율 통계만 보아도 바로 알 수 있다. 그렇다면 정책을 과감하게 바꾸어야 한다. 김지영의 문제는 그녀가 경력이 단절된 채 가정에 고립된 삶을 살아야 한다는 개인적 좌절을 넘어서서 우리나라의 저출산 고령화의 인구 문제와 직결되어 있는 것이다.

백세시대가 되면서 젊은이들은 가능한 한 결혼을 늦추려고 하거나 하지 않으려고 한다. 결혼제도가 개인에게 주는 이점이 사라졌기 때문이다. 3포세대라는 유행어가 말해주듯이 직장을 구할 수 없는 청년들은 연애와 결혼마저도 꿈꿀 수 없다. 그런데 어렵사리 직장을 구한 여성이 결혼과 육아로 인해 직장을 그만두어야 한다면 누가 결혼을 할 것이며, 아이를 낳을 것인가? 영화 속 김지영의 언니처럼 직업은 가졌지만 결혼은 하지 않는 여성이 늘어날 수밖에 없는 것이다.

나는 문재인 정부가 52시간제 근무제를 넘어서서 '시간선택제 근무'를 보다 유연하게 운용할 필요가 있다고 생각한다. 아이를 키우는 동안 남편이 일찍 출근했다가 돌아와 아이를 돌보고, 아내가 교대해서 직장에 출근할 수 있다면 어떨까? 근본적으로 우리의 직장문화가 노동시간을 줄이는 방향으로 나아가야만 가능한 꿈같은 이야기이다. 하지만 노동시간을 줄이는 문제는 4차 산업혁명 시대에 기대를 걸 수도 있다고 생각한다.

국가는 출산지원금보다는 육아 도우미를 가정에 파견하도록 제도화해야 할 것이다. 그 비용은 국가와 개인이 공동 부담하는 방식이라면 좋을 것이다. 그렇게 된다면 일자리도 늘어나게 될 것이다. 그리고 집 근처나 직장에서 어린이를 돌볼 수 있는 국공립 어린이집과 직장 어린이집을 확대하고, 출산 및 육아 휴직을 남녀 공히 눈치 보지 않고 활용할 수 있도록 제도를 개선해야 할 것이다. 아이가 학교에 들어간 다음에는 애프터스쿨제도를 통해서 부모가 걱정 없이 일할 수 있도록 제도화해야 한다. 육아문제를 국가가 책임지고 해결해주어야만 아이를 마음놓고 낳을 수 있는 것이다. 설령 주부가 육아를 전담할 때에도 아이를 어느 정도 키운 후 퇴사한 직장에 복귀 신청을 하면 우선적

으로 복귀 가능하도록 제도화했다면 영화 속 김지영이 빙의를 겪을 정
도로 정신적 위기를 겪지는 않았을 것이다.

〈82년생 김지영〉을 관람한 장종화 더불어민주당 청년 대변인은 남
성도 여성과 마찬가지로 차별을 받고 있다는 취지의 논평을 내 논란
에 휩싸였다. 그는 "'82년생 장종화'를 영화로 만들어도 똑같을 것"이
라고 했다. "초등학교 시절 단순히 숙제 하나 하지 않았다는 이유로
풀스윙 따귀를 맞고 스물둘 청춘에 입대해 갖은 고생 끝에 배치된 부
대에서 아무 이유 없이 있는 욕, 없는 욕은 다 듣고, 키 180cm 이하는
루저가 되는 것과 같이 여러 맥락을 알 수 없는 남자다움이 요구된
삶을 살았다"고 말했다. 우리 사회에서 겪는 성차별은 여성뿐만 아니
라 남성도 마찬가지라는 것이다. 가부장제 사회는 여성뿐만 아니라
남성도 차별한다는 그의 말은 틀리지 않았다. 하지만 그는 김지영이
받는 아픔과 차별에 공감하면서 우리 사회가 남녀를 모두 차별하니,
그 부당한 차별 철폐를 위해 함께 노력해 나가자고 말했더라면 박수
를 받았을 것이다. 여당 청년 대변인으로서의 인식과 태도에 아쉬움
이 큰 대목이다.

여성학에 자극받아 생긴 남성학은 기존의 남성 역할에 대해 불만을
나타내고 회의하면서 출발했다. 남성학은 기존의 남성 역할의 억압성
에 대한 인식, 이로부터 벗어나 자유롭고 해방된 인간으로서의 삶의
권리를 누릴 수 있는 사회로의 변혁을 목표로 한다. 남성의 병역의무,
가족부양의무, 남성에게 가해지는 성차별은 남성으로서 받는 혜택보
다 클 수도 있다. 아니 남성으로서 받는 혜택이 어떤 남성에게는 억압

이 될 수도 있다. 또한 기존의 가부장제하에서 혜택받는 남성들은 얼마나 될까라는 회의가 얼마든지 생길 수 있는 것이다. 미국의 남성해방론자인 리차드 하다드(Richard Haddad)는 여자보다 10년이나 더 짧은 남자의 수명은 타인을 먹여 살리는 데 일생을 바쳤기 때문이라고 주장했다. 남성의 역할이야말로 10년이나 수명을 단축시킬 만큼 치사적(致死的)이라는 것이다.

성역할을 구분하고 남성다움과 여성다움을 분리하여 요구하는 가부장제 사회에서 여성은 여성대로, 남성은 남성대로 여러 차별을 경험하며 원하지 않는 삶을 살아간다. 따라서 김지영이 겪는 문제를 젠더 갈등으로 풀어가서는 안 된다. 오히려 남녀는 서로 협력하여 마음 놓고 일을 하며 아이를 낳아 키울 수 있고, 보다 인간답고 자유롭게 살 수 있는 사회를 만들어나가는 변혁의 공동주체가 되어야 한다. 영화 속의 아내 김지영(정유미 분)과 남편(공유 분)처럼 서로를 깊이 이해해도 개인적으로 해결되지 않는 근본적 문제에 직면할 수밖에 없다면 서로 협력하여 근본적 문제가 해결되는 사회를 만들도록 함께 노력해야 하는 것이다.

영화의 결말은 유치원에 남편이 아이를 데리러 가고 김지영은 외출에서 돌아와 자신이 쓴 글이 실린 잡지를 읽는다. 원래 국문과 출신으로 작가가 되기를 원했던 그녀가 프리랜서 작가가 된 해피엔딩을 보여주는 듯하다. 하지만 그로써 경단녀의 문제가 모두 해결되는 것은 아닐 것이다. 영화 속의 남편 공유는 아내의 문제에 안타까워하며 육아의 협력자가 되었지만 현실의 '장종화'는 김지영에 공감하기보다는 남성도 차별받는다고 반응했다. 현실 속의 수많은 김지영의 문제는 어떻게 해결할 것인가? 그래도 영화가 절망이 아니라 희망을 보여주어서 다행이라고 생각한다. 영화는 문제를 제기하고, 노동운동과 사회운동에서 이를 이슈화하고, 정치권에서 제도를 통해서 근본적으로 문제를 해결하도록 노력해야 할 것이라고 생각한다.

트랜스젠더
논란

인간은 대부분 태어날 때 생물학적 여성 또는 남성으로 태어난다. 하지만 때로 자신이 태어난 생물학적 성과 자신이 생각하는 정신적인 성 정체성이 일치하지 않는 사람이 있다. 즉 생물학적으로 남성의 몸으로 태어났지만 자신이 생각하는 성 정체성을 여성으로 인식하는 경우나 그 반대의 경우가 존재한다.

자신의 생물학적인 성과 정신적인 성 정체성이 반대라고 생각하는 사람을 우리는 트랜스젠더(trans-gender)라고 부른다. 트랜스젠더라고 해서 모두가 성전환 수술을 받거나 원하는 것은 아니지만 최근 우리 사회의 트랜스젠더 논란을 불러일으킨 육군 변 하사의 경우나 숙명여대 법학과에 합격했지만 입학을 포기할 수밖에 없었던 지원자는 성전환 수술을 통해 정신적인 성 정체성에 부합하는 여성의 몸으로 바꾸었고, 법적으로도 완벽하게 남성에서 여성으로 바뀐 경우에 해당된다.

변 하사의 강제 전역 사건이나 숙명여대 입학 포기 사건에서 보듯이 우리 사회에서 트랜스젠더에 대한 시선은 곱지 않다. 아니, 실질적으로 그들은 사회적 차별을 겪으며 국민건강보험에서도 불이익을 받을 뿐만 아니라 혐오의 대상이 되고 있다. 트랜스젠더는 1970년대까지는 학계에서조차 개인적 일탈(deviance)이나 병리(pathology)로 보는 인식이 지배적이었다. 즉 그들은 젠더 이분법의 사회적 규범에서 벗어난 탈선적 존재이거나 병원에서 치료를 받아야 할 대상이었다. 하지만 페미니즘, 퀴어이론, 사회구성주의 등을 통해 이들을 일탈이나 병리로 보는 시각은 엷어졌다.

하지만 여전히 우리 사회는 트랜스젠더나 동성애자 등 성소수자를 비정상으로 보는 시각이 일반화되어 있고, 그들에 대한 사회적 낙인이 매우 공고하다는 것이 이번 기회에 재차 확인되었다. 변 하사의 경우는 여군으로 소속을 옮겨 계속 군인 생활을 하기를 간절히 희망하였음에도 군 당국은 심신장애 3급 판정을 내려 강제 전역시키고 말았으며, 숙명여대 합격자는 학내의 트랜스젠더에 대한 혐오 분위기가 두려워 스스로 입학을 취소하고 말았다.

트랜스젠더에게 우리 사회가 보여준 태도는 그들의 권리를 억압하고 차별하며 나아가 무조건적으로 싫어하고 미워하는 혐오라고 할 수 있다. 그들이 수술을 통해 자신의 정신적 성 정체성에 맞게 육체적 성을 전환했다는 것이 다른 사람에게 무슨 불편함을 주거나 손해를 입히는 일은 아니지 않은가. 가령 트랜스젠더 연예인 하리수가 우리에게 무슨 불편함이나 손해를 끼쳤는가? 그럼에도 그들을 향해 우리 사회는 혐오라고 부를 만한 태도들을 쏟아내고 있다.

우리 사회는 생물학적 성별에 의해 성 정체성도 결정된다는 본질주의적인 믿음을 강하게 갖고 있으며, 오직 여성과 남성이라는 성만이 존재한다는 젠더 이분법, 나아가 이성애주의에 사로잡혀 자신들과는 다른 트랜스젠더나 동성애자 등 성소수자에 대해서 완고한 편견과 차별을 거침없이 드러내고 있다.

보수적인 군대문화는 그렇다고 치더라도 미래사회를 걸머질 대학 사회에서마저 트랜스젠더에 대한 집단적인 혐오증을 보인 것은 실로 놀라웠다. 트랜스젠더를 거부한다는 그들이 과연 진보적인 젊은이들인가에 대한 의아심을 불러일으키기에 충분했던 것이다. 2~3년 전부터 이웃 일본의 여자대학에서는 트랜스젠더의 입학을 허용해왔지만 우리나라에서는 2020년에 이르러서야 숙명여대에 한 트랜스젠더 여성이 지원하여 합격하면서 문제가 불거졌다. 현재 우리나라의 7개에 달하는 여자대학교에서는 학칙이나 사회적 통념을 내세워 트랜스젠더의 입학을 허용하지 않고 있다. 숙명여대의 경우는 학교 당국이 입장 표명을 하기도 전에 재학생들과 일부 페미니즘 단체까지 가세하여 입학을 반대했다. 숙명여대 지원자는 이미 법적으로나 육체적으로 여성으로 전환되었음에도 그녀가 트랜스젠더라는 이유로 반대를 했던 것이다.

입학을 반대한 이들은 성별 변경이 여성의 권리를 위협하는 행위이며, 여성의 모습을 가장한 남성들의 입학은 곧 강간범죄를 방임하는 것과 마찬가지라는 터무니없는 주장을 했다. 나아가 법원이 성별 변경 신청을 기각할 것과 국회가 성별 변경 불가에 관한 법률을 제정할 것을 촉구했다.

그런데 트랜스젠더 여성이 여성의 어떤 권리를 위협한다는 것인지

묻지 않을 수 없다. 또 트랜스젠더 여성이 여성의 모습을 가장한 남성이라는 말과 여성을 강간할 잠재적 범죄자라는 말에 아연실색하지 않을 수 없다. 그들이야말로 트랜스젠더의 인권을 침해한 장본인들이다. 일부 숙명여대 동문들의 입학 지지 표명이 없었던 것은 아니지만 그들은 참으로 논리에도 맞지 않는 억지와 편견으로 가득 찬 궁색하기 짝이 없는 혐오 주장을 펼쳤던 것이다. 더구나 사법부와 입법부를 향해서 성별 변경 신청 기각과 성별 변경 불가에 대한 법률 제정을 요구하다니 실로 놀라움을 금할 수 없다.

역사적으로 다수는 성소수자를 포함하여 젠더, 인종, 민족 등 다양한 소수자에 대한 비하와 차별의 수단으로 투사적 혐오를 사용해왔다. '투사적 혐오'란 그들이 혐오하는 대상에게 벌레, 타액, 혈액, 체취 등과 같이 우리가 실제로 혐오감을 느끼는 대상물의 성질을 투사함으로써 혐오를 불러일으키는 것을 의미한다.

숙명여대의 경우는 트랜스젠더 여성에게 강간범에 대해서 여성들이 갖는 치명적인 두려움을 환기하는 투사적 혐오를 사용했다. 그들은 남성과 여성이라는 젠더 이분법의 경계를 혼란시키고 위협한다고 여겨지는 트랜스젠더에 대해서 강간범이 될지도 모른다는 오명을 씌워 입학에서 배제하고자 하였던 것이다. 그런데 나는 지금까지 트랜스젠더 여성이 다른 여성을 강간했다는 뉴스를 들어본 적이 없으며, 하리수와 같은 트랜스젠더 연예인이 대중들에게 두려움을 주는 존재라고 생각해본 적은 더욱 없다.

줄리아 크리스테바(Julia Cristeva)는 한 문화권 안에서 비체(abject)가

되는 것은 부적절하거나 건강하지 않은 존재가 아니라 동일성이나 체계와 질서를 교란시키는 존재에 더 가깝다고 했다. 숙명여대의 경우 트랜스젠더를 성별 이분법의 체계와 질서를 교란시키는 대상으로 간주하여 강간범이란 오명을 덮어씌우는 투사적 혐오를 사용했던 것이다.

변 하사는 최근 법원에서 '여성'으로 인정을 받았으며, 자신을 강제 전역시킨 군 당국에 인사소청과 행정소송 등 법적 대응에 나섰다. 이번 기회에 군이 트랜스젠더의 군 복역에 대한 전향적 결정을 내릴 수 있는 법 개정이 이루어지기를 바란다(2020년 12월 14일에 국가인권위원회는 변 하사의 강제전역 처분이 부당하다며 처분 취소를 권고했다). 아울러 여자대학에서도 트랜스젠더 여성의 입학을 차별하지 않는다는 학칙 개정을 이번 기회에 해주기 바란다.

현대는 다원주의의 사회이다. 다원주의의 가치에 맞게 법도, 사회 통념도 바뀌어야 한다. 나아가 현대는 태어난 국가나 외모, 직업, 젠더, 직업마저 주어진 운명이 아니라 얼마든지 선택할 수 있는 시대이다. 자신이 태어난 국가가 마음에 들지 않으면 이민을 통해서 다른 나라의 국민이 될 수도 있고, 외모가 마음에 들지 않으면 성형수술로 외모를 바꿀 수도 있다. 직업이 마음에 들지 않으면 당연히 다른 직업으로 바꿀 수가 있다. 자신이 생각하는 성 정체성과 생물학적인 성이 다르면 성전환 수술 등을 통해서 젠더를 바꿀 수 있는 시대가 된 것이다.

이러한 이동과 변화를 철학자 들뢰즈는 그의 저서 『차이와 반복』에서 노마디즘(nomadism)이란 단어로 표현하였다. 과거에 노마드(nomad)

란 유목민들의 공간적인 이동만을 가리켰지만 현대에는 공간만이 아
니라 버려진 불모지를 새로운 생성의 땅으로 바꿔 가는 것, 곧 한자리
에 앉아서 특정한 가치와 삶의 방식에 매달리지 않고 끊임없이 자신을
바꾸어 가는 창조적인 행위를 지향하는 사람을 뜻하는 것으로 그 의미
가 확장되었다.

이 글을 쓰는 동안 가능하다면 인생의 절반은 여성으로, 나머지 절
반은 남성으로 살아보는 것도 다양성이라는 측면에서 결코 나쁘지 않
을 것 같다는 생각이 문득 든다. 물론 트랜스젠더들이 나와 같은 가벼
운 생각으로 성전환 수술을 한 것은 아닐 것이다. 이분법적 젠더 규범
에 어긋난다는 이유로 주류사회로부터 배제되어 소수자로 밀려난 그
들은 자신들의 생물학적 성에 맞는 성 정체성을 갖고자 최대한 노력했
을 것이며, 젠더 이분법의 사회 질서와 체계에 순응하고 적응하기 위
해 피나는 노력도 기울였을 것이다. 그럼에도 순간순간 정신과 육체의
불일치가 초래하는 불편과 불행을 넘어서고자 성전환 수술도 했을 것
으로 생각한다. 하지만 그것은 또 다른 사회적 논란의 시작이었음이
이번 변 하사나 숙명여대 사건에서 확인되었다.

우리는 나와 다른 남에 대해서 지나치게 편협한 태도를 갖고 있다.
나와 다른 남에 대해서 보다 관용적인 태도가 필요한 시대이다. 최근
코로나19의 발생과 더불어 중국인 또는 동양인에 대한 서구사회의 혐
오가 오리엔탈리즘과 겹쳐서 확산되고 있다고 한다. 코로나19가 중국
우한에서 시작된 것은 분명하지만 그것이 중국인 또는 동양인 전체에
대한 혐오를 정당화할 구실이 되는 것은 아니다. 코로나19가 중국인

또는 동양인이기 때문에 발생한 질병은 아니지 않은가. 나와 남을 경계 짓고 편견을 갖고 차별하고 혐오하는 태도를 넘어서야만 전 지구화 시대를 살아갈 세계인으로서의 자격이 갖추어질 것이다.

누가
설리를
죽였는가

        연예인 설리(25)의 자살이 커다란
충격을 던져주고 있다. 우리 사회에 만연한 악성 댓글과 루머의 폭력
적 폐해와 여성 혐오가 젊고 아름다운 여성, 전도가 양양한 한 연예인
을 죽음의 구렁텅이로 몰아넣고 말았다. 그녀의 자살을 두고 AP통신
은 "설리는 매우 보수적인 한국사회에서 페미니스트적 목소리를 내
고 거리낌 없이 행동하는 것으로 유명한 몇 안 되는 여성 엔터테이너
였다"고 보도하며 그녀의 죽음에 작용한 한국사회의 보수성을 꼬집었
다. 영국 유력 언론 가디언은 "설리의 죽음은 한국의 악성 팬 문화와
댓글에서 비롯됐다"고 보도했다.

    실제로 그녀는 악플로 인한 우울증과 대인기피증, 공황장애 등을
심각하게 앓고 있었다고 한다. 설리가 악플의 타깃이 된 요인의 하나
는 그녀가 페미니스트로서의 행보를 걸어왔다는 것이다. 노브라의 선
언이나 여성의 낙태 권리를 옹호하는 발언 등은 AP통신의 지적처럼
보수적인 한국사회에 저항하는 몸짓으로 받아들여졌을 것이다.

    그런데 그녀가 노브라를 선언한 행동가였다는 것이 왜 비난받아야

할 일인가? 노브라는 외국이라면 전혀 문젯거리도 되지 않는 이슈지
만 보수적인 한국사회는 여성 혐오와 악성 댓글로 반응했다. 1990년
대 중반의 영국 여행 중에 본 일이다. 그때 영국 여성들은 대부분 화장
도 하지 않고 노브라 차림에다 햇빛만 나면 잔디밭에서 상의를 벗던
지고 선탠을 하고 있어 인상적이었다. 일찍이 자유주의 여성운동이 일
어난 나라의 여성들은 화장과 옷차림에도 매우 자유롭다는 생각에 부
러움을 느꼈던 기억이 난다.

양성평등을 자처하는 21세기에도 강남역 살인사건을 비롯하여 우
리 사회의 여성 혐오는 여전하다. 여성 혐오는 여성을 멸시하고 여성
을 성적 대상으로 대상화하는 사고방식에서 나온다. 즉 여성을 남성과
대등한 성적 주체로 인정하지 않고 객체화하고 타자화하는 성차별주
의 문화를 배경으로 하는 상징적 폭력인 것이다. 설리가 여성에게 순
결, 순종, 겸손 등의 이미지를 요구하는 남성적 규범에 반하여 여성의
몸에 대한 자기결정권을 주장하며 마치 페미니즘의 전사처럼 행동하
는 것을 용납하지 않는 성차별주의가 결국은 악플이라는 방법으로 그
녀를 죽인 것이다. 거기에다 설리는 남들이 갖지 못한 젊고 아름다운
외모를 지녔다는 데 대한 질투심도 크게 작용했을 것이다. 그런 여성
이 자기 목소리를 내며 당당하기까지 하다니……

여성 혐오는 언제 일어나는가? 남성들은 자신의 남성 정체성의 경
계를 여성이 흔들고 위협한다고 여겨질 때 혐오를 표출한다. 그 대상
이 개인과 공동체에 실질적 차원에서 직접적 위해를 끼치거나 물리적
으로 위험한 존재라고 여겨질 때라기보다는 인식론적 차원에서 사회

적으로 문화적으로 위험하고, 불쾌하고, 불편한, 제거되어야 할 불순한 존재로 여겨질 때 혐오의 타깃이 되는 것이다.

혐오는 다수자가 소수자를 향해서 표출하는 권력행위이자 폭력이다. 남성 중심의 사회에서 여성이라는 젠더는 약자이고 소수자이다. 따라서 다수자인 남성은 사회적으로 소수자를 낙인찍는 강력하고 핵심적인 방식으로 혐오를 동원한다. 젠더 위계서열의 권위와 가부장제의 권력에 도전하는 여성들은 언제나 혐오의 대상이 되어 왔다.

설리의 자살 소식이 전해졌을 때 JTBC 뉴스룸의 앵커 손석희는 설리의 자살과 우리나라 최초로 등단한 근대여성작가 김명순(1896~1951)을 비교하며 여성을 죽음으로 몰아넣는 우리 사회의 폭력성은 전혀 개선되지 않았다고 '앵커브리핑'에서 논평했다.

100년 전 김명순은 여러 차례 자살을 시도했다. 그녀는 「유언」이라는 시를 통해 자신을 부당하게 공격하고 비난하는 조선사회를 "이 사나운 곳아 사나운 곳아"라고 부르며 절규했다. 그녀의 작가적 역량을 무시한 채 어머니가 기생첩이라고 출생에 얽힌 가족사를 '나쁜 피'라 들먹이고, 데이트강간의 피해자였음에도 가해자가 아니라 그녀를 융단폭격으로 맹비난하는 남성 중심의 사회를 그녀는 '사나운 곳'이라고 불렀던 것이다. 김명순은 자살이라는 위기를 여러 차례 넘기면서도 문학활동으로 자아를 보존하기 위해 몸부림쳤지만 끝내 한국을 떠나 일본의 한 정신병원에서 사망하였다. 한 세기의 세월이 흘렀음에도 한 인간이 온전한 정신으로 살아갈 수 없도록 만드는 집요한 여성 혐오가 설리에게도 작동해온 것을 나는 이번 자살 사건을 통해 보지 않을 수 없다.

인터넷이 상용화되면서 우리 사회는 댓글문화가 여론을 좌지우지하는 사회가 되고 말았다. 누군가 특정인에 대한 악성 댓글을 달기 시작하면 순식간에 폭발적으로 그 숫자가 증가하고, 그것은 끝장을 볼 때까지 계속된다. 나는 그것을 가수 타블로의 미국 스탠퍼드대학교 학력이 위조됐다고 벌떼같이 달려들어 타격하는 사례에서도, 또 박원순 서울시장 아들의 병역 의혹 사례에서도 보았고, 그 진저리 쳐지는 집요함에 전율하였다. 그 집요함은 그들이 제기한 의혹이 근거 없는 가짜뉴스라고 법적 판명이 난 다음에도 계속된다는 사실에서 광기라고밖에는 부르지 않을 수 없다. 그들의 행위가 정의를 위해서 행해지는 것도 아니다. 그저 자신이 한번 그렇게 믿기 시작하면 사실의 진위 여부를 떠나 끝장을 볼 때까지, 즉 한 사람을 사회적으로 완전히 매장하고 누군가는 죽어나갈 때까지 지속되는 공포와 경악의 끔찍한 집착이다.

설리는 아직 나이 어린 여성이라서 그와 같은 공포에 대처해가는 마음의 근육을 키우지도 못했고, 그녀의 상처받은 마음을 어루만져 줄 주위의 지지도 없었기에 악성댓글의 폭력을 홀로 감당하다가 마침내 자살이라는 극단적인 선택을 하고 만 것이다.

아버지의 자살을 목격했던 미국의 심리학자 토마스 조이너(Thomas Joiner)는 『왜 사람들은 자살을 하는가』라는 책에서 사람들이 자살을 실행하는 세 가지 심리 조건이 있다고 했다. 그가 말한 세 가지 조건은 첫째, 사회적으로 고립되었다고 느끼는 마음(상실감)이다. 둘째, 스스로 타인에게 짐이 된다고 생각하는 무능감이다. 셋째, 죽음의 고통을 받아들일 만한 (육체적·심리적)부상 경험이다. 그는 이 세 가지 심리 조건 중 단 하나라도 결여되어 있으면 절대로 자살은 일어나지 않는다고 했다. 설리는 정녕 이 세 가지 조건을 모두 충족시키는 극심한 고통 속에서 자살이라는 낭떠러지로 굴러떨어진 것이다. 누가 그녀를 떠밀었는가?

SNS상의 댓글은 익명성이라는 가면 속에 숨어서 자신이 한 사람에게 치명적인 폭력을 가해한다는 사실조차 깨닫지 못한 채 무슨 놀이를 하듯이 상습적으로 이루어진다. 피해자는 가해자가 구체적으로 누구인지도 모르면서 불안과 공포에 시달리다가 극단적으로는 자살에까지 이르게 된다. 악플러들은 익명성과 다수라는 가면 뒤에 비겁하게 숨어서 저주와 혐오의 폭력적 언어를 쏟아내며 인신공격을 가해왔다.

언제부턴가 우리 사회는 인터넷 댓글을 정치적으로 이용할 만큼 그 위력이 커졌다. 이명박 정부 시절에 국정원은 국가예산까지 투여하며 '사이버 외곽팀'이라고 부르는 댓글 부대를 불법으로 운영하며 18대 대통령 선거에 개입하고 대중들의 여론을 조작하였다. 김경수 경남지사가 경진모의 드루킹과 공모 혐의를 받고 재판 중인 '드루킹 사건'도 그런 사건들 중 하나다. 파워 블로거 드루킹이 19대 대선 과정에서 인터넷 포털과 커뮤니티 등지에서 매크로 프로그램을 통해 조직적으로 여론 조작을 해왔다고 의심받고 있는 정치적 사건인 것이다.

인터넷 댓글은 하이퍼텍스트 시대의 상호작용성의 표현의 자유를 실현하는 공간으로 유용하게 사용할 수도 있다. 대중들이 댓글을 통해 직접 사회적 아젠다를 설정하고 여론을 형성하는 순기능의 커뮤니케이션 기능을 수행할 수 있는 것이다. 문제는 가짜뉴스를 확산하고, 인신공격적인 비방과 욕설과 혐오를 발산하는 공간으로 오용되는 역기능이다. 사이버폭력 특별법이나 인터넷 본인실명제나 사이버 명예훼손죄와 사이버모욕죄 등이 존재한다고 하지만 악성댓글의 폭력성에 제대로 기능하지 못하고 있다.

설리는 자신의 노트에다 "괴롭다, 힘들다"와 같은 단어로 악플로 인해 자신이 겪고 있는 고통을 표현하였다. 인터넷 준실명제를 바탕으로 한 일명 '설리법'이 올 12월에 추진된다는 뉴스가 전해진다. 그녀는 죽었지만 그녀는 자신의 죽음을 통해 악플은 반드시 규제해야 한다는 메시지를 우리 사회를 향해 분명히 전달한 셈이다. 그녀의 죽음을 안타까워하는 사람들과 달리 그녀를 죽음으로 몰아간 악플러들은 과연 그녀의 죽음과 죽음이 던진 메시지를 어떻게 받아들였을까?

세상은
빠르게
변화하고 있다

       2015년 2월 26일에 헌재는 간통죄가 국민의 기본권을 침해하는 위헌이라는 판결을 내렸다. 간통죄가 제정된 지 62년 만의 일이었다. 과거 일제 치하에서 간통죄는 여성만을 처벌하는 불평등한 법률이었다. 1948년에 대한민국 헌법이 제정되고 1953년에 형법에서 부부 평등의 간통죄 및 쌍벌죄가 규정됨으로써 간통은 남녀 쌍방의 이혼 사유가 되었다. 간통죄의 쌍벌 규정을 만들기 위해 여성계가 노력을 기울여온 결과였다.

  하지만 간통죄는 개인의 성적 자기결정권과 프라이버시라는 기본권을 침해한다는 위헌의 소지를 안고 있었다. 따라서 1990년부터 다섯 차례에 걸쳐 위헌청구 소송이 제기되어오다가 마침내 폐지된 것이다. 간통죄가 간통 예방의 효과가 있다고 존치를 주장하던 여성계마저도 이를 찬성하였다. 즉 "여성의 '정조'를 지나치게 강조하는 등 가부장적 요소가 있다"며 철폐 쪽으로 선회하였던 것이다. 이후 배우자 이외의 이성과 성적 접촉을 하더라도 형사법적 처벌은 할 수 없게 되었으며, 다만 민사법상의 벌금형만을 부과할 수 있을 뿐이다. 이처럼 우리 사회는 개인의 성적 자기결정권과 프라이버시를 존중하는 열린사회가 된 것이다.

간통죄 폐지만을 두고 볼 때에 우리 사회는 성에 대해서 관대한 열린사회로 보이지만 성적 자기결정권의 침해에 대해서는 그 어느 때보다도 엄격하며, 이를 침해했을 때 종종 첨예한 사회적 이슈가 되곤 한다. 최근 고 박원순 서울시장이 비서가 성추행 고소장을 경찰에 제출한 사실을 알고 자살이라는 극단적 방식으로 생을 마감해 우리 사회를 충격에 빠뜨렸다. 경찰은 박 시장의 자살로 공소권이 종결되었다고 발표했지만 피해자를 대리한 변호사와 한국성폭력상담소, 한국 여성의 전화, 그리고 야권 등은 사건의 실체를 밝혀야 한다고 주장하고 있다. 이와 같은 주장은 대체로 정치권에서도 수용되는 분위기이다.

성폭력은 성을 매개로 개인의 성적 자기결정권을 침해함으로써, 개인 혹은 집단에 대해 신체적·심리적·사회적 고통을 야기하는 폭력 행위를 의미한다. 그동안 성폭력은 부녀자의 '정조에 관한 죄'로 여성 개인보다 남편이나 가족의 명예를 실추시키는 사안으로 접근되었다. 그러나 여성운동 진영에서는 성폭력을 정조에 관한 죄가 아니라 성적 자기결정권의 침해라는 관점에서 접근해왔다. 그리고 성폭력은 여성에게만 국한되는 것이 아니라는 점에서 남녀 간에 발생하는 성적인 폭력뿐만 아니라 동성 간에 발생하는 것까지 포함하여, 성추행, 강간, 강간미수, 조직문화의 위계 구조 내에서 발생하는 성희롱, 어린이 성추행 등이 개념에 포함되는 것으로 변화되었다.

성폭력의 하나인 성추행은 강제추행을 뜻한다. 박 시장의 비서는 박 시장으로부터 위력에 의한 성추행을 당했다고 고소장을 제출하였다. 성추행이 성희롱과 다른 것은 '폭행이나 협박'을 수단으로 '추행'하는 것이다. 성추행은 성욕의 자극, 흥분을 목적으로 일반인의 성적 수치, 혐오의 감정을 느끼게 하는 일체의 행위(키스를 하거나 상대의 성기를 만지는 행위 등)로, 강제추행은 이러한 추행 행위시 폭행 또는 협박과 같은 강제력이 사용되는 경우를 말한다.

과연 박 시장이 폭행이나 협박과 같은 강제력을 사용하였는지, 성추행 수위의 신체 접촉을 했는지를 가장 먼저 살펴야 할 것이다. 그런데 죽은 자는 말이 없고, 피해자 및 그녀를 지원하는 여성계는 시장과 비서라는 권력관계를 물리적 폭행이나 언어적 협박이 없어도 강제력이라고 해석하고 있다.

아직 사건의 실체가 제대로 밝혀지지 않아 언급하기가 조심스럽지만 만약 떠도는 소문처럼 텔레그램 메신저를 통해서 속옷만 입은 사진을 전송했다든지 멍든 부위에 입술을 갖다 댔다면 그런 행위들은 분명 성추행 내지 성희롱으로 해석할 소지가 있다. 육십 대의 박 시장은 본인이 평생 인권변호사이자 부천서 성고문 사건 담당 변호사로서 여권 운동에도 큰 기여를 해왔음에도 정작 그와 같은 자신의 언행이 상대방에게 성적 수치심과 혐오감을 불러일으킨다는 사실에 대한 인식이 전혀 없었던 것 같다. 아마도 가부장 문화에서 평생을 살아온 그는 자신은 농담이나 친근감의 표현으로 던졌을지도 모를 말과 행동이 상대 여성에게는 성적 수치심과 혐오감으로 받아들여진다는 사실을 상상조차 하지 못했던 것으로 보인다. 즉 자신의 언어와 행동 안에 내재한 가부장적 권력에 대해서 무관심했던 것이다.

하지만 고의성 없이 무심코 던진 남성들의 말이나 행동들이 상대 여성에게는 견딜 수 없는 성적 수치심과 혐오감을 불러일으킬 수 있는 것이다. 아직도 우리 사회는 가부장주의가 만연돼 있고, 남성들이 사용하는 언어나 행동들은 때로 자신도 의식하지 못하는 가운데 가부장적 권력관계를 내포하게 된다. 어쩌면 이것은 남녀 차이를 넘어서 세대 차이, 아니 남녀 차이에다 세대 차이가 겹쳐 있다고나 할까?

현대사회에서 남녀는 한 직장에서 동료로 근무해야 하고, 20대부터 60대까지 한 직장에서 근무해야 한다. 남녀 차이와 세대 차이의 거리를 해소하기 위한 성교육과 세대 차이를 극복할 수 있는 재교육이 반드시 필요하다는 것을 이번 기회에 새삼 절감하지 않을 수 없다. 사회는 급속도로 변화하고 있고, 성에 대한 가치관뿐만 아니라 모든 가치관이 바뀌고 있다. 바뀐 사회와 세태를 이해하지 못하고 문화지체에 빠진 사람들을 위한 정신적·문화적 재교육이 무엇보다 시급하다고 여겨진다.

특히 성적 관계에 있어서 가장 중요한 것은 아무리 사소한 것이라고 하더라도 파트너와 내가 동시에 허용했는지의 여부이다. 내가 원한다고 파트너도 원할 것이라는 성급한 판단에 의한 행동은 수위에 따라 성희롱과 성추행, 그리고 성폭력으로 간주될 수 있는 것이다. 충분하게 상대방에 대한 신뢰가 쌓이고 친밀감이 증진됐을 때에만 조심스럽게 감정을 표현하고 스킨십을 시도해야 한다. 이것이 가장 중요하고 기본적인 남녀관계의 룰이다. 상대방의 의사를 확신할 수 없다면 아예 아무런 표현도 그 어떤 행동도 하지 말아야 한다.

박 시장 사건의 또 다른 문제점은 서울시를 비롯하여 관료사회에 만연한 비서 업무에 포함된 성차별적인 직장문화이다. 박 시장이 시장실에서 샤워를 할 때 갈아입을 속옷을 챙기거나 벗은 옷을 집에 가져갈 수 있도록 봉지에 담는 일과 같이 수발을 드는 일, 시장의 기분을 살피는 일 등은 아마도 과거부터 관행적으로 비서가 담당하는 일로 업무 분장이 되어온 것으로 보인다. 박 시장 개인이 수치심이나 혐오감을 피해자에게 유발하기 위한 고의적 행동으로 보기 어려우며, 오히려 구조적인 문제로 보이는 것이다.

그렇다면 왜 그와 같은 일을 여성 비서에게 할당했을까? 그것은 우리 관료 조직 내의 아직 청산되지 않은 가부장 문화의 잔재이며, 나이 어린 여성이 나이 많은 상급자 남성의 수발을 들어야 한다는 성역할 고정관념 탓이라고 생각한다. 프랑스의 사회학자 부르디외(P. Bourdieu)가 『남성 지배』에서 지적했듯이 남성 중심적 관점은 중립적인 것으로 자연스럽게 강요되고, 남성 질서의 힘은 정당화조차 필요로 하지 않게 된다. 즉 사회질서는 당연하게 남성 지배를 인정하고 이를 무의식적으로 받아들이는 메커니즘이 작동한다. 따라서 이번 기회가 성차별적이고 가부장적인 관료문화와 직장문화를 혁신하는 계기가 되었으면 한다.

박 시장의 비서처럼 남녀평등 교육을 받고 성장한 젊은 여성이라면 당연히 성차별적인 비서 업무를 부당하다고 여기며 수치심과 혐오감을 느꼈을 것이다. 더욱이 2017년부터 비서 일을 수행해왔다고 하는데, 좀 더 일찍 자신의 부당하다고 느낀 감정을 표현하고 시정을 요구했어야 했다. 만약 시장이 가해의 주체라서 어쩔 수 없었다면 보다 일찍 외부에 도움을 요청했었더라면 좋았을 것이다. 그렇게 했다면 고소와 자살이라는 극단적인 국면까지 치닫지 않았을 수도 있었을 것이라고 생각한다. 그만큼 시장의 권력이 엄청나서 곧바로 할 수 없었다는 항변도 수긍이 되지만 성교육을 할 때에 성희롱, 성추행, 성폭력 등을 당했을 때에 취해야 할 행동수칙을 보다 철저하게 교육시킬 필요성이 제기되는 부분이다.

나는 안희정 전 충남지사의 성폭력 사건, 오거돈 전 부산시장의 성추행 사건에 이어 아직 정확한 실체가 밝혀지지 않은 고 박원순 시장의 성추행 사건이 연달아 터진 것에 대해서 개인의 인격 차원을 떠나 다른 차원의 해석도 필요하다고 생각한다. 즉 광역 자치단체장들에게 부과된 막중한 책임과 스트레스, 그것을 풀 시간적 · 정신적 여유조차 없는 과중한 업무량은 그들로 하여금 비뚤어진 방식으로 스트레스를 해소하도록 몰아가지 않았는가 여겨지는 것이다. 특별한 취미나 여가활동을 배우지 못한 우리나라의 남성들은 술과 여자를 스트레스 해소의 손쉬운 방법으로 사용해왔다. 따라서 이러한 남성들의 여가문화를 건전하고 창의적인 방식으로 즐길 수 있도록 바꾸어야만 할 것이다. 이것은 입시 위주의 학교교육을 벗어날 수 있을 때 가능할 것으로 보인다. 그리고 우리 인생에서 일도 중요하지만 휴식도 중요하다는 가치관의 전환도 필요해 보인다. 김정운은 '노는 만큼 성공한다'고 했지만 어쩌면 잘 놀기 위해서 일하는 것이 아닐까? 공무원 사회에는 아예 적용되지 않는 52시간 근무제가 그들에게도 필요하지 않았을까?

바야흐로 페미니즘이 힘을 얻어가는 사회로 변화하고 있다. 과거에 남성들에게 허용되어 왔던 것들이 이제는 허용되지 않는다. 윤리의 차원에서 허용되지 않을 뿐만 아니라 법의 테두리에서도 처벌받는다. 오랫동안 가부장주의와 남성 중심 문화에 물들어온 기성세대 남성들은 이와 같은 사회 변화에 쉽게 적응하기 어려울 수도 있다. 가부장적 편견과 고정관념은 반드시 깨어져야 하지만 그것은 하루아침에 이루어지지 않는다는 것도 유념할 필요가 있다. 변화는 이루어져야 하지만 시간이 걸리는 것이다.

그러나 급변하는 사회 속에서 살아남기 위해서는 항상 새로운 가치관과 기술을 익혀야만 한다. 우리가 과거에 배우고 익혔던 것들 가운데 지금까지 유용한 것들이 과연 남아 있기나 한가? 앞에서 언급한 간통죄만 하더라도 여성만 처벌하는 법률이 쌍벌죄로, 다시 폐지에 이르기까지 62년밖에 걸리지 않았다. 모든 것이 빠르게 변화하고 있다. 특히 남녀관계, 성문제에 대한 의식 변화는 정말 빠르게 바뀌고 있다. 권력의 상층에 있는 남성들은 정말 자신의 말 한 마디, 사소한 행동 하나에도 스며 있을지 모를 성차별적 요소에 대해 끊임없는 자기성찰을 하지 않는다면 자신이 평생을 통해 쌓아온 것들이 하루아침에 무너질 수도 있는 것이다.

결혼제도의
종말

　요즘 공중파 방송에 〈밥상 차리는 남자〉라는 주말드라마가 있다. 이 드라마의 제목을 보며 나는 십여 년 전에 읽은 『아버지의 부엌』이라는 책을 떠올렸다. 이 책의 저자인 사하시 게이죠의 아버지는 아내에게 의식주를 의지하며 살아가던 평범한 남자였다. 그는 아내가 죽은 후 부엌에 들어가 직접 식사 준비를 하며 홀로서기에 성공한다. 셋째 딸 게이죠의 냉정하고도 혹독한 훈련이 있었기에 가능한 일이었다. 앞치마를 두르고 당당하게 부엌에 선 아버지! 그는 노년에 이르러서야 비로소 한 명의 인간으로 당당하게 독립한 것이다.

　백세 시대가 되면서 부부가 함께 노년을 해로하는 일은 점점 어려워지고 있다. 그것은 한쪽 배우자가 먼저 세상을 떠나기 때문만은 아니다. 너무 긴 결혼생활에 염증을 낸 부부가 이혼을 하거나 졸혼을 하기 때문이다. 어쨌거나 홀로 된 남자들은 그의 의식주를 해결해줄 다른 여자를 찾아 재혼을 하거나 의식주를 스스로 해결하며 살아가야 한다.

　〈밥상 차리는 남자〉는 아내와 졸혼을 해서 밥상을 스스로 차려야 하는 신세가 된 남자의 이야기이다. 베이비붐 세대인 주인공은 요즘 찾아보기 힘들 정도로 가부장적인 사고와 행동방식을 가졌다. 그는 직장에서 정년퇴직하는 날 아내로부터 졸혼을 하자는 통고를 받는다. 하지만 아들의 이혼사건 때문에 미뤄졌다가 아내가 이혼 대신 졸혼을 요구하는 걸 다행으로 여기며 졸혼 계약서에 도장을 찍는다.

이 드라마는 여러 스타일의 가족을 보여준다. 각자의 아이들을 데리고 결혼은 하지 않은 채 동거만 하는 커플, 남자의 혼전관계에서 낳은 아이가 갑자기 나타남으로써 이혼에 이른 커플, 과거 결혼 경험은 있지만 이제는 싱글로 살아가는 남녀 등등……. 이처럼 현대는 다양한 형태의 가족이 존재한다.

'졸혼'은 일본 작가 스기야마 유미코가 2004년에 발간한『졸혼을 권함』이라는 책에서 처음 사용했던 단어이다. 그 후 일본사회에서 유행하다가 두어 해 전에 우리나라에 수입된 신조어이자 새로운 사회적 현상이다. '졸혼'이란 '결혼을 졸업한다'라는 뜻으로 법적인 이혼과는 다른 개념이다. 즉 법적으로 혼인관계는 유지하지만, 부부가 서로의 삶에 간섭하지 않고 독립적으로 살아간다는 의미이다. 2016년에 탤런트 백일섭이 자신이 졸혼남인 것을 고백한 것을 계기로, 2017년에 드라마 〈아버지가 이상해〉에서 졸혼을 주장하는 황혼남이 나타났고, 이어서 〈밥상 차리는 남자〉에서는 졸혼을 요구하는 여성이 등장하였다. 어느새 졸혼의 사회적 현상이 우리 사회에도 폭넓게 확산되고 있는 것이다.

한 케이블 채널에 〈별거가 별거냐〉라는 리얼 프로그램이 있다. '미리 체험하는 졸혼'을 내건 이 프로그램에 등장하는 커플이 어떤 결론을 내릴지는 아직 알 수 없다. 각자 독립된 생활을 할 정신적 준비가 끝난 후 다시 서로를 깊이 이해하며 별거를 청산할지, 결혼은 유지하면서 독립적 생활을 하는 졸혼 커플로 남을지, 그도 아니면 깨끗하게 이혼을 하게 될지는 알 수 없다.

비교적 젊은 부부는 이혼을 통해 각기 새 파트너를 만나 새로운 결혼생활을 하기를 원하지만 나이 든 부부의 경우 황혼이혼이 졸혼으로 대체되고 있는 것 같다. 2015년 여성가족부의 통계에 의하면 이혼하는 부부 10쌍 중 3쌍은 황혼이혼이다. 우리 사회의 기성세대들은 이혼에 대한 사회적 편견과 질시 그리고 이혼에 드는 사회 경제적 비용이 너무 크다고 생각하기 때문에 쉽사리 이혼으로 직행하지 못하는 경우가 많다. 법원에서마저도 황혼이혼의 대안으로 졸혼을 권한다는 뉴스를 접한 적이 있다. 이혼을 할 경우 재산분할 등에서 합의에 이르지 못하고 소송을 해야 하지만 졸혼은 법적 관계를 청산할 필요가 없기 때문에 쉽게 이혼의 대안으로 받아들여지는 것 같다.

하지만 졸혼을 할 바에야 확실하게 이혼을 하는 것이 낫다는 생각을 가진 사람들도 많은 걸 보면 졸혼은 이혼에 대한 불안과 사회적 질시가 두려운 사람들이 어정쩡하게 선택하는 타협적 해결책에 불과한 것이 아닌가 생각되기도 한다. 사실 과거에도 졸혼이란 단어가 없었을 뿐 '한 지붕 두 가족'이란 말도 있었고, '쇼윈도 부부'란 말도 있었다. 그리고 '별거'도 있었기 때문에 이는 전혀 새로운 사회적 현상이라고는 볼 수 없다.

어쨌거나 졸혼을 생각하는 부부는 이미 가족이란 공동체, 특히 배우자와의 관계에서 사랑과 행복, 공동체적 유대감을 느끼지 못하는 사람들이다. 즉 그들은 이미 정서적 결속력의 붕괴라는 내적 가족 해체에 이르렀다고 할 수 있다.

인간이 결혼이라는 제도를 통해서 얻고자 하는 것이 과연 무엇일까? 자녀 출산과 양육, 경제적 협력, 공동거주, 사회적으로 인정받는 성관계, 감정적 소통, 노후복지 등 수많은 이유들이 있을 수 있다. 그런데 자녀 출산과 양육을 끝낸 부부들이 더 이상 공동거주, 경제적 협력, 폐쇄적인 성관계, 감정적 유대 등으로부터 졸업하여 자유롭게 살겠다는 것이 졸혼이다. 그야말로 남들에게 숨기지 않고 무늬만 부부로 남겠다는 것이다.

요즘은 과거에 결혼제도 내에서만 얻을 수 있었던 경제적 협력, 공동거주, 독점적 성관계, 감정적 유대는 점차 의미를 잃어가고 있다. 왜냐하면 우리 사회는 법적으로 부부별산제를 인정하고 있으며 경제적으로 자립능력이 있는 여성들이 증가하고 있기 때문이다. 공동거주도 의미가 없어졌다. 주말부부를 비롯하여 기러기가족 등 이미 공동거주를 하지 않는 부부가 많아졌다. 더욱이 2015년 2월의 간통죄 폐지에서 보듯 독점적이고 배타적인 일부일처제 결혼 규범보다 성적 자기결정권을 보다 중시하는 사회적 분위기가 조성되었다. 그리고 과거와 달리 여성들의 사회 경제적 활동이 활발해지면서 결혼제도 밖에서 이성을 만날 기회가 많아진 만큼 독점적이고 배타적인 성윤리를 지킨다는 것이 남녀 모두에게 점차 어려워지고 있다. 그리고 감정적 소통을 굳이 가족과 하려는 사람들이 얼마나 되는지도 알 수 없다. 『결혼은 미친 짓이다』, 『아내가 결혼했다』라는 소설(영화)은 우리 사회에서 일부일처제 결혼제도가 이미 붕괴했음을 냉소적으로 보여준 바 있다.

간통죄의 폐지는 여러 가지를 시사한다. 일부일처제 결혼의 윤리를 수호하는 것보다 개인의 성적 자기결정권과 프라이버시의 보장이 더 중요시되는 사회로 변화하였다는 것이다. 나아가 독립된 개인으로서의 주체적 욕망과 남으로부터 간섭받지 않을 권리를 더욱 중시하는 사회로 우리 사회가 변화하고 있다는 것을 말해준다.

결혼이 두 남녀가 공동체를 이루려는 제도라면 이혼이나 졸혼은 그 공동체가 개인에게 더 이상 행복과 자유를 주지 못하기 때문에 공동체를 해체하고 독립적인 생활을 하려는 욕망에서 비롯된 것이다. 최근 내가 만난 오십 대 남성들은 하나같이 결혼의 무의미성에 대해서, 그들만의 독립된 공간에 대한 욕망에 대해서 이야기하고 있었다. 자기만의 공간이 필요하다는 것은 결국 그 누구로부터도 방해받지 않는 혼자만의 독립된 시간과 자유로운 생활을 갖고 싶다는 뜻이다. 이것은 주체성을 가진 자유로운 인간의 지극히 당연한 욕망이라고 할 수 있다.

그동안 가부장적 결혼이 여성을 억압한다는 것이 페미니즘의 주장이었다면 요즘은 남성들도 가부장적 결혼제도로부터 억압받고 있다고 생각한다. 남성들도 결혼이라는 제도의 억압과 책임으로부터 벗어나 한 명의 독립된 인간으로 자유롭고 행복하게 살아가길 희망한다. 한 명의 자유로운 인간으로서의 삶을 향유할 권리를 욕망하는 그들을 누가 나무랄 것인가.

학자에 따라 이견이 없는 것은 아니지만 인류학자 L. H. 모건(Morgan)은 그의 저서 『고대사회』(1877)에서 난교 → 집단혼 → 대우혼(對偶婚) → 일부일처제로 결혼제도가 변하여 왔다고 주장했다. 그런데 가장 문명화된 결혼 형태라고 그가 주장한 일부일처제가 이제 종말을 고하려 하고 있다. 현대는 각자 독립된 개인으로 살면서도 섹슈얼리티도, 의식주도 결혼제도에 의하지 않고서도 충분히 해결할 수 있는 시대이다. 젊은이들은 비혼 선언을 하거나 결혼을 해도 아이를 낳으려고 하지 않는다. 홀로 된 노인들마저 재혼이 아니라 동거 커플로 노년을 보내기를 희망한다. 원하든 원하지 않든 혼족이 대세인 시대이다. 국가는 출산율 저하를 염려하지만 결혼제도 밖에서도 모든 것이 가능한 시대에 누가 굳이 결혼제도의 억압 속으로 들어가고 싶어 하겠는가?

내가 아는 한 정신과 의사는 고대사회의 난교의 무의식이 현대인들에게도 남아 있어 인간은 일부일처제의 결혼규범을 지키기 어렵다고 했다. 난교의 무의식에 지배된 현대인들이 이제 졸혼이라는 형태로 폐쇄적인 결혼제도에 종지부를 찍으려고 한다. 올더스 헉슬리(Aldous Leonard Huxley)가 1932년에 역설적 의미로 상상하였던, 생물학적 가족이라는 단위가 없어지는 '멋진 신세계'가 그가 책에서 설정한 2540년이 아니라 금세기에 실현되는 시기가 다가왔다는 생각이 드는 요즈음이다.

결혼과
출산을
거부하는 사회

얼마 전 뉴스에서 출산율이 2018년에 0.98을 기록함으로써 인구 절벽의 대재앙을 걱정하는 목소리가 높았다. 그 후 잇달아 지난해 국내 조혼인율이 5.0으로 통계 작성 이후 최저 수준으로 떨어졌다는 뉴스가 전해졌다. 한마디로 우리 사회는 결혼도 하지 않고 아이도 낳지 않는 사회가 되어버린 것이다. 2031년으로 예상되는 우리나라 총인구 감소 시점도 몇 년 더 앞당겨질 것이라는 우울한 전망이다. 우리나라는 인구학적 측면에서 벤치마킹할 나라가 없는 앞서가는(?) 나라가 되었다.

1950년대 초반에 태어난 나는 인구 정책, 정확히 말하자면 산아제한에 관한 수많은 슬로건 속에서 살아왔다. "아들 셋 딸 둘"에서 "아들 둘 딸 하나"가 "아들 딸 구별 말고 둘만 낳아 잘 기르자"라는 구호로 바뀌어가는, 즉 개인들이 아이를 적게 낳도록 국가가 컨트롤하는 시대를 살아왔다. 그러다가 졸지에 인구정책이 너무나도 효과를 잘 거둔 탓으로 '딸 아들 구별 말고 하나만 낳아 잘 기르는' 것을 넘어서서 한 명에도 이르지 못하는 시대로 접어든 것이다.

　수십 년의 세월이 흐르는 동안 출산억제정책이 출산장려정책으로
바뀌고, 인구 절벽을 걱정하게 되다니 정말 격세지감을 느끼지 않을
수 없다. 1986년생인 나의 첫째 아이가 세상에 태어났을 때, 세 번째
딸을 낳은 옆집으로부터 나는 셋째 아이부터는 의료보험조차 적용되
지 않는다는 충격적인 이야기를 들었던 기억도 새롭다. 30년 후의 결
혼 인구 감소를 예상하지 못한 이 제도는 불행하게도 1996년에야 폐
지되었다.

　과거에는 나이를 먹어 성인이 되면 누구나 결혼을 하는 것을 당연
지사로 여겼다. 하지만 어느새 조혼인율이 5.0으로 감소할 정도로 결
혼은 필수가 아닌 선택사항으로 바뀌었다. 조혼인율이란 쉽게 말하자
면 인구 1천 명당 혼인건수를 말한다. 통계청에 의하면, 통계 작성이
시작된 1970년부터 조사된 조혼인율은 1980년에 10.6으로 정점을 찍
은 후 감소 추세를 보여왔다. 그러다 최근에는 2011년에 6.6이었던 조
혼인율이 2012년부터 연속해서 하락하다 2018년에 5.0으로 떨어진 것
이다.

　거기에다 최근 몇 년 동안 약간 감소 추세에 있던 이혼율이 2018년
에 다시 증가했다. 조이혼율은 2.1로 2017년과 비슷하지만 함께 산 지
20년 이상 된 부부의 이혼율이 전체의 33.4%로 3분의 1을 차지하며,
결혼한 지 30년이 넘은 황혼이혼도 1년 전보다 17% 넘게 늘어난 것으
로 집계됐다는 보고다.

　청년층의 혼인율은 떨어지고 노년층의 이혼율이 증가하는 것은 결
혼제도가 개인들의 자유를 구속하고 행복에 별로 기여하지 못한다는

뜻일 것이다. 이만교라는 소설가는 영화로도 만들어진 『결혼은 미친 짓이다』(2000)라는 소설을 통해 위선적인 결혼제도를 조롱한 바 있다.

혼인율이 감소한 원인을 결혼 주요 연령층인 30대 초반의 인구가 줄고, 집값 상승과 청년층의 경제적 자립이 어려워진 상황 등이 영향을 미친 것으로 당국은 분석하고 있다. 즉 인구 구조적 요인과 경제적 요인이 혼인율을 감소시키고 있다는 것이다. 인구 구조적 요인은 이미 30~40년 전에 예고된 것으로 지금에 와서 돌이킬 수도 없는 일이거니와 청년 실업이 계속 증가하고 있는 상황에서 경제적 요인도 개선될 기미가 없어 보인다. 어디 그뿐인가? 개인들의 가치관이 결혼을 원하지 않는 방향으로 변화한 것도 혼인율의 감소에 크게 작용한다고 생각한다.

한국보건사회연구원이 발간한 '2018년 전국 출산력 및 가족보건·복지 실태조사' 보고서에 의하면 20~44세 미혼 남녀의 결혼 의향 설문조사에서 '결혼할 생각이 있다'는 응답은 미혼 남성 58.8%, 미혼 여성은 45.3%로 나타났다. 2016년의 통계청의 사회조사에서도 미혼 남성의 56.3%, 미혼 여성의 45.5%만이 꼭 결혼을 해야 한다고 동의했다. 남녀 모두 결혼할 의향이 줄어들고 있으며, 남성보다 여성이 결혼에 대해서 더 부정적이다.

구조주의 인류학자 레비-스트로스(Lévi-Strauss)는 결혼을 여성들의 교환을 통한 남성 집단의 통합이라고 보았다. 델피(Delphy)는 결혼을 여성의 노동력이 남편에 의해 착취되는 노동계약이라고 했다. 여성들이 남성에 비하여 결혼을 더 거부하는 이유는 결혼으로 인해 여성의 삶의 질이 더 나빠진다는 이유 때문이다. 즉 결혼으로 인한 여성의 경력단절 문제, 가사노동, 열악한 육아환경 등이 남성에 비하여 여성으로 하여금 결혼에 대해 더 부정적으로 만든다. 직장과 가정의 균형을 이루는 '워라밸(work life balance)'의 생활을 해나가길 원하는 젊은 여성들에게 오늘날의 노동환경과 결혼으로 인한 가사노동과 육아 환경은 저해 요인으로 작용할 수밖에 없다.

미혼 남녀의 결혼할 의향이 줄어들고, 많은 사람들이 사람이 아니라 반려동물과 친밀감을 교환하고 있는 상황에서 왜 결혼을 해야 하는가에 대한 근본적 질문을 던지지 않을 수 없다.

조지 피터 머독(George Peter Murdock)에 의하면 가족은 공동거주, 경제적 협력, 그리고 재생산으로 특징지어지는 사회집단이다. 또한 결혼에 의해서 이루어지는 가족은 적어도 그 가운데 두 사람은 사회적으로 용인된 성관계를 유지하는 양성의 성인들과 성적으로 동거하는 성인들이 낳았거나 또는 입양한 한 명 혹은 그 이상의 자녀를 포함한다. 그런데 현대는 공동거주, 경제적 협력, 성관계 모두가 결혼과 가족이라는 제도 안에서만 이루어지고 있는가?

오늘날 공동거주는 결혼제도가 아니더라도 동거라는 형태로 가능해졌다. 성관계는 개인 간의 프라이버시의 영역으로 아예 자유로워졌다. 동거는 결혼 전의 젊은이들에게만 성행하는 것은 아니다. 황혼의 노년층도 가세하여 결혼보다는 동거 형태로 자유롭게 친밀감을 나누길 원하는 동거커플은 프랑스만큼은 아니지만 우리나라에서도 크게 늘어나고 있다.

동거문화의 확산, 비혼 인구의 증가, 가능하면 결혼제도로 진입하는 나이를 늦추는 만혼도 보편화되고 있다. 이는 출산율 저하와 인구 감소로 이어진다. 더구나 우리나라처럼 미혼모와 사생아를 차별하고 결혼제도 내의 출산만을 합법으로 인정하는 보수적인 문화 속에서 출산율 저하는 당연한 결과처럼 보인다.

혼외출산에 관해서 법적 차별과 사회적 편견이 존재하는 한 미혼 여성은 아이를 가져도 낙태를 하거나 싱글맘으로 아이를 키우기 어려워 입양을 보낸다. 우리나라 사람들은 반려동물을 키울지언정 입양을 통한 자녀 양육을 원하지 않아 개인당 GDP가 3만 달러 시대임에도 불구하고 아직도 해외입양이 이루어지고 있다. 또한 외국인과 결혼한 다문화가정에 대해 색안경을 쓰고 본다. 순혈주의에 사로잡힌 편협한 사고방식으로 다문화 가족을 백안시하는 것이다.

국가적으로 출산율 저하를 걱정하는 가장 큰 이유는 미래의 노동력을 안정적으로 확보하지 못한다는 것이다. 그런데 그 대안은 현실에서 이미 이루어지고 있다. 자국인으로 확보하지 못하는 노동력은 외국인들에 의해서 보충되고 있다. 이미 유럽과 미국, 캐나다, 일본 등 선진국들도 이민을 통해 부족한 노동력을 공급해왔다. 그렇다면 이민은 부족한 노동력 확보의 가장 확실한 대안이 될 수 있다. 주변국에 나가보면 코리안드림이 정말 강렬하다. 오래전에 한국인들이 아메리칸드림을 꿈꾸었듯이 이제 우리나라는 세계인이 이민 오기를 꿈꾸는 GDP 12위의 선진국 반열에 오른 것이다.

생물학자 최재천은 그의 저서 『당신의 인생을 이모작하라』(2005)에서 "이민을 허용하고 정년제를 폐기하라"라고 인구 감소에 대한 대안을 제시한 바 있다. 출산장려정책이 별 효과를 거두지 못하고 있는 상황에서 생물학자도 제시한 정책을 왜 정부당국은 좀 더 과감하게 추진하지 못하는가?

우리나라에 거주하고 있는 외국인이 2백만 명을 넘어섰으며 3백만 명 시대가 멀지 않았다. 이 가운데는 다문화 결혼을 위해 입국한 여성들만이 아니라 취업을 위해 입국한 남성들도 많다. 하지만 우리나라는 외국인 정책에서 다문화주의를 표방하면서도 그 내용은 동화주의로 채워져 있으며, 다문화정책은 한국 남성과 결혼을 위해 입국한 여성들에 대해서는 우호적이지만 남성들에 대해서는 그렇지 않다.

그동안 산업연수생으로 입국한 남성들은 임금체불, 산재, 강제노동 등 각종 인권침해를 겪으며 일하다가 본국으로 돌려보내졌다. 1993년부터 시행되던 산업연수제도는 고용조건을 국내 근로자와 동등하게 보장해주는 고용허가제도로 바뀌어 2004년 8월부터 시행되다가 2007년부터 고용허가제로 일원화되었다. 하지만 아직도 외국인 노동자에 대한 인권침해 사례가 빈번하다. 그들은 우리가 기피한 중소기업이나 3D 업종에 종사하는 소중한 노동력이 아닌가?

정년제에 대해서도 마찬가지다. 정년 연장은 청년 일자리 문제와 맞물려 일할 수 있는 전체 노동인구가 줄어들고 있는데도 혁신적 개선이 좀처럼 이루어지지 않고 있다. 하지만 일할 절대인구가 감소하는 상황이라는 것을 정확하게 직시해야 할 시점이다.

인구 감소 추세가 확실해도 미혼 남녀를 억지로 결혼시켜 강제로 아이를 낳게 할 수는 없다. 그런데 인공지능 로봇과 AI가 인간의 노동력을 대체하는 4차 산업혁명 시대로 접어든 만큼 인구수에 따른 경제 규모라는 문제가 없는 것은 아니지만 노동인구 감소를 반드시 걱정해야 하는지도 다시 생각해볼 문제이다.

텔레비전에서 맞선 프로그램은 아예 식상하고, 〈우리 결혼했어요〉와 같은 가상 결혼 프로그램, 싱글 스타들이 이상형을 찾아가는 〈연애의 맛〉, 며느리가 시어머니를 선택하는 〈며느리 모시기〉 등 결혼과 연애 관련 프로그램들이 넘쳐난다. 그뿐만이 아니다. 〈슈퍼맨이 돌아왔다〉라는 프로그램에서는 남성들이 육아를 담당한다. 텔레비전을 켜면 여성 셰프는 다 실종하고 남성 셰프만이 종횡무진이다. 또한 드라마에서는 현실과 달리 남성들이 요리하는 일이 지극히 자연스럽다. 이처럼 텔레비전 프로그램들도 결혼을 권장할 뿐만 아니라 아이도 남자가 키우고 요리도 남자가 할 테니 여자들 보고 안심하고 결혼하라고 권하고 있다.

어쨌거나 결혼은 세대를 연결하고 공통 구성원의 문화, 관습, 언어, 가치관을 유지하는 데 큰 역할을 한다. 사회가 유지되고 이어진다는 점에서 결혼은 개인뿐만 아니라 국가적으로도 중대한 의미가 있다. 그런데 어쩌다가 우리는 결혼을 하고 아이를 낳는 것이 애국이 되어버린 시대를 살아가고 있는 것일까?

성 평등사회로
가기 위한
아킬레스건 '미투'

　　　　　　　　　서지현 검사의 검찰 내 성추행 사건
에 대한 용기 있는 폭로에 이어 문단 내에서 자행되고 있는 성추행을
비판하는 시「괴물」이 화제다.「괴물」을 쓴 최영미 시인은 1990년대 시
집『서른, 잔치는 끝났다』(1994)가 베스트셀러에 올라 세간의 큰 관심을
불러일으킨 바 있는 인물이다. 최근 그녀가 시「괴물」로 언론의 주목
을 제대로 받으며 JTBC의 〈뉴스룸〉에까지 등장했다.

　그녀가『황해문화』(2017년 겨울호)에 발표한 시「괴물」은 문단 내 거
대한 권력으로 자리한 En이라는 남성 시인에 대한 혐오와 분노의 감
정을 제목에서부터 강하게 환기한다. 엄연한 실체로 존재하면서도 쉬
쉬하며 감추어야 했던 여성 문인들을 향한 한 남성 문인의 성추행을
고발한 그녀의 시는 'En'이란 이니셜로 지칭한 성추행의 가해자인 남
성 시인을 혐오스러운 '똥물'이란 비체로 비하하며 이를 방조해온 남
성 중심 문화를 조롱한다.

　'똥물'이란 아브젝시옹의 하나이다. 프랑스어 '아브젝시옹(abjection)'
은 폐기(廢棄), 혐오(嫌惡), 비천(卑賤)한 것, 방기(放棄), 폐물(廢物), 비체

(卑體) 등으로 번역할 수 있는 단어다. 프랑스의 비평가 줄리아 크리스테바(Julia Kristeva)는 그녀의 저서 『공포의 권력』에서 이를 핵심적 개념으로 사용했다. 아브젝시옹은 더럽다고 여겨지는 것들, 즉 오물, 쓰레기, 고름, 체액, 시신 등 그 자체로서 "정체성, 체계, 질서를 어지럽히는 것, 경계, 위치, 규칙을 무시하는 것"이라고 규정된다.

　최영미의 시는 "자기들이 먹는 물이 똥물인지도 모르는/불쌍한 대중들"이라고 혐오스런 남성 시인의 시를 똥물로 비체화할 뿐만 아니라 진실을 제대로 알지 못한 채 혐오스러운 똥물 같은 시를 읽고 감동하는 대중들마저 불쌍하고 어리석은 존재로 간주한다. 그리고 "괴물을 키운 뒤에 어떻게/괴물을 잡아야 하나"라는 마지막 연에서 이제 그녀의 과제가 성추행 사실에 대한 폭로를 넘어서서 공포스러운 권력으로 자리 잡은 괴물의 퇴치라는 것을 천명한다. 그런데 이미 괴물화되어 버린 남성권력에 대한 저항의 방법으로 그녀가 선택한 것은 시를 통한 간접적 폭로이다. 시 「괴물」은 문단 내 거대한 권력으로 자리 잡고 있는 일부 남성들의 성추행 관행을 더 이상 좌시하지 않고 이를 폭로하여 사회문제화하고 이를 되받아침으로써 근절하겠다는 결의를 보여주고 있다.

　시 「괴물」을 지배하고 있는 감정은 여성의 인격적 존엄성을 침범하며 성추행을 해온 남성에 대한 혐오감과 분노감정이다. '똥물'은 En시인의 시뿐만 아니라 En시인 그 자체를 상징한다. 똥물은 단순히 역겹다는 감정을 넘어서서 도덕적 혐오감을 함축하고 있다. 즉 En시인은 도덕적으로 비난받아야 할 파렴치한 행동을 해왔으므로 비난받아 마땅한 혐오스러운 대상이라는 뜻이다. 그런데 그것을 모르는 채 우리 사회는 '괴물'이라는 단어가 의미하듯 그를 노털상(노벨상) 후보로까지 추대하며 거대한 권력으로 만들어놓았으니 조롱받아 마땅한 것이다.

그리고 분노감정이란 무엇인가? 심리학자 쉐러(K.R. Scherer)와 월보트(H.G. Wallbott)에 의하면 분노는 다른 사람에 의해 고의적으로 유발된 불쾌하고 공정하지 못한 상황에서 경험하는 감정이다. 자신이 공정하게 대우받지 못하거나 무시당한다는 느낌이 분노를 일으키는 주요 원인으로, 내가 옳다고 믿는 가치에 반하는 행위나 사건이 태연하게 일어나고 있는 데 대한 노여움이 바로 분노이다. 분노는 자기 자신의 존엄성이 손상되었다고 느껴질 때 외부의 공격자에게 위협적인 행동을 중단하라고 경고하기 위해 표현하는 감정이다.

그런데 가부장제 사회에서 여성들은 분노감정을 솔직하게 표현할 수 없었다. 왜냐하면 여성이나 권력을 갖지 못한 자가 분노를 표현하는 것을 금기시했기 때문이다. 그래서 최영미 시인은 1990년대 초에 본인이 당했던 성추행 사건을 수십 년간 침묵하다가 이제야 폭로할 수 있었던 것이다. 왜냐하면 성추행을 폭로한 여성문인을 되레 문단에서 추방시켜버리는 문단권력과 맞서 싸울 수 있는 힘이 없는 약자였기 때문이다. 서지현 검사도 마찬가지이다. 성추행을 당했던 2010년 당시에 바로 그 부당함을 바로잡고자 시도하였지만 좌절하였을 뿐만 아니라 인사상의 불이익마저 받았다.

서지현 검사와 최영미 시인의 사례를 보더라도 성추행은 오랫동안 피해자들에게 외상 후 스트레스장애(post-traumatic stress disorder)를 일으키는 중대한 문제다. 일반적으로 외상 후 스트레스장애는 전쟁, 고문, 자연재해, 사고 등의 심각한 사건을 경험한 후 그 사건에 공포감을 느끼고 사건 후에도 계속적인 재경험을 통해 고통을 느끼며 거기서 벗어나기 위해 에너지를 소비하게 되는 질환이다. 여성에게 있어 성폭력은 전쟁과 버금할 만한 정신적 트라우마를 입힌다. 최영미 시인이나 서지현 검사가 오랫동안 그 사건을 잊지 못하고 그 사실을 소환하여 시화하고 폭로한 것이 그것을 증명한다.

그런데도 성추행 사건이 오랫동안 묻힐 수밖에 없었던 것은 그만큼 거대한 남성권력의 지배하에 여성들이 놓여 있었다는 것을 반증하는 것이다. 하지만 촛불혁명 이후 우리 사회 전반에 부당한 권력에는 맞서 싸워야 한다는 분위기가 조성되었다. 따라서 이제야 수면 위로 문제가 터져 나온 것이다. 이제라도 그녀들이 오랫동안 억눌러왔던 분노를 터트릴 수 있는 계기가 마련된 것은 다행스러운 일이다.

나는 현재 우리 사회에 일고 있는 미투(Me too)운동을 보면서 우리 사회의 성 평등과 여성의 인권 수호가 정치적 민주화보다 왜 이렇게 더디게 이루어지는지 안타깝다는 생각을 하지 않을 수 없다. 사실 성추행은 유독 문학계에서만 일어난 일은 아니다. 서지현 검사가 폭로했듯 법을 다루는 검찰 내부에도 존재했고, 장자연 자살 사건이 말해주듯 연예계 성 상납은 관행화되었다. 그뿐만 아니라 우리의 사회조직 곳곳에 다양한 성희롱, 성추행, 강간 등 온갖 성폭력 범죄가 존재해왔다.

하지만 그것이 수면 아래로 감추어져 있다가 한 용기 있는 검사의 폭로에 힘을 입어 수면 위로 비로소 떠올랐고, 최영미 시인에 의해 보

다 넓게 확산되었으며, JTBC는 서지현 검사, 최영미 시인, 이미경 성
폭력상담소 소장 등을 뉴스룸에 잇달아 초대함으로써 이 문제를 사회
적 의제로 부각시키는 데 앞장섰다.

　이제 우리 사회는 서지현 검사와 최영미 시인이 촉발시킨 분노감정
에 힘을 모아주어야 할 때다. 그래야 우리 사회에 오랫동안 만연되어
온 성추행이라는 잘못된 남성 중심 성문화를 청산하고 민주적인 성 평
등사회로 발전할 수 있다. 사실 권력화된 공포스러운 '괴물'의 퇴치는
어느 개인의 힘에 의해서는 이루어지지 않는다. 성추행 근절을 위한 미
투는 우리 사회가 성 평등사회로 가기 위해 당연히 거쳐야 할 아킬레
스건이다. 개인적으로나 사회적으로 부끄럽다고 덮고 지나칠 일이 절
대 아니다.

　성추행은 성폭력(sexual violence)의 하나이다. 성추행은 성욕의 자극,
흥분을 목적으로 상대방의 성적 수치, 혐오의 감정을 느끼게 하는 일
체의 행위, 즉 키스를 하거나 상대의 성기를 만지는 행위 등을 말한다.
아무튼 이것은 상대방의 의사에 반하여 강제적으로 이루어지는 강제
추행으로, '폭행이나 협박'을 수단으로 '추행'하는 것이다. 이것의 가
장 큰 문제는 상대방의 의사에 반하여 강제적으로 이루어진다는 점이
다. 그것이 피해자를 성적 수치심과 혐오의 감정에 오랫동안 시달리게
만드는 범죄라는 사실을 가해자들은 분명하게 알아야 한다. 최영미 시
인은 지난 수십 년간, 서지현 검사가 8년의 세월을 권력에 억눌려 성
적 수치심과 혐오의 감정, 그리고 부당한 사실을 폭로하지도 못 한 채
억압하며 분노감정에 떨어왔다는 사실에 우리는 주목해야 한다.

그런데 En으로 지칭된 시인은 과거 격려의 의미로 손도 잡고 한 것 같은데, "오늘날에 비추어 성희롱으로 규정된다면 뉘우친다"라고 말했다. 사과를 전혀 안 한 것보다는 나을지 모르지만 피해자는 강제적인 신체접촉을 격려가 아니라 수치심과 혐오로 받아들였다는 사실을 가해자는 바로 인식해야 한다. 따라서 격려 운운한 것은 피해자의 감정을 전혀 고려하지 않았을 뿐만 아니라 문제의 사안을 제대로 파악하지 못한 반응이어서 유감스럽기 짝이 없다.

이런저런 착잡한 생각을 하다가 그 생각의 끝에서 나는 김명순이라는 이름을 떠올리며 백 년 전이나 지금이나 여성에 대한 인식이 크게 달라지지 않았다는 데 절망한다. 김명순은 우리나라 최초로 등단한 여성소설가이다. 그녀가 등단한 해는 1917년이었다. 그때는 우리나라 최초의 근대소설로 문학사적 평가를 받는 이광수의 장편소설『무정』이 발표된 해이다. 김명순은 바로 그 1917년에『청춘』지에 이광수에 의해「의심의 소녀」가 가작으로 추천됨으로써 우리나라 최초의 여성소설가가 되었다. 그때는 1920년대의 기라성 같은 소설가 김동인도 염상섭도 현진건도 나도향도 문단에 이름을 내밀지 않았던 근대소설사의 초창기였다. 그럼에도 우리의 문학사는 김명순의 등장을 고의적으로 누락시켜왔다.

김명순은 1915년 일본 유학 시절에 요즘 말로 데이트강간을 당했다.『매일신보』는 그 사실을 가해자인 이응준은 가명으로, 피해자인 김명순은 당시 이름인 김기전이란 실명으로 세 차례나 보도함으로써 이차적 성폭력을 가했다. 남성들이 가세한 미디어 폭력은 그것으로 그치지 않았다.

김명순에 대해 우리 사회의 남성 문인들은 어머니가 기생첩이었다는 사실과 성폭력을 당해 순결을 상실한 여자라는 것을 근거로 '나쁜 피 정숙하지 않은 여자'라는 사회적 낙인을 찍으며 비난과 혐오를 쏟아냈다. 이에 김명순은 반박문을 써서 항의하고자 했다. 하지만 김명순에게 사회적 낙인을 찍었던 평론가 김기진의 글을 실었던 『신여자』라는 매체는 그녀의 글을 실어주지 않았다. 김명순은 방정환이 쓴 '은파리'에 대해서도 고소로 저항했다. 하지만 당대 사회는 아무런 조처를 취해주지 않았다. 염상섭과 김동인은 김명순을 비롯하여 나혜석, 김일엽 등 신여성 문인을 모델로 한 소설을 써서 이들에 대한 여성 혐오를 확산시켰다. 김명순은 당대 사회가 피해자 구제는커녕 그녀에게 2차적 폭력을 가해오자 스스로 분노감정을 표출하는 시를 쓰고, 소설을 써서 전후 사실을 밝히고자 했다. 오늘날 최영미가 시를 써서 폭로할 수밖에 없었듯이……

그녀의 소설 「탄실이와 주영이」(1924)는 본인이 당한 성폭력의 실체를 밝히고, 일본작가 나가니시 이노스케의 『너희들의 배후에서』라는 소설의 여주인공 주영이 탄실(김명순의 아명이자 필명)이 모델이라는 왜곡된 소문의 진실을 밝히기 위해 쓴 소설이다. 하지만 이 작품은 아무런 해명 없이 연재가 중단되고 말았다. 무엇 때문이었을까?

나는 요즘 미투운동이 과거 김명순이 진실을 밝히고자 하였으나 수없이 좌절되고 마침내 조선을 떠나 일본의 한 정신병원에서 쓸쓸히 죽어갔던 불행한 결말로 귀결되어서는 절대 안 된다고 생각한다. 정말 그렇게 된다면 그것은 한두 사람의 불행이 아니라 여성 전체의 불행, 아니 젠더 평등의 민주사회로의 발전을 퇴행시키는 대한민국이라는 국가의 수치라고 생각한다. 이번 미투운동을 계기로 여성계 전체는 연대하여 우리 사회에 만연된 성추행의 고리를 완전히 끊어내야 한다.

젠더 위계 서열의 사회에서 남성들이 여성에게 가한 성추행은 여성들을 열등하고 종속적인 성적 객체로 전락시킨다. 그것은 여성에게 인격의 모독이 되고 위협이 되고 상처가 된다. 여성은 남성의 성적 대상이 아니라 대등한 성적 주체이자 인격을 가진 존재이다. 결코 성희롱이나 성추행의 대상이 아니라는 것을 이번 기회에 확실하게 인식시켜야 한다. 그러기 위해서 여성들은 더 이상 침묵하지 말고 분노의 목소리를 함께 내면서 미투운동에 적극 동참하여야 한다.

최영미의 「괴물」은 표층적으로는 특정 개인에 대한 폭로처럼 보이지만 그 심층에서는 보다 근원적인 문제, 성 평등사회로 가기 위해 반드시 넘어야 할 우리 사회의 아킬레스건을 건든 분노에 찬 시이다. 여성문학계와 여성계는 말할 필요도 없고 양식 있는 삶을 살아온 남성들도 이번 기회에 성 평등사회로 가기 위한 미투운동에 힘을 보태 성추행의 뿌리를 뽑아내야 한다. 그래야 내 아내 내 딸 내 손녀가 당당하게 사회적 인격적 주체로서 살 수 있는 사회가 만들어진다.

그런 의미에서 최근 문유석 부장판사가 "'미퍼스트(Me First)' 운동이 필요하다"고 제안한 것은 아주 시기적절한 행동이다. 미퍼스트는 피해자의 고백에 그치지 말고 성폭력 조짐이 보이면 이를 적극 만류하고 비판하자는 운동이다. 그리고 성폭력 피해를 고백한 여성들에게 공감하며 동참하겠다는 뜻을 밝히는 '위드유(With You)' 운동도 확산되는 것을 볼 때 우리 사회가 남성 중심적인 가부장 문화가 낳은 성희롱, 성추행, 성폭력 범죄를 근절하겠다는 변화의 커다란 흐름을 타고 있는 것 같아 매우 다행스럽게 생각한다. 이번 기회에 우리 사회는 성폭력 성추행을 근절하는 기회로 삼아 젠더 평등의 건강하고 민주적인 사회로 반드시 나아가야 한다. 미투운동에 모두 힘을 모아주어야 할 때이다.

외로움도
관리해주나요

영국 정부가 외로움관리부(Department of Loneliness)를 신설한다는 뉴스를 접했을 때, 나는 매우 의아하게 생각했다. 개인의 외로움까지도 국가가 관리해주는 영국이 복지 과잉의 나라라는 생각이 들었기 때문이다. 하지만 다시 생각해보니, 우리나라도 외로움의 안전지대가 결코 아니라는 데 생각이 미쳤다. 왜냐하면 요즈음 우리 사회에 넘쳐나는 키워드가 혼밥, 혼술, 혼족, 독거노인, 고독사이기 때문이다.

우리나라는 전통적으로 가족공동체, 혈연공동체의 정이 끈끈한 나라였다. 역사학자 토인비(Arnold Joseph Toynbee)조차도 '죽을 때까지 가지고 갈 것을 묻는다면 효의 정신이 흐르는 한국의 가족제도'라고 한국의 가족주의와 부모를 공경하는 문화에 대해 매우 긍정적으로 평가한 바 있다. 하지만 그가 그토록 극찬했던 한국의 대가족제도, 효사상, 경로사상은 더 이상 우리나라에 존재하지 않는다.

우리나라는 빠른 속도로 서구화된 나머지 대가족제도가 핵가족으로 대체된 지 이미 오래고, 핵가족마저도 해체되어 1인 가구가 30%를 상회하는 나라가 되었다. 2035년에는 1인 가구가 전체 가구의 50%를 넘어설 것이라는 예측도 있다. 일본에서는 남성의 30%, 여성의 20%가 배우자 없이 혼자 살다가 고독사 한다는 충격적인 통계도 있다. 그뿐 아니라 홀로 살고 있는 외로운 노인을 위한 자식 대행 아르바이트가 성행한다는 소문도 들었다.

백세시대를 맞아 1인 노인가구가 증가하고 고독사가 급속하게 늘어가는 상황이라면 머지않아 우리나라에서도 필연적으로 일본과 같은 사회현상이 확산될 것으로 예상된다. 우리나라야말로 외로움관리부를 신설해서 국가적으로 외로움을 적극적으로 관리해야 할 때가 되지 않았는가 생각되는 것이다.

사실 외로움은 개인적 정서의 차원, 철학적 차원, 사회적 차원 등 여러 갈래에서 생각할 수 있는 개념이다. 외로움은 혼자가 되어 쓸쓸한 마음이나 느낌을 의미한다. 인간은 사회적 동물이기 때문에 타인과 소통하지 못하고 격리되었을 때 외로움을 느끼게 된다. 그런데 이 외로움이 지나치면 우울증으로 발전하고 건강을 해치며 심지어 자살에까지 이르게 하는 병이다.

철학, 특히 실존주의 철학에서는 고독을 인간의 본질로 파악한다. 인간은 외로운 존재이다. 누구나 세상에 단독자로 와서, 분리된 인격으로 생을 여행하고, 마침내 홀로 죽는 존재이다. 특히 죽음에 대하여 인간은 절대고독의 존재이다. 불교에서도 공수래공수거(空手來空手去)의 존재로 인간을 파악했다. 사람들은 이 말을 빈손으로 왔다가 빈손으로 돌아간다는 경제적 차원으로 해석하지만 빈손뿐만 아니라 혼자이 세상에 와서 결국 혼자서 생을 마감할 수밖에 없는 고독한 인간 본질을 통찰한 의미로 나는 해석하고 싶다.

우리나라만큼 혈연, 지연, 학연 등 연고주의가 큰 나라가 또 있을까? 특히 선거철이 되면 연고주의가 팽배해져 각종의 사회관계망이 없이는 선거운동조차 할 수 없다. 문제는 혈연, 지연, 학연의 공동체가 긍정적 순기능보다는 부정적 역기능으로 나타나는 경우가 더 많다는 것이다. 고향이 같다고 같은 학교 출신이라고 금방 마음을 열고 순수하게 사람을 사귈 수 있고 도움을 주고받을 수 있는 것은 장점이 될 수 있다. 하지만 때로 연고주의는 공동체 밖에 대해서는 폐쇄적으로 작용하며 공동체라는 이름으로 개인의 이득을 얻기 위해 특정 대상을 선호하거나 혜택을 주는 연줄로 작용하기 때문에 문제인 것이다.

명절을 맞아 전국토를 누비는 귀향 행렬을 볼 때마다 나는 우리 민족은 직장 등으로 일상생활을 같이하지 않더라도 혈연공동체로서의 책임의식과 의무감을 갖고 살아가는 민족이라는 생각을 하게 된다. 반면에 명절 때마다 명절스트레스를 매스컴에서 대대적으로 다루는 기사들을 보고 있으면 솔직히 혈연공동체는 이미 내적 해체에 이르렀다는 생각을 하지 않을 수 없다. 제사나 차례라는 풍속은 다음 세대에서는 사라질 것이 분명해 보이고, 이제 원하든 원치 않든 홀로 살아가는 것을 숙명으로 받아들여야 할 시대가 된 것 같다.

그렇다면 외로움을 기꺼이 받아들이고, 이를 즐기면서 살아갈 수 있는 정신력을 길러야 하지 않을까? 괴테(Johann Wolfgang von Goethe)는 인간은 사회에서 여러 가지를 배울 수 있지만 영감을 받는 것은 오로

지 고독 속에 있을 때만 가능하다고 했다. 그렇다. 예술과 학문의 영 감은 여러 사람들 속에 있을 때보다 홀로 고독하게 있을 때에 받게 된 다. 그리고 인류 발전의 동력은 천재들의 홀로 있는 시간을 통한 창조 적 영감에서 얻게 되는 것이다. 인간은 인류 발전이라는 거창한 목표 가 아니더라도 자기 성장을 위해서도 혼자 있는 시간을 즐기면서 자기 계발에 힘쓰고 진정한 자아를 통찰할 수 있어야 한다.

외향적인 사람들은 다른 사람들과 함께 있는 것을 즐기기 때문에 항시 주위에 사람들이 많이 모여들지만, 사람들에 둘러싸여 있는 그들 은 과연 외롭지 않은 것일까? 그들이야말로 외로움을 견디지 못하고 항상 사람들 속에 있어야만 안심이 되는 사람들은 아닐까? 미국의 사 회학자 데이비드 리스먼(David Riesman)은 현대의 대중사회에서 수많은 사람들 속에 둘러싸여 있어도 내면의 고독감을 피할 수 없다는 의미로 '군중 속의 고독'을 말한 바 있다.

한 연구에 따르면 인간은 사회적 소외감을 느끼고 주변사람들로부 터 격리되었다고 느낄 때 실제로 뇌의 통증을 느끼는 부위가 활성화된 다고 한다. 그래서 배우자와 사별한 사람, 혼자 사는 사람의 수명이 더 짧다는 것이다. 청소년들에게 문제가 되는 집단따돌림으로 인한 자살 도 여러 사람이 한 사람을 심리적·사회적으로 소외시켜 외롭게 만듦 으로써 일어난다.

최근의 사회적 현상으로 노모포비아(nomophobia), 즉 휴대전화가 없 을 때 초조해하거나 불안감을 느끼는 증상을 일컫는 현상도 결국은 자 신의 외로움을 스마트폰을 잡고 해소하려는 사람들에게서 나타나는 의존현상의 하나이다. 그들에게는 스마트폰이 고독한 개인을 타인 또는 세상과 이어주는 유일한 도구가 되어주는 것이다. 요즘 지하철을 타보면 남녀노소를 불문하고 거의 모든 사람들이 스마트폰을 붙들고 뭔가를 하고 있다. 젊은 층들은 동시에 귀에 이어폰까지 꽂고 뭔가 듣고 있다.

이제 우리 사회는 사회적으로 외로움에 적극적으로 대처할 필요가 있다. 혼족, 혼밥, 혼집, 혼술, 독거노인, 고독사는 개인의 취향이나 선택이 아니라 사회적 문제이기 때문이다. 사회학자 퇴니스(Ferdinand Tönnies)는 전통사회에서는 운명공동체가 지배했으나 산업사회가 되면서 이익공동체가 압도하게 되었다고 했다. 그러나 후기 자본주의 사회에서는 운명공동체와 이익공동체 모두 붕괴 위기에 처했다. 특히 노인들은 평생 다니던 직장으로부터 강제적으로 퇴직하게 되면서 이익공동체로부터의 소외뿐만 아니라 이혼과 졸혼이 증가하는 사회현상에서 보듯이 운명공동체로부터도 소외되고 있다.

현대의 공동체 해체 현실은 인간의 삶의 기본 조건을 파괴한다는 점에서 인류가 공통적으로 직면한 위기상황이지만 혼자 사는 노년층에게 있어 이 문제는 더욱 절박하다. 개인적으로 혼자서도 건강하게 잘 살아갈 수 있도록 운동도 하고 취미생활도 해나가야 하겠지만 사회적으로도 새로운 공동체 문화를 창출하는 시스템을 만들어 혼자 살아가는 사람들의 사회참여를 유도해야 한다.

인간은 아무리 혼자서 잘 놀고 무엇인가 하는 것을 즐긴다고 하더라도 혼자서는 자신의 문제를 다 해결할 수 없는 국면이나 연령에 도

달할 수밖에 없다. 개인들의 복지를 더 이상 가족 공동체에 기대할 수 없는 사회로 변화해가고 있는 만큼 새로운 대안적 공동체를 통해 개인들이 외로움의 문제를 해결할 수 있도록 사회적 시스템을 제도화해야 할 필요성이 제기되었다는 생각이다. 현재 우리나라는 65세 이상의 인구가 전체 인구의 14%에 달하는 고령사회에 도달했음에도 이에 대한 준비가 제대로 안 되었지만 전체 가구의 30%에 달하는 1인 가구의 증가에는 더 더욱이 준비가 안 되어 있다. 급속한 사회 변화에 유연하게 대비하는 정부가 되었으면 한다.

백세시대를
살아가는 지혜

지난해 우연히 텔레비전에서 원로
철학자 김형석 교수가 출연한 것을 보게 되었다. 그가 백세를 바라보
는 연령에도 왕성하게 집필 활동과 강연 활동을 한다고 하여 정말 놀
라웠다. 고등학교 시절에 그가 쓴 철학 에세이『고독이라는 병』과『영
원과 사랑의 대화』를 읽었던 기억이 새롭게 떠올랐다. 그는 안병욱, 김
태길 교수 등과 함께 우리나라 제1세대 철학 에세이스트라고 호명할
수 있는 철학자다. 잔뜩 현학 취미에 빠져 있던 고등학교 시절의 나에
게 그의 글은 너무 말랑말랑하게 느껴져 크게 선호했던 것 같지는 않
다. 오히려 그때 나는 국내 저자의 글로는 이어령 교수의『흙 속에 저
바람 속에』와 같은 날카로운 문명비평적 에세이나 평론집『저항의 문
학』같은 책들을 탐독했다.

그런 내가 최근에 서점에 들렀다가 김형석 교수의 에세이『백년을
살아보니』라는 책을 사게 되었다. 나 역시 노년이 되었기에 노철학자
의 체험적 지혜를 그 책을 통해 들을 수 있기를 바랐던 것 같다.

그는 이 책에서 인생의 황금기는 60세에서 75세라고 주장하며, 사

람은 성장하는 동안은 늙지 않는다고 했다. 60대가 되어도 진지하게 공부하며 일하는 사람은 성장을 멈추지 않는다는 것인데, 물론 그가 말하는 성장은 신체적인 것은 아니다. 그는 60세가 되기 전에는 모든 면에서 미숙했다고 토로한다. 사회적으로는 60세가 되면 늙었다고 직장에서도 은퇴를 시키는 마당에 그는 인간이 늙기 시작하는 것은 75세부터이며, 80세가 되어야 비로소 노년기에 접어들게 된다는 독특한 논리를 폈다. 그러면서 그는 우리 사회는 너무 일찍 성장을 포기하는 젊은 늙은이들이 너무 많다고 개탄한다. 그의 말대로 주위를 둘러보면 정말 일찍 성장을 포기하고, 늙음의 길로 빨리 접어드는 사람들이 많은 것 같다.

카텔(Cattell)에 의하면 인간의 지능은 유동적 지능과 결정적 지능으로 나뉘는데, 유동적 지능은 일정한 나이가 되면 쇠퇴하지만 결정적 지능은 80세까지도 성장한다고 한다. 유동적 지능은 기억력, 암기력, 일반적인 추리능력 등이다. 결정적 지능은 언어능력, 이해력, 논리적인 추리능력, 상식, 문제해결능력 등이다. 유동적 지능은 선천적으로 타고 나는 것으로 노화에 따라서 감소하지만 결정적 지능은 나이가 들어도 유지되거나 후천적인 사회문화적인 경험의 축적에 따라 오히려 향상되기도 한다. 그러니 김형석 교수는 결정적 지능을 60세 이후에 더욱 발전시켜 집필과 강연을 활발히 하면서 백세의 연령에도 젊음을 유지하고 있는 것이다. 정말 백세시대를 살아가는 데 있어 본받을 만한 자세가 아닐 수 없다.

나는 60세가 되었을 때, 시몬 드 보부아르(Simone de Beauvoir)가 쓴

『노년』(1970)이란 책을 읽으며 노년을 살아갈 철학을 정립하고자 하였다. 프랑스의 실존주의 철학자이자 페미니스트이며 소설가이기도 한 그녀는 자신의 노년을 준비하기 위하여 62세에 이 책을 출간하였다. 그녀에 의하면 노년은 주체적으로 정복하고 취득하는 것이 아니라 사회적으로 주어지는 것이다. 즉 사회집단이 그들의 필요나 이해관계에 따라 노인의 운명을 결정해왔다는 것이다. 따라서 자신의 운명을 스스로 결정할 수 없는 노년은 자연히 타자화되고 소외될 수밖에 없다. 노년이란 생물학적으로 결정되는 개념이 아니라 사회적이고 문화적으로 구성되는 개념이다. 어떤 의미에서 사회적·문화적으로 구성되는 노년이기 때문에 변화의 가능성이 있다고나 할까.

2017년 여름에 정년퇴직을 하면서 나는 노년이라는 사회적 강제성을 실감하지 않을 수 없었다. 65세라는 나이에 따라 나의 연구능력이나 강의능력과는 무관하게 무조건 연구실을 비워야 했고, 나에게는 교수라는 직함 대신에 명예교수라는 타이틀이 주어졌다. 정년이란 개인의 의사와는 상관없이 사회적으로 강제된 제도이다. 지금은 아무리 뭔가를 열심히 준비하고 실력을 쌓아도 그 어디에도 취직을 위한 이력서조차 낼 수 없다는 연령의 한계를 인정하지 않을 수 없다. 이 사회는 노년에게 얼마나 완강하게 닫혀 있는가. 일을 하고 싶어도 할 수 없는 노년은 일자리를 구할 수 없는 청년과는 또 다른 의미에서 사회적 아웃사이더이고 주변인이다.

흔히 사람들은 노년을 준비하는 일을 노후자금의 준비나 살아갈 거처를 준비하는 일로 생각하는 경우가 많다. 그러나 나는 노년을 어떤 철학을 갖고 살아갈 것인가, 어떤 일을 하며 살아갈 것인가, 늙음을 어떻게 받아들일 것인가, 죽음을 어떻게 맞을 것인가와 같은 인문학적 태도를 정립하기 위한 준비를 해왔던 것 같다. 그래서 관련된 책들을 읽거나 앞으로 할 만한 일들을 위한 공부와 자격증 같은 것을 몇 개 취득한 것이 노년을 위한 준비의 전부였다. 물론 그 일들은 취직을 위한 일이거나 돈을 벌 수 있는 일들은 아니고, 노년을 유의미하게 살아가기 위한 것이다.

나는 은퇴를 하면서 어떤 삶을 나의 롤 모델로 삼을까 주위를 둘러보기도 하고, 책을 읽기도 했다. 어느 날 책을 읽다가 미국의 인본주의 상담심리학자인 칼 로저스(Carl Rogers, 1902~1987)가 눈에 확 들어왔다. 그는 은퇴한 후에 상담가로서 더 명성을 날렸고, 은퇴 10년 만에 10권의 저서를 발간하고, 100편이 넘은 논문을 집필하며 은퇴 전보다 더 활발하게 활동한 인물이다. 나도 그처럼 왕성하게 글을 쓰고 마음먹은 저서들을 발간할 수 있게 되기를 기대한다.

지금까지 1년 반을 은퇴자로 살아가면서 나는 노년에 관한 철학을 나름대로 정립하였다. 그것을 간단히 정리하면 '3R'로 표현할 수 있다. "retire, reset, restart"를 뜻하는 3R은 은퇴(retire)를 하면 컴퓨터를 초기화하듯 인생을 리셋(reset)하여 새로운 정체성을 갖고 새롭게 출발(restart)을 하여야 한다는 뜻이다.

노년에 왜 새로운 정체성이 필요한가? 그것은 이전의 정체성을 갖고 살아갈 수가 없기 때문이다. 우리 인간에게 30세까지는 교육을 받아 한 명의 사회적 존재로서 자립 준비를 위한 정체성을 갖고 살아가는 시기이다. 이후의 60세까지는 직장생활을 하며 자녀를 양육하고 노년을 준비하는 노동의 정체성을 갖고 살아가는 시기이다. 그런데 60세 이후의 노년은 어떤 정체성을 갖고 살아가야 할 것인가?

60세 이후의 노년이야말로 어떤 의미에서는 직업적 노동을 하지 않아도 되며, 가족의 생계를 책임져야 할 필요도 없이 오로지 자기 자신에게 집중하며 인생을 향유할 수 있는 시기이다. 어느 누구도 강요하지 않는 자유로운 의사에 따라 젊었을 때 배우고 싶었지만 배우지 못했던 것을 배울 수도 있고, 시간이 없어 하지 못했던 일을 마음껏 할 수도 있다. 이전의 삶이 노동에 치우친 불균형한 삶이었다면 이제 휴식과 노동의 균형을 맞춘 삶을 살아갈 수 있는 시기가 된 것이다. 그리고 이 시기가 우리의 인생에서 가장 길다.

노년은 가정적 사회적 굴레에서 벗어나 진정한 나 자신으로 살 수 있는 제2의 탄생기이다. 그리고 미처 몰랐던 또 다른 자아를 발견하는 시기이다. 제2의 인생을 창조적으로 살기 위해서는 노년에 대한 인식의 변화가 우선되어야 한다. 그리고 주체적 홀로서기를 통해 내 안에 잠재된 창조성을 계발하고, 미래에 대한 꿈을 가져야 한다.

보부아르가 말했듯이 노인은 결코 쓸모없는 존재가 아니라 한 명의 인간으로서 그 가치를 인정받아야 할 존재이다. 사회는 노인 스스로 자신이 의미 있는 존재라는 자부심을 가질 수 있도록 인정해주어야 한다. 에릭 에릭슨(E. Erikson)에 의하면, 정체성이란 개인과 사회의 상호작용의 결과로 형성된다. 노인이 긍정적 정체성을 갖기 위해서는 개인이 긍정적 자아를 발달시키는 것도 중요하지만 사회도 노인에 대한 부정적 낙인을 거두어 들여야 한다. 그러기 위해서는 아직 자신이 사회적으로 유의미한 존재라는 사실을 깨닫게 해줄 만큼의 적당한 일거리가 있어야 한다. 그것은 풀타임 잡을 말하는 것이 아니라 사회적 역할 상실과 그로 인한 심리적 소외를 벗어나게 해줄 만큼이면 충분할 것이다. 이는 노인을 위한 생계대책이나 연금과 같은 복지제도만큼이나 중요하다. 노년에게는 빈곤, 질병, 역할 상실, 심리적 소외라는 4가지 고통이 따른다. 빈곤과 질병에 대한 국가의 보건복지정책도 중요하지만 사회적·가정적 역할 상실과 심리적 소외로부터 벗어나게 해주는 것도 매우 중요하다. 이를 위해 적당한 일거리가 필요한 것이다.

우리나라의 산업화는 가정에 매몰되어 있던 여성인력을 노동현장으로 불러냄으로써 성공적으로 성취되었다고 생각한다. 그러나 4차 산업혁명 시대의 미래 성장은 노년의 노동력을 얼마만큼 사회적으로 활용하느냐에 달려 있다고 생각한다. 현재 우리나라는 2017년에 65세의 인구가 14%가 넘는 고령사회에 예상보다 일찍 진입하였다. 2025년에는 65세 인구가 20%가 넘는 초고령 사회에 접어들 것이라고 한다. 출산율이 저하되어 2050년이 되면 인구가 지금보다 640만 명이나 줄어들고, 생산가능인구도 절반에 못 미칠 것이라고 우울한 전망을 하고 있다. 따라서 정년을 연장하고, 예상되는 생산가능인구의 결핍을 노년의 노동력으로 대체함으로써 일하고 싶은 노년에게는 일자리를 주고, 사회도 발전하는 일석이조의 정책을 수립해야 할 것이다. 일할 수 있는 숙련된 노동력을 사회적으로 방치하는 것은 사회 발전을 가로막는 커다란 장애요인이다.

그러기 위해서는 김형석 교수의 말대로 60대가 되어도 진지하게 공부하고 일하며 성장하는 노년으로 살아야 할 것이다.

안티에이징인가
웰에이징인가

생명을 가진 모든 존재는 생로병사를 피해 갈 수 없다. 인간 역시 태어나서 늙고 병들고 죽는 고통에서 벗어날 수 없다. 경제성장과 의학기술의 눈부신 발전으로 우리는 그토록 열망하던 백세시대의 문을 열었다. 즉 2017년에 우리나라는 65세 이상의 인구가 14%에 달하는 고령사회에 진입하였다. 그런데 백세시대는 축복인가, 재앙인가?

언제부터인가 우리나라에서 노년이 된다는 것은 부정하고 싶고, 은폐하고 싶고, 회피하고 싶은 금기사항이 되었다. 사람들은 노화의 흔적을 지우기 위해 머리에 염색을 하고, 짙은 화장을 하고, 피부를 당기고, 호르몬제를 투여하고, 진시황이 아니더라도 불로장생을 꿈꾸며 불로초를 찾아 헤맨다.

안티에이징(anti-aging)이라는 단어가 나타내듯 사람들은 나이를 먹는다는 것, 즉 노화를 자연스런 삶의 과정으로 여기지 않고 참을 수 없는 질병으로 치부하며 이에 저항한다. 그래서 미장원, 피부 관리실, 피트니스센터, 피부과나 성형외과 병원을 찾아다니며 안티에이징을 위한 몸 관리에 목숨을 건다.

안티에이징이라는 단어에는 오직 젊음만이 가치 있다는 의식이 내포되어 있다. 물론 나이를 먹어서도 젊게 살 수 있도록 노력을 해야겠지만 노화가 거스를 수 없는 자연의 이치라고 한다면 우리는 이를 자연스럽게 받아들일 수 있어야 한다. 즉 안티에이징은 불가능한 환상이라는 것을 인정해야 한다.

노화에 저항하며 늙음을 무가치하다는 의식에 사로잡혀 있을 때 노년은 불행할 수밖에 없다. 늙음을 당당하게 인정하고, 지금까지 살아온 삶을 긍정하고, 노년을 불편과 불안이 아니라 자유와 평화를 구가할 수 있도록 건강하고 행복한 노년을 위한 가치관과 철학을 정립하는 일은 경제적인 노후 준비만큼이나 중요하다.

신노년학 담론을 세운 로우(Rowe)와 칸(Kahn)의 '성공적 노화(successful aging)'는 건강한 몸과 정신적·물질적으로 부유한 상태, 그리고 적극적으로 참여하며 노년을 보내는 것을 말한다. 그러나 성공적 노화를 누구나 다 누릴 수는 없다. 그리고 언제까지나 젊은 정신과 육체를 유지하며 질병과 노화를 피해 갈 수도 없다. 늙음과 죽음은 누구에게나 공평한 생물학적 현상이기 때문이다.

사회적으로 강제된 정년퇴직, 인간관계로부터의 소외, 경제적 궁핍, 육체적 건강의 상실은 인간으로서의 근원적 욕구를 제한시키고, 사회적 고립과 좌절감을 안겨준다. 또한 할 일 없는 여가 투성이의 무료한 시간을 어떻게 보낼 것인가는 이미 개인적 문제를 넘어서서 사회적 문제로 떠올랐다. 할 일을 상실한 무위무용의 상태는 노인들에게 고독, 불안, 무료함을 가중시키고 불행감에 휩싸이게 만든다. 그런데 정말 노년은 그렇게 고독하고 불안하고 무료한 시기인 것일까? 노년을 풍요롭고 자유롭고 행복하게 향유할 수는 없는 것일까?

노년을 어떤 가치관과 정체성을 갖고 살아야 할 것인가, 노화를 어떻게 받아들여야 할 것인가, 어떻게 노년을 건강하고 행복하게 향유할 것인가, 어떻게 죽음을 받아들여야 할 것인가와 같은 과제는 인문학이 감당해야 할 화두이다. 그뿐만이 아니라 자녀 세대들이 노년이 된 부모 세대를 어떻게 받아들이고 가정과 사회의 구성원으로 조화롭게 공존하느냐 하는 문제는 사회과학적 과제이며 동시에 인문학적 과제이다.

노년을 경험하지 않은 젊은이들은 노년을 자신과는 아무런 상관이 없는 타인의 삶으로 간주한다. 하지만 노년의 부모 세대는 소외시키거나 회피해야 할 대상이 아니라 같이 공존해야 할 대상이다. 프랑스의 실존주의 철학자 시몬 드 보부아르가 그녀의 저서 『노년』에서 말했듯이 노인의 추락한 지위는 노인 그 자신에 의해서가 아니라 사회적으로 결정된 것이다. 우리는 태어나고 늙고 병들고 죽는 과정이 인간의 피할 수 없는 여정으로 누구에게나 다가온다는 사실을 인식해야 한다.

노년 그 자체를 인생의 한 과정으로 긍정하고 노년을 풍요롭게 향유해야 한다는 것, 유년, 청년, 중장년, 노년 세대 모두가 우리 사회의 평등한 구성원이므로 세대의 벽을 가르고 연령주의에 입각하여 노인을 타자화하고 소외시켜서는 안 된다는 것, 노년세대 역시 우리 사회의 소중한 구성원이자 공존 대상이라는 의식을 사회적으로 확립해야 한다는 것이다.

노인에게 부여된 빈곤, 질병, 역할 상실, 심리적 소외라는 네 가지 낙인과 소외계층이라는 부정적 이미지를 수정하기 위해서는 개인들이 '노년의 정체성'을 새롭게 수립해야 할 뿐만 아니라 사회 전체의 가치관이 변화하고 공동체가 그것을 지원해야 한다.

우리 인간에게 서른 살까지는 성장하고 교육받아 한 명의 사회적 존재로서 자립을 준비하는 시기이다. 이후의 예순 살까지는 직장 생활을 하며 자녀 세대를 양육하고 노년을 준비하는 시기이다. 그리고 예순 이후의 노년이야말로 어떤 의미에서는 직업적 노동을 하지 않아도 되며, 오로지 자기 자신만을 위한 삶을 향유할 수 있는 시기이다. 그리고 그 시기가 우리의 인생에서 가장 길다.

노년은 모든 사회적 굴레에서 벗어나 진정한 나 자신으로 살 수 있는 제2의 탄생기이고 전환기이다. 그리고 미처 몰랐던 또 다른 자아를 발견하는 시기이다. 제2의 인생을 창조적으로 살기 위해서는 노년에 대한 인식 변화가 우선되어야 한다. 그리고 주체적 홀로서기를 통해 내 안에 잠재된 창조성을 계발하고, 미래에 대한 꿈을 가져야 한다.

잘 나이 들어가는 노년기는 결코 여생도, 상실의 시기도 아니다. 노년은 비로소 내가 하고 싶은 일을, 잘할 수 있는 일을 찾아 자아를 실현할 수 있는 시기이다. 자기완성을 향해 갈 수 있는 삶의 절정의 시기이며, 성숙의 시기이다. 젊은이가 따라올 수 없는 깊은 지혜와 영성으로 충만해지는 행복과 자유를 향유할 수 있는 시기이다. 잘 나이 듦

(well-aging)은 멋지고 아름답게 성숙한 인생을 완성하는 과정이며, 영원을 향한 새로운 문을 여는 웰다잉(well-dying)의 시간과 연계되어 있다.

따로 또 함께
- 코하우징

백세시대가 되면서 앞으로 누구와 함께 어디서 사느냐의 문제가 중요한 화두로 떠오르지 않을 수 없다. 텔레비전의 채널을 돌리다가 우연히 〈박원숙의 같이 삽시다〉라는 프로그램에서 '해바라기 집'이라는 생소하면서도 흥미로운 개념의 집을 접하게 되었다. 5개의 방에 각각 주방, 화장실이 있어 독립적으로 생활할 수 있고, 거실은 대청마루로 꾸며 동시에 공동생활을 할 수 있는 이상적인 집의 형태가 바로 '해바라기 집'이다.

이 집은 '따로 또 함께' 살 수 있는 콘셉트의 집으로서 솔로가 된 실버세대의 신개념 주거형태로 제안되었다. 즉 입주자들이 사생활을 누리면서도 공용 공간에선 공동체 생활을 하는 협동 주거 형태로 살아갈 수 있는 코하우징(co-housing)의 주거개념이다. 코하우징은 입주자 개인의 프라이버시를 유지하면서 공동 공간도 이용한다는 점에서 '셰어하우스'와도 유사한 개념으로 볼 수 있다.

코하우징은 1970년대 획일적 주거형태에 반발해 덴마크에서 시작되었다. 이후 네덜란드, 스웨덴, 영국, 독일, 일본 등으로 확대됐다. 우리나라에서는 2011년 4월에 입주한 서울시 마포구 성미산 마을 내에 있는 코하우징 주택 '소행주 1~3호'가 있다. 이후 코하우징은 서울시도봉구 방학동에 두레 주택, 충남 아산시에 '올챙이 마을' 등으로 확산되어 왔다.

코하우징은 1인 가구의 증가와 고령화에 따라 등장하고 있는 고독사 문제를 극복하기 위한 대안으로도 주목받고 있다. '통계청 인구총조사'에 따르면, 우리나라의 1인 가구의 비율은 2000년 15.5%에서 지속적으로 증가하기 시작해 2015년은 27.2%, 2016년에는 27.9%, 2017년에는 28.7%로 561만 3000 가구에 달하고 있다. 2020년에 1인 가구는 이미 31.7%를 넘겼고, 2035년에는 1인가구가 전체 가구의 50%를 넘어설 것이라는 전망도 나와 있다.

1인 가구 증가의 주요 원인은 2030세대 청년들의 결혼 기피와 만혼, 늦은 출산 등에 의한 것이란 시각이 지배적이었다. 하지만 실제로는 40대 이상 중장년층 1인 가구 비중이 청년층보다 훨씬 높은 것으로 나타났다. 2015년(현재)의 통계에 따르면 전체 한국 1인 가구 중 40대 이상 가구는 331만 가구로 전체 520만 가구 대비 63.6%를 차지했다. 즉 전 연령대에서 1인 가구는 상승일로의 증가 추세를 보이고 있다. 그리고 1인 가구는 뜻밖에도 특별시나 광역시 등 도시지역보다도 농촌지역에서 그 비율이 높아 강원, 충청, 호남, 영남 등에서 2015년 전체 평균인 27.2%를 웃도는 31.3~33.5%에 달하고 있으며, 여성의 비율이 높게 나타났다.

앞으로 1인 가구는 원하든 원하지 않든 가장 보편적이고 일반화된 가족의 형태가 될 것이다. 1인가구는 가족 구성원이 독립적이거나 비독립적, 또는 자발적이거나 비자발적인 다양한 이유로 따로 나와 혼자서 살아간다는 것을 의미한다. 1인 가구의 형태도 완전하게 독립적으로 생활하는 독신가족, 직장 등의 이유로 떨어져 지내다 주말에만 만나는 주말가족, 국내 국외로 흩어져 살아가는 기러기가족 등 다양한 형태를 보이고 있다.

1인 가구의 증가는 가족이란 개념에 대한 재규정 및 재성찰을 요구한다. 인류학자 머독(Murdock)은 가족을 주거를 함께하고 경제적 협동과 출산으로 특징지어지는 집단으로 규정하였다. 그는 가족의 기능으로 성적 기능, 경제적 기능, 출산 기능, 그리고 교육적 기능을 들었다. 즉 어느 사회에서든지 개인들은 가족을 통해서 합법적인 성행위를 함으로써 성욕을 충족할 수 있고, 가족은 성원들의 의식주 해결을 위한 경제적 기능이 수행되는 곳이며, 합법적인 출산이 이루어지고, 출산된 자녀에 대해 교육의 기능을 함으로써 개인과 사회에 대해 기능적 역할을 담당하고 있다는 것을 그는 강조하였다.

하지만 언제부터인가 가족은 더 이상 주거를 함께한다는 개념으로부터 멀어졌고, 의식주를 함께하지도 않으며, 성적 정서적 친밀감과도 거리가 멀어졌다. 이미 결혼하지 않는 비혼 남녀가 증가하고 있고, 이혼도 증가하고 있다. 최근에는 졸혼과 같은, 법적 결혼관계를 해소하지 않으면서 실제로는 독립적으로 살아가는 사람들이 나타나는가 하면 배우자의 사망으로 원치 않게 독거노인이 되는 경우도 많다. 즉 함께 살거나 정서적 친밀감을 나눌 가족 자체가 부재하는 솔로들이 증가하고 있다. 혹자는 현대사회의 가족의 위기는 단지 핵가족의 위기나 해체에 불과하며 그 이면에서 가족의 다양성이 증가하는 것으로 해석해야 한다고 주장하기도 한다.

다소 비약적 논리일지 모르지만 베네딕트 앤더슨(Benedict Anderson)이 민족을 '상상의 공동체'라고 규정하였듯이 이제 가족도 상상의 공동체가 아닐까 생각된다. 일반적으로 민족은 지리적으로 인접한 지역에 함께 거주하면서 동일한 관습과 역사, 생활양식을 공유할 뿐만 아니라 타민족과 구별되는 특성을 지닌다. 무엇보다 중요한 것은 스스로가 그 민족의 구성원임을 인정해야 한다는 사실이다. 하지만 오늘날 민족은 기존의 민족 기준에 의거한다면 그 개념 자체가 상대적이고 모호하다. 민족은 실체가 없는 상상의 공동체에 가깝다.

가족도 마찬가지이다. 과거 가족은 한 주거공간에 함께 거주하면서 의식주의 해결을 공동으로 하고 정서적 · 정신적 유대와 공동체적 생활방식을 갖는 집단이었다. 하지만 1인 가구의 증가를 비롯하여 다양한 가족의 출현이 입증하듯이 오늘날 가족은 기존의 기준에서 볼 때에 그 개념이 상대적이고 모호하며 실체가 없는 상상의 공동체에 가깝다는 생각이 든다.

앤서니 기든스(Anthony Giddens)는 형식적인 결혼제도와 같은 관계 외적인 다른 것에 의존하지 않는 열정적이고 순수한 감정과 관계 그 자체의 내적인 속성에 따라 형성되고 지속되는 순수한 관계(pure relationship)의 사랑, 개인 간의 친밀성과 순수한 감정에 기초한 자아성찰적 사랑을 친밀성의 새로운 대안으로 제시한 바 있다.

이 자리에서 기든스를 언급하는 이유는 현대사회에서 가족의 친밀성은 이미 약화일로에 있어 가족관계에 개인의 노후 부양과 복지를 맡길 수 없는 시대가 되었다는 판단 때문이다. 프랑스의 철학자 바슐라르(Gaston Bachelard)는 가족을 상징하는 '집'을 안온하고 보호되는 내밀의 공간으로 규정하였지만 그러한 집 자체가 허위의식에 불과한 이데올로기이거나 해체되고 있는 것이다.

그런데 우리나라에 급속하게 증가하고 있는 요양원이나 요양병원 또는 실버타운 같은 시설에 자신의 노후를 의탁하는 데 대해 부정적인 관념을 가진 사람들이 많다. 따라서 혈연이나 결혼에 의한 가족제도로부터 벗어나 자발적으로 원하는 사람들이 모여 순수한 인격적·감정적 유대에 의한 친밀성을 쌓고 따로 또 함께 살아가는 공동주거를 신개념의 주거형태로 받아들일 필요가 있다는 것이다. 마음에 맞고 대화가 되는 사람들끼리 모여 생활하면서 정서적 지원과 상호 부양을 하게 되면 노후생활의 질이 향상된다는 점에서 코하우징을 전향적으로 생각할 시대가 온 것 같다.

물론 코하우징이 반드시 노년의 주거형태라는 뜻은 아니다. 젊은이들도 혈연이나 결혼 관계가 아닌 새로운 공동체를 통해 외로움을 극복하며 따로 또 함께 살아갈 수 있다. 백세시대의 가족이란 결혼관계나 혈연관계를 벗어나 가까이에 있으면서 서로 대화가 되고 정을 나눌 수 있는 사람들의 공동체가 아닐까 생각된다. 『가족이라는 병』이라는 책을 쓴 일본의 작가 시모주 아키고는 "고령화 사회에서 가족이란 혈연관계에 있는 사람이 아니라 지역사회의 이웃이 아닐까. 이웃이 있으면 외롭지도 않고 별다른 불편도 없다"라고 했다. 우리 속담에도 '이웃사촌'이라는 말이 있다. 가까이 사는 이웃이 먼 곳에 사는 친척보다 좋다는 뜻이다. 그런데 앞으로는 코하우징의 이웃이 멀리 있는 가족보다 낫다는 말로 바꾸어야 할 시대가 된 것 같다. 어쩌면 결혼과 혈연에 의해 구성되는 가족이라는 개념 자체를 바꾸어야 할지도 모른다.

　코하우징은 인간의 독립성에 대한 욕구, 공동체에 대한 관계 욕구를 동시적으로 만족시킬 수 있다는 점에서 매우 긍정적인 대안으로 여겨진다.